Sous le sceau de la passion

TERRI BRISBIN

Sous le sceau de la passion

Les Historiques

éditions HARLEQUIN

Collection : LES HISTORIQUES

Titre original : THE MERCENARY'S BRIDE

Traduction française de LOUIS DE PIERREFEU

Photos de couverture

Sceau : © ROYALTY FREE/FOTOLIA
Femme : © ILINA SIMEONOVA/TREVILLION

Réalisation graphique couverture : M. GOUAZE

83-85, boulevard Vincent-Auriol, 75646 PARIS CEDEX 13.
Service Lectrices — Tél. : 01 45 82 47 47
www.harlequin.fr

ISBN 978-2-2802-4456-5 — ISSN 1159-5981

Prologue

Château de Taerford, Wessex, Angleterre
Décembre 1066

Monseigneur Obert, conseiller de Guillaume le Bâtard, duc de Normandie, venait de mander le deuxième chevalier de la liste qu'il avait établie après la bataille de Hastings, et qui contenait les noms de tous ceux devant bénéficier de la générosité du nouveau roi d'Angleterre. Il avait apporté les parchemins qui feraient du chevalier un baron riche et puissant, haut justicier sur les terres qui lui avaient été dévolues — à condition qu'il parvienne à les arracher aux rebelles saxons qui continuaient à les tenir.

En attendant l'arrivée de Brice Fitzwilliam, un chevalier bâtard originaire de Bretagne, il se mit à marcher de long en large, plongé dans ses pensées. S'il voulait atteindre Londres avant le couronnement de Guillaume, il lui fallait partir le lendemain, au plus tard. Grâce à Dieu, l'enquête qu'il était venu mener à Taerford était terminée, et son rapport dûment rédigé. Une enquête effectuée conformément aux ordres secrets du duc. Si, publiquement, Guillaume ne désavouait jamais ses fidèles vassaux normands, même les plus cruels envers leurs sujets saxons, il cherchait par tous les moyens à favoriser ceux qui, en se montrant magnanimes envers les vaincus, l'aidaient à établir solidement son autorité sur le royaume.

Une politique qui convenait parfaitement à Obert, car s'il était un serviteur loyal du duc, il était avant tout un homme de Dieu. La violence le révoltait, surtout quand elle se déchaînait sans raison, et au mépris de toutes les règles édictées par Notre Seigneur et par la Sainte Eglise Catholique.

Entendant la porte s'ouvrir, il se retourna.

Comme à son habitude, le nouveau seigneur de Taerford, Giles Fitzhenry, accompagnait son ami Brice, le chevalier que l'évêque attendait. En y réfléchissant, depuis son arrivée, Obert les avait rarement vus l'un sans l'autre.

Ils entrèrent dans la pièce, suivis des hommes de Giles, au visage rouge et en sueur, après leur séance d'entraînement au combat dans la cour. Les soldats s'inclinèrent respectueusement devant Obert avant de gagner le fond de la salle.

Obert salua Giles, puis se tourna vers Brice, pressé d'accomplir la tâche pour laquelle il l'avait fait venir.

— Messire Brice Fitzwilliam…

A la solennité de son ton, tous les hommes présents dans la salle comprirent qu'il avait convoqué Brice pour une affaire de la plus haute importance, et les conversations se turent.

Quant à Brice, le seul fait d'avoir été appelé « messire » suffit à le remplir d'allégresse. Son visage s'illumina, et il laissa échapper un éclat de rire satisfait. Une réaction un peu déplacée, certes, mais étant lui-même un bâtard, Obert pouvait aisément la comprendre.

D'un signe de la main, il fit signe à Brice de s'avancer et de mettre un genou à terre devant lui. Une telle cérémonie aurait dû avoir un caractère plus formel, et se dérouler devant le duc lui-même, mais les dangers du moment et le mauvais état des routes ne permettaient pas de sacrifier au rituel habituellement en usage entre un suzerain et son vassal.

Giles fit un pas en avant et posa la main sur l'épaule de son ami, tandis que l'évêque poursuivait d'une voix forte et emplie de gravité.

— Au nom de Guillaume, duc de Normandie et autres provinces, je vous déclare, Brice Fitzwilliam, baron et seigneur de Thaxted, en qualité de vassal direct du duc.

Le serment d'allégeance directe à Guillaume, qui allait bientôt être couronné roi d'Angleterre, lui garantissait que ces hommes de guerre, qui lui devaient leurs terres, leurs titres et leur richesse, lui apporteraient leur soutien sans qu'aucun autre suzerain ne s'interpose entre eux. Obert ne put réprimer un sourire, car c'était lui qui en avait eu l'idée.

— En tant que tel, vous aurez le droit de prétendre aux terres, bétail, serfs, vilains et autres biens possédés ou tenus par le traître Eoforwic de Thaxted avant sa mort au combat.

Les Normands et les Bretons de l'assistance applaudirent, mais non leurs compagnons saxons, qui baissèrent la tête et demeurèrent muets, les mâchoires serrées. Obert ne s'en formalisa pas, car s'il trouvait naturel que les vainqueurs soient félicités pour leur vaillance au combat, il avait assez de cœur pour comprendre la honte et la frustration des vaincus. Aujourd'hui, cependant, c'était le jour de gloire du chevalier breton qui se tenait devant lui, et il n'avait pas le temps de s'apitoyer sur le sort réservé aux Saxons.

— D'autre part, poursuivit-il, afin de tisser un lien solide avec ses nouveaux sujets, le duc vous ordonne d'épouser la fille d'Eoforwic, si cela est possible, ou de trouver une autre épouse alentour, fille ou sœur d'un seigneur saxon ayant fait allégeance au duc.

Puis, saisissant les parchemins qui établissaient les titres et les droits de Brice sur Thaxted, il les lui tendit et attendit que Brice prête serment.

La main levée, Brice prononça d'une voix grave et un peu tremblante les mots que lui murmurait à l'oreille le clerc d'Obert.

— Devant Dieu, et en présence de son représentant sur cette terre, moi, Brice Fitzwilliam, baron de Thaxted, je fais le serment, au nom de tout ce qui m'est le plus sacré, d'être toujours fidèle et loyal au duc de Normandie, roi d'Angleterre et autres provinces, d'aimer et de soutenir tous ceux qu'il aime et de combattre tous ceux qu'il combat, selon les lois de Dieu et l'ordre du monde. Je jure de ne jamais faire quoi que ce soit qui pourrait lui déplaire, en actes ou en paroles, dans la mesure où il me soutiendra comme je le mérite et me maintiendra dans mes droits, conformément aux titres qu'il a bien voulu m'accorder. Je fais ce serment de manière inconditionnelle, sans autre espérance que sa confiance et sa faveur.

A son tour, Obert prit la parole, en élevant la voix, afin que tout le monde puisse l'entendre.

— Moi, Obert, évêque de Caen, parlant au nom et avec l'autorité de Guillaume, duc de Normandie et roi d'Angleterre, j'accepte cet hommage et serment de fidélité prêté ici devant témoins et devant Dieu, et promets que Guillaume, en qualité de roi et de suzerain, protègera et défendra les biens et la personne de Brice Fitzwilliam, baron de Thaxted. Au nom du roi, je confirme de manière inconditionnelle les promesses qui lui ont été faites, sans espérer autre chose que le service loyal et sans faille qu'un vassal doit à son suzerain.

Puis, sa harangue terminée, Obert saisit la main de Brice et l'invita à se relever.

— Vive le baron de Thaxted ! Thaxted ! Thaxted !

Tous les hommes présents se mirent à l'acclamer, en tapant des pieds et en battant des mains — une manifestation de joie qu'Obert laissa se poursuivre pendant quelques minutes. Giles tapa sur l'épaule de son ami, puis le serra dans ses bras — une étreinte à la mesure des années de dur labeur et de combats qu'ils avaient vécues ensemble.

Ce fut seulement lorsqu'il vit lady Fayth entrer dans la grande salle qu'Obert se souvint qu'il devait parler à Brice de la femme que le duc lui enjoignait d'épouser.

Fayth apprit des gens présents dans la pièce l'élévation de Brice au rang de baron, et découvrit les autres faveurs qu'il venait de recevoir du duc. Son visage changea plusieurs fois d'expression, comme si elle se remémorait tout ce qu'elle avait vécu, depuis le jour où son mari avait pris d'assaut le château de sa famille. Elle imaginait sans doute les angoisses et tourments qu'allait connaître la fille d'Eoforwic de Thaxted, au cours des prochains mois, quand Brice Fitzwilliam viendrait réclamer sa part du butin à la pointe de l'épée. Un butin dont elle faisait partie…

D'expérience, Obert savait que le sexe faible ne se résignait que fort difficilement à accepter les hommes que leur père ou suzerain leur avaient choisis comme époux — comme « seigneur et maître », selon la formule consacrée.

A part lui, personne n'avait remarqué que lady Fayth avait brièvement hésité avant de féliciter Brice.

Ah, les femmes… Leur sensibilité à fleur de peau était souvent bien malvenue.

Tandis que Giles prenait la main de Fayth et se plaçait à son côté, Obert s'aperçut soudain à quel point son ami Brice était loin d'avoir résolu ces questions d'épousailles.

Giles n'avait pas eu besoin de partir à la recherche de sa femme, après s'être emparé de son château.

Mais Brice n'aurait sans doute pas la même chance…

Chapitre 1

Forêt de Thaxted, nord-est de l'Angleterre
Mars 1067

Sentant le sol trembler sous ses pieds, Gillian, sourcils froncés, se mit à en chercher la cause. La nature était toujours figée dans son manteau d'hiver, mais il n'y avait pas le moindre nuage pour altérer le bleu limpide du ciel. Elle leva les yeux, cherchant à l'horizon les signes annonciateurs de l'orage. Rien… Il n'y avait rien pour expliquer les grondements qui faisaient vibrer le sol et résonnaient dans tout son corps.

Repoussant sa capuche, elle se plaça au milieu du chemin et regarda devant, puis derrière elle, la main en visière sur son front. Au bout de quelques instants, elle comprit d'où provenait ce grondement. D'un bond, elle s'enfonça dans les fourrés qui bordaient la route. Juste à temps. La capuche rabattue sur la tête, elle remercia le ciel d'avoir eu la présence d'esprit de s'envelopper d'un long manteau de laine brune avant de s'enfuir. Elle couvrit son corps du mieux possible puis resta accroupie, pendant qu'une troupe de chevaliers et de soldats, armés de pied en cap, défilait bruyamment devant sa cachette.

Quand elle les vit s'arrêter à une centaine de pas à peine de l'endroit où elle se tenait, immobile et silencieuse, elle retint sa respiration, de peur d'être repérée et capturée.

Elle ne savait d'où venaient ces hommes d'armes, ni le but qu'ils poursuivaient.

Elle était trop loin pour entendre ce qu'ils disaient, mais, apparemment, ils s'exprimaient dans un patois normand auquel se mêlaient, de temps à autre, quelques mots en saxon. La tête baissée, enfouie dans sa capuche, Gillian attendit qu'ils se remettent en route. Quand elle entendit les cavaliers mettre pied à terre et s'avancer sur le chemin, elle se mit à trembler d'une façon irrépressible. Pour une femme, être surprise seule, en pleine forêt, par des soudards, en ces temps troublés où les hommes pouvaient commettre les pires exactions sans risquer d'être poursuivis, signifiait la mort, après mille tortures.

Sa décision de partir se réfugier dans un monastère n'avait pourtant pas été prise dans la précipitation. Elle avait bien considéré les risques qu'elle encourrait, mais elle n'avait guère eu le choix. C'était soit le mariage, arrangé par son demi-frère Oremund, avec un vieillard au visage grêlé par la petite vérole, soit le mariage, imposé par Guillaume le Bâtard, avec un chevalier normand cruel et grossier — qui, si l'on en croyait la missive qu'elle avait reçue, était en chemin pour détruire tout ce qui lui était cher.

Pour le moment, elle ne pouvait se défendre. Elle devait juste rester hors de vue et prier pour que cette troupe de soldats se remette en route et la laisse poursuivre son chemin.

En entendant les voix se rapprocher, elle retint de nouveau son souffle, craignant à tout instant d'être découverte. Ils parlaient fort, et elle réussit à saisir deux ou trois mots : Thaxted, le nom du château de sa famille, ainsi que le nom de son demi-frère, Oremund. Si seulement ils voulaient bien parler dans sa langue ou, au moins, plus lentement, afin qu'elle puisse comprendre ce qu'ils disaient !

Les minutes s'écoulèrent, interminables. Puis les voix s'éloignèrent, et l'un des hommes cria à ses compagnons qu'ils n'avaient rien vu.

Gillian redressa la tête avec prudence et risqua un coup d'œil en direction du chemin. Un chevalier était resté en arrière, à une vingtaine de pas à peine du buisson derrière lequel elle se cachait. Au lieu de suivre les autres hommes, il retira son heaume et le mit sous son bras, avant de se retourner.

Malgré elle, Gillian ne put réprimer un haut-le-corps.

Il était grand et solidement bâti. Jamais encore elle n'avait contemplé un homme aussi séduisant ! En comparaison, la beauté de l'un de ses cousins était presque banale. Un cousin qui, pourtant, faisait rêver toutes les femmes…

Ses cheveux blonds n'étaient pas coupés court, à la mode normande, mais retombaient en longues mèches bouclées autour de son visage. A cette distance, elle n'aurait pu dire quelle était la couleur de ses yeux, mais les traits de son visage étaient à la fois fins et virils, sans cette rudesse qui était souvent la marque des chevaliers normands.

Pourtant, c'était bien un Normand. Du moins, c'était dans un patois normand qu'il avait discuté avec ses compagnons.

Un Normand ! Un Normand en cotte de mailles, et armé pour la guerre !

Sainte Mère de Dieu, protégez-moi !

Il tourna la tête dans sa direction, comme s'il avait vu quelque chose.

Elle n'osa pas bouger, pas même baisser la tête ou se recroqueviller sous les branches du buisson. Il attendait, les sourcils froncés. Elle comprit instinctivement qu'il était à l'affût du moindre bruit, du moindre mouvement. Elle osait à peine respirer…

Il l'avait vue. Il allait se diriger vers elle. Pendant une seconde ou deux, son cœur cessa de battre. Fuir ? Elle savait que ce serait inutile. Il la rattraperait en trois enjambées et, de toute façon, ses jambes refuseraient de lui obéir, tellement elle était paralysée par la peur.

Mais, au lieu de cela, il pivota sur ses talons, remit son heaume, et se dirigea vers ses compagnons à grands pas rapides et souples. Tout en marchant, il jurait entre ses dents. Des jurons si grossiers qu'elle sentit ses joues s'enflammer. Ce ne pouvait être le seigneur à qui Guillaume le Bâtard avait donné Thaxted. Aucun homme bien né n'agirait de manière aussi grossière, en employant des mots si malsonnants, dignes d'un charretier ou d'une harengère.

Alors, qui était-il, et que venait-il faire à Thaxted ?

L'un des chevaliers cria des ordres, et elle crut comprendre qu'ils allaient se remettre en route. Elle ferma les yeux et adressa une prière au ciel.

Mon Dieu, faites qu'ils s'en aillent, faites que je puisse continuer mon chemin sans être inquiétée ! Elle attendit, immobile et silencieuse, jusqu'à ce que la poussière soit retombée sur le chemin et qu'il n'y ait plus aucun bruit autour d'elle. Comme elle tremblait encore de peur, elle eut à peine le courage de s'asseoir et de tirer les pans de son manteau autour d'elle. Elle ne bougerait pas de sa cachette tant qu'elle ne serait pas certaine d'être en sécurité. Il lui fallait attendre que cette troupe d'envahisseurs normands se soit suffisamment éloignée.

Tirant une outre de dessous son manteau, elle but une longue gorgée de bière additionnée d'eau. Elle avait marché pendant des heures et la fatigue, ajoutée à la poussière de la route et à la peur qui lui tenaillait le ventre, lui avait desséché la gorge. Puis, ayant bu, elle hésita à manger une partie des provisions qu'elle avait emportées, dans un linge plié en quatre. Finalement, elle préféra attendre. Elle avait pris juste assez de nourriture pour les deux jours de marche qui étaient nécessaires jusqu'au monastère où elle voulait se réfugier.

Elle avait bien quelques pièces d'argent dans sa bourse, mais elle ne comptait guère pouvoir se ravitailler en chemin. L'hiver était arrivé tôt, et la dernière moisson avait été maigre, à cause de la guerre et d'un printemps froid et humide, qui avait endommagé les récoltes. Les vivres, même ceux que son père avait fait mettre en grange pour nourrir les serfs et les vilains qui vivaient sur ses terres, avaient été réquisitionnés pour l'ost du roi Harold, quand il était passé à proximité de Thaxted — d'abord pour aller vers le nord, à la rencontre de Harald Hardadra, le roi de Norvège, puis en direction du sud, quand Guillaume le Bâtard avait débarqué sur les côtes du Sussex.

La victoire dans le nord avait fait naître un faux espoir dans le cœur des Saxons. L'ost de Harold, décimé par la bataille de Stamford Bridge et épuisé par ses longues marches à travers le pays, n'avait pas eu le temps de refaire ses forces avant d'affronter l'ost de Guillaume qui, en outre, disposait d'une puissante cavalerie. En une seule journée de la mi-septembre, à Hastings, le sort de l'Angleterre avait basculé. Harold et la fine fleur de la noblesse saxonne avaient péri sur le champ de bataille.

Et, pour ajouter encore au désastre, des bandes de rebelles et de maraudeurs s'étaient répandues dans le pays, violant, massacrant et pillant tout sur leur passage.

Gillian soupira, accablée par le souvenir des mois

horribles qu'elle venait de traverser. La folie meurtrière des hommes… Comme d'habitude, c'étaient les pauvres gens, les serfs et les vilains, qui avaient le plus souffert.

Elle attendit encore un peu, puis, estimant qu'elle ne courait plus aucun danger, se releva, secoua sa robe et son manteau pour en chasser les feuilles mortes, et se fraya un chemin dans les fourrés en direction de la route.

En levant les yeux vers le soleil, elle se rendit compte qu'elle avait perdu une bonne heure de marche. Une heure de jour précieuse, qu'elle allait devoir tenter de rattraper.

Une fois sur la route, elle pressa le pas. Il fallait qu'elle parvienne au monastère avant le coucher du soleil, sinon elle devrait passer une nouvelle nuit seule dans la forêt — une perspective qui la terrorisait encore plus maintenant qu'elle savait qu'une bande de Normands rôdait alentour.

Une heure passa, puis une autre. Gillian continuait de marcher, le regard fixé devant elle et l'oreille attentive au moindre bruit, prête à se jeter dans les buissons en cas de danger. Elle suivait la même route que les Normands, mais assez loin derrière eux, et, même si elle marchait vite, elle n'était pas trop inquiète. Elle ne les rattraperait pas… sauf s'ils s'arrêtaient.

En voyant le soleil de plus en plus bas à l'horizon, elle s'aperçut qu'elle n'atteindrait jamais le monastère avant la fermeture des portes. Essuyant de sa manche la sueur qui coulait sur son front et son cou, elle se dit qu'elle pourrait au moins dormir près des murs d'enceinte. Ce ne serait guère confortable, mais elle y serait plus en sécurité que dans la forêt. Du moins, l'espérait-elle.

Pressant encore un peu plus le pas, elle décida de

manger le quignon de pain et le morceau de fromage qui lui restaient. Sans s'arrêter, afin de ne pas perdre de temps. Elle ralentit seulement en atteignant le bas d'une côte, qu'elle savait proche du monastère. Encore un effort, et elle serait en sécurité. La côte était raide, et elle dut s'arrêter plusieurs fois pour reprendre sa respiration, avant de parvenir au sommet.

Quand, enfin, elle surplomba les lieux, hors d'haleine, elle crut défaillir devant le spectacle qui s'offrait à ses yeux. La troupe de soldats normands avait installé son camp des deux côtés de la route, et lui barrait le passage vers le monastère.

Contourner le campement ? Ce n'était pas possible : une rivière, entourée de marais et trop large pour être traversée à pied, l'empêcherait d'atteindre le monastère. Le seul pont de bois qui permettait de la franchir se trouvait juste au-delà du camp des Normands.

Que faire ?

Pouvait-elle simplement continuer son chemin, en se faisant passer pour une paysanne saxonne ? Avec un peu de chance, ils ne feraient pas attention à elle.

Après avoir réfléchi pendant quelques secondes, elle se dit qu'elle n'avait pas d'autre choix. Cela faisait deux jours qu'elle marchait, elle n'avait plus de provisions et, sans rien à manger, elle ne pourrait survivre très longtemps dans la forêt.

Elle inspira profondément et, refoulant son envie de courir, se remit en marche, en tirant son capuchon sur sa tête pour dissimuler son visage.

Marcher d'un pas régulier. Surtout, ne pas courir.

Le cœur battant à tout rompre, elle avança vers la vallée, jetant de temps à autre un coup d'œil aux soldats, par-dessous son capuchon. Ils s'affairaient à dresser leurs tentes ou à allumer des feux de camp. Si nombre d'entre eux levèrent la tête à son passage ou s'approchèrent du chemin pour la regarder, aucun n'essaya de l'arrêter. Au fur et à mesure qu'elle avançait, une lueur d'espoir commença à naître dans son cœur.

Encore une centaine de pas, tout au plus, et elle parviendrait au petit pont de bois…

Juste au moment où elle se croyait hors d'atteinte, un homme reposa la hache avec laquelle il était en train de couper du bois et vint se mettre en travers de son chemin. Elle essaya de le contourner, mais, devinant ses intentions, il lui barra le passage.

Impressionnée par sa taille et la largeur de ses épaules, elle sut immédiatement qu'elle n'avait aucune chance de lui échapper. Faisant demi-tour, elle songea à repartir d'où elle venait, mais un autre soldat lui barrait la route. Puis, un troisième et un quatrième s'approchèrent par les côtés, ne lui laissant nulle part où aller.

Elle attendit, retenant son souffle.

— Que fais-tu sur cette route, toute seule ? questionna l'un des hommes avec un fort accent normand.

Bien qu'elle ait espéré ne pas en avoir besoin, Gillian avait préparé une histoire, pour être en mesure de répondre à ce genre de question. Les yeux toujours baissés, elle se tourna vers l'homme qui l'avait interpellée.

— Ma maîtresse est malade, messire. Elle m'a envoyée au monastère pour demander à l'une des sœurs de lui préparer une potion dont elle seule connaît la formule, et qui est souveraine pour la maladie dont elle souffre.

Elle avait pris sciemment un ton humble et modeste, en espérant que les soldats seraient apitoyés et la laisseraient passer.

— La nuit va bientôt tomber, dit celui qui se trouvait

derrière elle. Connaissant les habitudes des sœurs, les portes du monastère sont sûrement déjà fermées. Venez, vous serez plus en sécurité dans notre camp cette nuit.

Un mouton était-il en sécurité, gardé par une meute de loups ? Elle ne le croyait guère, et les sentait déjà se pourlécher les babines au-dessus d'elle.

Elle déclina l'invitation d'un mouvement de tête, sans oser lever les yeux.

— Les sœurs m'attendent, messire. Je dois me hâter. Ma maîtresse sera en colère si je m'attarde en chemin.

Elle essaya d'écarter l'homme qui lui barrait le passage, mais il ne bougea pas d'un pouce. En désespoir de cause, elle tenta de nouveau de le contourner. Sans plus de succès. Elle s'apprêtait à faire une troisième tentative, quand deux des soldats la saisirent chacun par un bras et l'entraînèrent vers le camp. Tous ses efforts pour leur échapper ne servirent à rien. Ils la tenaient avec une poigne de fer. Son cœur battit violemment dans sa poitrine, et sa tête se mit à tourner.

Avant qu'elle ait eu le temps de reprendre ses esprits, elle se retrouva au milieu du camp, entourée de soldats normands. Elle continuait à se débattre, mais ne parvenait même pas à ralentir le pas des hommes qui la retenaient prisonnière. Ils la traînaient presque, indifférents à ses protestations. Elle avait mal aux poignets, et elle savait que le lendemain matin, ils seraient endoloris et couverts de bleus — si elle était encore en vie…

A la façon dont ils parlaient entre eux, dans un normand rapide et nerveux, elle se douta qu'ils avaient deviné qu'elle n'était pas ce qu'elle prétendait être.

Il fallait qu'elle leur échappe. Au plus vite. Sinon, elle était perdue.

En désespoir de cause, elle écrasa le pied de l'un de ses

tortionnaires et tenta de le déséquilibrer en le poussant de toutes ses forces.

Sans le moindre résultat.

Et, en plus du reste, elle s'était fait mal au pied.

Finalement, ils s'arrêtèrent. Profitant d'un relâchement de la pression sur ses poignets, elle se dégagea et tenta de s'enfuir. L'un des soldats saisit un pan de son manteau de laine, qui se déchira avec un craquement sinistre.

Elle n'avait pas fait trois pas — trois pas douloureux —, qu'un bras recouvert de mailles de fer lui entourait la taille et la plaquait brutalement contre un torse dur et rugueux. Sa tête heurta la plaque de métal de la cuirasse Elle faillit perdre connaissance, et en eut le souffle coupé.

— Pourquoi cherches-tu à t'enfuir, ma jolie ? demanda une voix grave et moqueuse dans son dos. Aurais-tu décidé de ne pas accepter notre hospitalité pour cette nuit, finalement ?

Quand elle reconnut la voix de l'homme qui la tenait plaquée contre lui, une terreur panique l'envahit. N'ayant plus aucune chance de s'échapper, et soupçonnant ses tortionnaires de vouloir lui infliger les pires sévices, Gillian ferma les yeux, prête à défaillir.

Autour d'elle, les plaisanteries obscènes fusaient, ponctuées d'éclats de rires grossiers.

Mais, au lieu de perdre connaissance, elle eut un haut-le-corps lorsque le géant qui la tenait mit son autre bras autour de sa poitrine et la serra contre lui, dans une étreinte des plus indécentes. Puis il se pencha vers elle, si près qu'elle sentit le souffle tiède de son haleine sur son cou.

— Dis-moi ce dont tu as envie, ma toute belle, et, foi de Breton, je ferai tout pour te satisfaire, lui susurra-t-il à l'oreille en saxon.

Chapitre 2

Malgré les circonstances misérables de sa naissance et son enfance passée en tant que bâtard dans une maison noble, où il avait dû subir mille tourments, Brice Fitzwilliam n'avait jamais considéré la patience comme une vertu. Il avait toujours estimé que cette sagesse des humbles, prônée par les prêtres et par l'Eglise, ne convenait pas au tempérament d'un homme de guerre — et la situation dans laquelle il se trouvait à présent ne faisait que confirmer son opinion.

Bon gré mal gré, il avait déjà dû patienter tout l'hiver, à attendre que le nouveau roi d'Angleterre lui fasse parvenir les parchemins qui faisaient de lui un baron, et qui établissaient ses droits de propriété sur le château et les terres de Thaxted. Dès qu'il les avait reçus, il s'était mis en route — pour trouver, à l'arrivée, un château solidement défendu par une bande de rebelles, bien décidée à lui en interdire l'accès.

Les forces dont il disposait étant trop faibles pour entreprendre un assaut avec des chances raisonnables de succès, il avait encore attendu trois semaines les renforts qu'il avait demandés à son ami, Giles de Taerford.

Il avait mis alors le siège devant la forteresse, mais, pour l'instant, sans le moindre résultat. Et, pour ne rien arranger, il avait appris par des paysans des environs que la femme qu'il devait épouser avait réussi à tromper sa vigilance et était partie chercher refuge dans un monastère.

Heureusement, Stephen, le meilleur pisteur de sa troupe, l'accompagnait, et rien ni personne ne pouvait lui échapper quand il se mettait en chasse.

Elle se débattait et gigotait comme une forcenée dans ses bras, mais Brice savait qu'elle ignorait qu'elle devait devenir son épouse. Il sentit une bouffée de colère l'envahir en pensant aux dangers auxquels elle s'était exposée, en s'aventurant ainsi seule sur les routes. Il frémissait à l'idée de ce qui aurait pu lui arriver, s'il ne l'avait pas trouvée à temps. Elle avait besoin d'une leçon, et il était le mieux placé pour la lui donner.

Au moins, elle était vivante. C'était déjà cela. Maintenant, il allait lui faire regretter la légèreté de sa conduite.

— Alors, ma belle, quel est ton prix pour la nuit ? s'enquit-il en faisant glisser sa main sur son corps et en la sentant tressaillir sous ses doigts. Comme ils combattent depuis des semaines, mes hommes n'ont guère eu l'occasion de dépenser leur solde, et tu pourrais te faire un joli magot en passant quelques jours avec nous.

— Je… je ne suis pas une ri… ribaude, bredouilla-t-elle. Mes faveurs ne sont pas à vendre.

Brice desserra son étreinte et l'obligea à se tourner vers lui. En découvrant son visage, il fut ébloui par sa beauté, et ne parvint qu'à grand-peine à masquer son étonnement.

Des yeux lumineux, d'une couleur à mi-chemin entre le vert et le bleu, un visage d'un ovale parfait, un teint satiné, sans la moindre tache de rousseur…

Ses longs cheveux bouclés, brun clair, s'échappaient de son voile et tombaient en cascade sur ses épaules. Bien qu'elle fût habillée à la mode saxonne — une robe longue, lâche et bouffante — il devinait les courbes de son corps, ses hanches souples, sa poitrine généreuse, tout ce qu'il aimait et désirait chez une femme. Et s'il en jugeait par la vigueur avec laquelle elle s'était débattue, elle devait avoir des bras et des jambes de statue antique. Il imagina leur finesse et le plaisir qu'il éprouverait à les caresser.

Son corps réagit avant même qu'il eût terminé son inspection, et il sentit son membre viril se tendre, prêt à faire subir à la jeune femme toutes les délicieuses tortures dont il l'avait menacée.

Ce ne fut que lorsque l'un de ses hommes s'éclaircit la voix derrière lui qu'il reprit ses esprits.

— Qui es-tu donc, si tu n'es pas une ribaude ?

— J'ai dit à vos hommes que ma maîtresse était malade et qu'elle m'avait demandé d'aller chercher une potion au monastère. J'étais en chemin pour m'y rendre.

— Seule ? Alors que des maraudeurs et des bandits de grands chemins infestent les bois et détroussent les voyageurs ? questionna-t-il, les sourcils froncés. Jolie comme tu es, en plus ! Ta maîtresse doit être vraiment inconsciente pour t'avoir laissée partir ainsi, sans personne pour assurer ta sécurité.

Elle fit un pas en arrière, mais, cernée par les Normands, elle n'avait aucune chance de s'enfuir. S'il en jugeait à la lueur de peur qui brillait dans ses yeux, elle n'était pas loin de perdre sa belle contenance. Voyant qu'il la regardait, elle se reprit cependant et redressa la tête.

— Ma maîtresse avait d'autres préoccupations en tête, messire. Elle sait que je ne suis pas peureuse, et assez débrouillarde pour parvenir sans encombre au monastère.

Pas peureuse ? Il n'en doutait pas. Sinon, elle ne serait jamais allée courir la campagne toute seule, sans personne pour la protéger. « Téméraire » serait plus approprié…

— Pas peureuse ? répéta-t-il d'un ton moqueur. Je dirais plutôt « inconsciente ». Il faut aimer les ennuis pour s'aventurer ainsi sur les routes.

Tout en parlant, il continuait à la détailler de la tête aux pieds, sans chercher à dissimuler le désir que lui inspiraient ses courbes féminines.

— Si elle n'est pas trop stupide, ce dont je doute, ta maîtresse aurait dû savoir à quels risques elle t'exposait, en te confiant une mission aussi… périlleuse. Tu vois ce que je veux dire, je suppose ? Une femme jeune et jolie, livrée en pâture aux maraudeurs ou à ces affreux soudards normands ou saxons qui font régner la terreur dans tout le pays, en pillant les fermes et en violant les pauvres créatures qui ont le malheur de tomber entre leurs mains…

Gillian avait pâli et ne parvenait qu'à grand-peine à masquer sa peur. Ses yeux brillaient, comme si elle était au bord des larmes, et ses lèvres, délicieusement sensuelles, tremblaient légèrement. Ah ! elle commençait peut-être à se rendre compte à quel point elle avait été imprudente !

— S'il a un peu d'honneur, un gentilhomme se doit de protéger la servante d'une dame. En me laissant poursuivre librement mon chemin, vous…

Brice l'interrompit brutalement.

— Je n'ai jamais prétendu être un gentilhomme, ma jolie. Et si ta maîtresse s'imagine qu'un gentilhomme, duc, baron ou simple chevalier, pourrait résister à la tentation et laisser échapper une proie aussi délicieuse, elle est encore plus stupide que je ne le croyais.

Ses hommes s'esclaffèrent. Ils savaient que Brice était un bâtard, comme la plupart d'entre eux — c'était d'ailleurs l'une des raisons pour lesquelles ils lui vouaient une fidélité sans faille. La plupart des hommes auraient été flattés d'être traités de gentilshommes, mais pas ces Bretons, ni ces Normands, qui avaient fait leur chemin dans la vie à la pointe de leur épée.

Gillian aurait voulu protester, mais, ne trouvant pas les mots qui convenaient, elle se mordit la lèvre et baissa la tête.

Brice la considéra pendant quelques secondes en silence. Ses efforts pour l'humilier ne lui donnaient pas la satisfaction qu'il avait escomptée. Jetant un coup d'œil vers le ciel, il se rendit compte que la nuit était en train de tomber, et qu'il y avait encore beaucoup de choses à faire. Veiller à ce que ses hommes se restaurent et prennent un repos bien mérité, s'assurer que les chevaux ne manquaient de rien, mettre en place des tours de garde… La femme que le roi lui avait demandé d'épouser pouvait attendre. Plus rien ne pressait, maintenant qu'elle était en sa possession.

— Emmène-la dans ma tente et fais en sorte qu'elle y reste, ordonna-t-il à l'un de ses lieutenants.

— Non, vous ne pouvez pas me retenir ainsi ! protesta-t-elle avec véhémence.

Il fit un pas vers elle et l'obligea à relever la tête. Elle reprit d'une voix tremblante :

— Les sœurs…

— Les sœurs vont prendre leur repas du soir, faire leurs prières et se coucher, ma jolie. Ta maîtresse aurait dû réfléchir un peu avant de t'envoyer courir les chemins sans personne pour te protéger.

Gillian tenta de le repousser.

— Elles m'attendent. Ma maîtresse leur a envoyé un messager pour leur annoncer mon arrivée.

Brice fit non de la tête.

— Je peux t'assurer qu'aucun messager n'est arrivé au monastère. Nous campons ici depuis plusieurs semaines, et le pont a été gardé jour et nuit. Avec les pluies de ces derniers mois, la rivière est infranchissable à pied, et je suis donc certain que personne n'est venu de Thaxted... à part toi, aujourd'hui.

Perdant le peu d'assurance qui lui restait, Gillian regarda autour d'elle et sembla, pour la première fois, se rendre compte que sa situation était sans issue.

Avait-elle réellement envoyé un messager au monastère ?

Ses hommes ne l'avaient pas vu, mais peut-être s'était-il enfui, en se rendant compte qu'il ne pourrait traverser leur camp sans être intercepté. Apparemment, en tout cas, il n'avait pas jugé bon de rendre compte à Gillian de son échec.

— Emmène-la, répéta-t-il d'une voix plus douce, en s'éloignant un peu pour que Stephen puisse exécuter son ordre.

Gillian eut l'air d'abord de vouloir résister, mais elle finit par hocher la tête et se laissa emmener.

Au moins, elle était en sécurité, maintenant. Avec ce souci en moins, il allait pouvoir se consacrer aux tâches qui l'attendaient.

Demain, elle lui appartiendrait, et bientôt, il serait également le maître de Thaxted et des terres qui en dépendaient, conformément aux parchemins, avec droit de basse et haute justice sur toute l'étendue de son fief.

Avec l'aide des renforts que Giles lui avait envoyés et de l'ost que le roi avait mis à sa disposition, il prendrait le château et en chasserait les rebelles, ainsi que tous ceux qui refuseraient de faire allégeance à Guillaume. Ensuite, enfin, sa nouvelle vie pourrait commencer. La vie d'un haut et puissant seigneur. Le rêve secret qu'il chérissait au fond de son cœur depuis le jour où il avait été adoubé chevalier.

Il inspira profondément et se réjouit d'avance des défis qu'il allait devoir relever, avant de parvenir à son but.

Homme de guerre entraîné et rompu à tous les combats, il n'avait pas peur des batailles qui l'attendaient. Bien au contraire.

Mais il aurait un autre défi à relever. Un défi auquel il n'avait jamais pensé. Affronter la fureur de la femme qu'il avait pour mission d'épouser.

La nuit était tombée depuis plusieurs heures déjà et, groupés autour des feux, les hommes se reposaient ou finissaient de se restaurer.

Accompagné par ses capitaines, Brice fit le tour du camp afin de s'assurer que les gardes étaient bien à leurs postes, prêts à donner l'alerte à la moindre menace. Après que Stephen eut emmené Gillian dans sa tente, il avait envoyé un messager au monastère, pour faire savoir aux sœurs qu'elle était en sécurité et serait bientôt de retour dans son château. Une généreuse donation accompagnait le message. Un geste qui, il l'espérait, permettrait d'adoucir ses relations futures avec le monastère. Il connaissait l'influence de l'Eglise sur les manants. Ayant vu d'autres seigneurs commettre l'erreur de ne pas respecter le clergé, et en être par la suite fort marris, il était bien décidé à tout faire pour s'attirer la bienveillance ou, tout du moins, la neutralité des gardiens des âmes de ses nouveaux sujets saxons.

Finalement, s'étant assuré que toutes ses consignes étaient respectées, il décida que le moment était venu d'aller retrouver sa future épouse.

Il souhaita bonne nuit à ses capitaines et se dirigea vers sa tente.

Quatre hommes y montaient la garde, un à chaque angle, et tous avaient l'air particulièrement sombres.

— Des problèmes, Ansel ? demanda-t-il en approchant. Tout semblait calme, mais leurs visages, et le seul fait qu'ils soient aussi nombreux devant la tente, laissaient supposer que les choses ne s'étaient pas passées aussi bien qu'il l'avait espéré. Ansel était une jeune recrue, qui n'avait que quelques mois d'expérience, mais il savait qu'il pouvait avoir confiance en lui.

— Oui, répondit Ansel dans son dialecte breton. Elle est… Votre dame est… très obstinée.

Il secoua la tête en grimaçant, et Brice remarqua qu'il avait une griffure sur le menton.

— Dans la mesure où il ne lui est arrivé aucun mal, tu n'as pas à t'inquiéter, le rassura Brice en soulevant le battant en toile de la tente. Je ne te ferai pas de reproches.

Ansel hocha la tête, mais, visiblement, il n'était toujours pas tranquille. Les sourcils froncés, Brice resta sur le seuil et vit Stephen s'avancer vers lui.

— Elle a failli s'échapper à trois reprises, Brice, expliqua Stephen. Une fois, elle a presque réussi à atteindre les limites du camp sans être vue.

Brice observa chacun des gardes l'un après l'autre, et vit qu'ils avaient tous des bleus ou des égratignures sur le visage. Puis il se tourna vers Stephen, qui soupira et haussa les épaules.

— Si vous devez blâmer quelqu'un, c'est moi, mais je n'ai pas trouvé d'autre façon de l'empêcher de s'échapper.

Brice grimaça. S'il en jugeait à la mine coupable de Stephen et d'Ansel, le moyen choisi avait dû être plutôt radical.

— Bien, marmonna-t-il en hochant la tête. Elle ne s'est pas enfuie, c'est le principal. Va lui chercher quelque chose à manger et, vous autres, allez vous restaurer, ajouta-t-il à l'intention des autres gardes. Je vais aller m'occuper d'elle.

Tandis qu'ils s'éloignaient, il se courba en deux pour pénétrer dans la tente. Une unique lanterne parvenait à peine à réduire la pénombre, mais, en découvrant le spectacle qui s'offrait à ses yeux, sa bouche devint sèche, et il sentit un désir brutal monter dans ses reins.

Stephen et ses hommes avaient fiché en terre un poteau de bois et y avaient attaché Gillian aux poignets et aux chevilles. Son voile saxon était tombé sur ses épaules, et un bâillon lui couvrait la bouche. Comme elle s'était débattue pour tenter de détacher ses liens, sa robe était remontée sur ses genoux et découvrait le galbe de ses mollets. Et, comme elle avait les bras attachés derrière la tête, sa poitrine faisait saillie, à travers son corsage et ses tétons pointaient à sous le tissu.

Brice avala avec peine la boule qui s'était formée au fond de sa gorge. Il fit un pas de plus dans la tente et laissa retomber le battant de toile derrière lui.

En le voyant approcher, elle recommença à se débattre et, ce faisant, sa robe remonta encore un peu, le gratifiant d'une vue oh ! combien délicieuse ! sur ses cuisses, tandis qu'elle se tournait et se retournait pour essayer de se libérer.

Il serra et desserra les poings machinalement, tout en luttant contre une envie brutale de poser ses mains sur la peau blanche et satinée qui s'offrait ainsi à ses yeux. Une vague de chaleur l'envahit, et il songea à tous les endroits de son corps qu'il aurait le loisir de caresser et de couvrir de baisers, avant le lever du soleil.

Elle marmonna quelque chose à travers son bâillon et il se dit qu'il ne pouvait, décemment, la laisser ainsi.

Faisant un pas de plus dans sa direction, il tira sa dague de son fourreau et coupa la bande de tissu qui la réduisait au silence.

— Calme, maintenant, ma jolie, murmura-t-il d'une voix apaisante.

Puis, du bout des doigts, il écarta ses cheveux de son visage et lui caressa la joue.

Des larmes. Elle avait pleuré. D'après le peu qu'il savait de la femme que Guillaume lui avait ordonné d'épouser, un tel signe de faiblesse était pour elle la pire des humiliations.

Se rendant près d'une petite table, il remplit un gobelet de vin et le lui apporta.

— Tenez, buvez ceci.

Il l'obligea à lever la tête et l'aida à boire, jusqu'à ce qu'elle ait vidé le gobelet. Puis, quand elle eut terminé, il remplit de nouveau le récipient et but le vin d'un seul trait.

Elle n'avait pas prononcé un mot. S'agenouillant à côté d'elle, il commença à tirer sur sa robe, pour la faire redescendre. Mais quand il arriva à la cheville, il ne put résister au désir de la toucher. Glissant sa main sous le bord de la jupe, il remonta le long du mollet jusqu'au genou. Il avait trop envie de remonter plus haut, de lui caresser la cuisse et de s'insinuer entre ses jambes jusqu'au nid moite et tiède de sa féminité. Non sans mal, il résista à la tentation, et seules ses protestations parvinrent à lui faire reprendre ses esprits.

— Je vous en prie, messire… Non…, murmura-t-elle d'une voix étranglée.

Elle n'avait pas bougé. Au bout de quelques instants, qui lui semblèrent une éternité, il tira sur le bord de sa jupe, pour finir de recouvrir ses jambes, et battit en retraite.

Le silence embarrassant qui s'était instauré entre eux

fut brisé quand Ansel l'appela depuis l'extérieur de la tente. Brice sortit et revint avec un plateau de viandes et de fromages. Après l'avoir posé sur la table, il tira de nouveau sa dague et entreprit de couper les liens des poignets de Gillian. Au contact de la lame froide sur sa peau, elle eut un haut-le-corps — de surprise plus que de peur, car il prenait grand soin de ne pas la couper. Ce fut seulement quand il lui tendit la main qu'elle se rendit compte qu'il n'avait pas quitté sa cotte de mailles.

Malgré son regard plein de douceur, Gillian ne lui faisait pas confiance. Oh ! ses hommes ne lui avaient encore fait aucun mal, mais le fait d'avoir été attachée et bâillonnée pendant des heures avait mis sa patience et son courage à rude épreuve ! Bien qu'elle fût encore pucelle, elle ne s'était pas trompée sur la nature du désir qui avait brillé dans les yeux de l'homme, quand il lui avait touché la jambe. Déjà, en entrant, il avait longuement parcouru du regard les zones de son corps qu'elle avait imprudemment découvertes en se débattant. Elle ne savait pas pendant combien de temps encore il la respecterait, et n'osait le lui demander.

Cependant, désormais détachée, elle avait plus de chances de pouvoir s'échapper que si elle était restée ficelée comme une volaille…

Quand elle se pencha pour défaire les liens qui retenaient ses chevilles, il l'arrêta.

— Non, laissez-les, lui intima-t-il d'un ton bourru.

Le timbre grave de sa voix et son accent un peu chantant l'affectèrent plus qu'elle ne l'aurait voulu. Elle tira sa robe sur ses pieds, aussi bas qu'elle le put, et serra également les cordons de son corsage.

S'écartant d'un pas, Brice prit un carré de chiffon propre, le plongea dans un seau d'eau et lui tendit. Elle l'accepta et le passa sur son visage et sur son cou, afin d'en effacer les traces de boue et les larmes, qu'elle avait versées malgré tous ses efforts pour ne pas pleurer. Puis, elle se nettoya les mains et le lui rendit.

— *Merci,* murmura-t-elle en français.

Il fronça les sourcils et, immédiatement, elle se rendit compte de son erreur. Une pauvre servante saxonne n'était pas censée connaître la langue des envahisseurs normands. Heureusement, elle n'avait prononcé qu'un seul mot. Une phrase complète l'aurait trahie de manière irrémédiable.

Quand il se mit à lui parler dans sa langue, elle battit des cils et secoua la tête, comme si elle ne comprenait pas. A dire vrai, même si sa connaissance du français était limitée, elle était capable de saisir l'essentiel de ce qu'il disait, dans la mesure où il ne parlait pas trop vite ; mais elle ne voulait pas qu'il le sache, ni lui ni ses hommes. Ainsi, elle pourrait peut-être obtenir des informations utiles sur ce qu'ils avaient l'intention de faire, et les transmettre à son frère, quand elle retournerait à Thaxted.

Si elle retournait un jour auprès de son frère.

Elle frissonna en se rendant compte que cette nuit serait peut-être sa dernière. Après tout, ces hommes n'avaient pas cru à son histoire, et étaient persuadés qu'elle n'était qu'une ribaude. S'ils la contraignaient à… à satisfaire leurs désirs, elle pourrait fort bien ne plus être en vie demain matin. Etre livrée en pâture à cette bande de soudards… A cette pensée, elle se mit à trembler de la tête aux pieds. Des pieds nus, car ils lui avaient enlevé ses chaussures, afin de l'empêcher de s'échapper. Sans chaussures et sans manteau, ils savaient qu'elle ne pourrait pas aller bien loin, au cas où elle parviendrait de nouveau à tromper leur vigilance.

En la voyant trembler, le chevalier réagit rapidement, mais de manière inattendue : il appela l'un de ses hommes, un certain Stephen, et lui demanda quelque chose dans une langue qui ne ressemblait en rien au normand.

Quelques instants plus tard, Stephen revenait avec un manteau et des chaussures. Il secoua le manteau et le drapa autour des épaules de Gillian. Elle le serra autour de son corps en poussant un soupir de soulagement. Après des heures passées dans l'immobilité, attachée à un poteau, sans rien pour la protéger du froid, elle trouvait la douce chaleur de la laine d'un réconfort inestimable. Puis, s'agenouillant devant elle, le chevalier mit les souliers à ses pieds et, de nouveau, elle fut surprise par la douceur de ses gestes.

Quand il posa le plateau devant elle, son estomac criait tellement famine qu'elle aurait eu grand-peine à prétendre qu'elle n'avait pas faim. Une aile de poulet rôti, du fromage et un morceau de pain. Elle se mit à manger, ou, plutôt, à dévorer, sans la moindre vergogne. Elle avait besoin d'être forte pour affronter les épreuves qui l'attendaient. Elle se défendrait, elle se battrait, avec tous les moyens en son pouvoir. Jamais elle ne s'avouerait vaincue ! Quand elle eut mangé le fromage et le pain, jusqu'à la dernière miette, elle releva la tête et vit qu'il surveillait chacun de ses mouvements.

Remplissant un gobelet de vin, il le lui tendit et elle le but d'un trait.

Sachant que ce n'était qu'un moment de répit qu'il lui accordait, avant de lui faire subir le sort qu'il lui avait réservé, elle aurait dû prendre son temps, manger moins vite. Mais elle n'avait pas eu la force de résister à la faim qui lui tenaillait le ventre depuis son départ de Thaxted.

Elle venait à peine de lui rendre le gobelet vide quand

elle entendit des voix et des bruits de pas qui se rapprochaient. Son frère avait-il découvert sa fuite et s'était-il lancé à sa poursuite ? Etait-il en train d'attaquer le camp ?

Dès que le chevalier lui retira le plateau et lui tourna le dos, elle s'accroupit et commença à tirer sur les liens qui lui attachaient les chevilles. Soit il ne l'avait pas vue faire, soit il ne la croyait pas capable de défaire les nœuds, car il sortit de la tente sans même jeter un coup d'œil par-dessus son épaule.

Si seulement elle avait une dague ou un outil pointu pour desserrer les nœuds ou couper les cordes !

Elle poursuivit ses efforts, pressée d'être libre, jusqu'au moment où elle entendit Stephen parler à son chef.

— Les hommes sont prêts.

D'un seul coup, une angoisse terrible l'envahit. Son esprit resta paralysé, tandis que ses mains continuaient de lutter frénétiquement avec les liens de ses chevilles. Tirant sur un bout, puis sur un autre, elle se mit à trembler à la pensée de ce qui l'attendait. Allaient-ils prendre leur plaisir avec elle dès maintenant ? Tous ? Les uns après les autres ?

Sainte Vierge et tous les saints du paradis, protégez-moi, je vous en supplie !

Elle lutta désespérément contre la panique qui la submergeait. Elle devait rester maîtresse d'elle-même. Il le fallait, absolument, si elle voulait pouvoir profiter de la moindre occasion de prendre la fuite.

Elle respira profondément, à plusieurs reprises, afin d'essayer de calmer les battements désordonnés de son cœur.

Contrôle ta peur. Réfléchis. Fais tout pour échapper au sort horrible qui t'attend.

Quand le chef des Normands revint dans la tente et

s'approcha d'elle, elle songea qu'il était le seul à pouvoir la sauver du plus grand des déshonneurs.

Il avait enlevé son haubert et ne portait qu'une tunique en grosse toile de laine. Mais au lieu d'apaiser ses peurs, cette nouvelle tenue les accrut : il n'avait pas l'air moins dangereux que lorsqu'il était habillé en homme d'armes. Pour violer une femme, point n'était besoin d'une cotte de mailles, encore moins d'une armure.

Il s'accroupit à ses côtés et, à l'aide de sa dague, coupa les liens de ses chevilles. Puis il l'aida à se mettre debout et, voyant qu'elle vacillait sur ses jambes, passa un bras autour de sa taille.

— Messire..., protesta-t-elle faiblement en se tournant vers lui, le visage blême.

Mais, au lieu de la lâcher, il la serra plus fort encore contre son torse.

Elle grimaça. Le moment crucial était arrivé.

— Je... je ne résisterai pas. Vous... vous pourrez faire ce que vous voulez de moi, si vous me promettez de ne pas me livrer ensuite à vos hommes.

Voilà. Elle avait prononcé les mots fatidiques.

Elle était horrifiée par sa propre audace, mais elle savait qu'elle devait se montrer franche et directe. Sinon, elle était perdue.

Se dressant sur la pointe des pieds, elle saisit fébrilement les revers de sa tunique, prête à lui promettre tout ce qu'il voulait pour rester en vie.

— Je veux bien me donner à vous, messire, mais à vous seul.

A son plus grand désarroi, il la repoussa, si brusquement qu'elle faillit tomber en arrière.

Au lieu de l'amadouer avec ses promesses, elle l'avait mis en colère...

Il lui saisit le poignet et la traîna vers l'entrée de la tente.

— Non, messire ! Non ! cria-t-elle, terrorisée, le visage grimaçant de douleur. Je vous en prie, ne me livrez pas à vos hommes !

Sourd à ses suppliques, il souleva le battant de toile et la traîna à l'extérieur, devant la masse compacte de ses hommes.

C'était la nuit, mais le ciel était sans nuages, et la lumière de la lune éclairait le camp comme en plein jour.

Ce n'est pas possible ! Ils sont des centaines !

De plus en plus terrorisée, elle regarda tous ces hommes rassemblés devant elle, telle une biche aux abois.

Mais au lieu de la pousser vers eux, leur chef l'attira contre lui et la força à plonger les yeux dans les siens.

— Oui, lady Gillian, vous réchaufferez ma couche cette nuit, marmonna-t-il entre ses dents.

Il savait ! Il savait qui elle était ! Avant qu'elle ait pu lui demander une explication, il l'étreignit avec encore plus de fougue et se pencha vers elle, afin qu'elle soit la seule à distinguer ses paroles.

— Et je n'ai pas l'intention de partager ma femme avec un autre homme, quel qu'il soit.

Chapitre 3

Le cœur battant à tout rompre, Gillian scruta son visage, à la recherche d'une réponse aux questions qui tournaient dans sa tête. En vain. Il était en colère, cela se voyait : ses yeux étincelaient de fureur. Elle prenait conscience, mais un peu tard, qu'il connaissait son identité depuis le début, même lorsqu'elle avait menti et tenté de se faire passer pour une humble servante. Comment avait-il su ?

— Qui êtes-vous ? demanda-t-elle d'une voix blanche.

Son frère lui avait dit qu'un baron était en route pour prendre possession de leurs terres et l'épouser, sur ordre de l'usurpateur. Mais l'homme qui se trouvait devant elle lui avait affirmé ne pas être un gentilhomme. Elle l'avait entendu jurer grossièrement, et ses hommes l'appelaient simplement par son prénom, Brice, sans aucune des marques de respect dues à un haut et puissant baron, qu'il soit saxon ou bien l'un de ces maudits Normands qui, désormais, se répandaient comme la peste à travers toute l'Angleterre.

— Je suis Brice Fitzwilliam, baron et seigneur de Thaxted, par la grâce de Guillaume, duc de Normandie et roi d'Angleterre, répondit-il à haute et intelligible voix, afin d'être entendu par tous ses hommes. Ainsi que votre mari, incidemment, ajouta-t-il en s'inclinant légèrement vers elle.

Le tonnerre d'applaudissements qui lui répondit terrifia Gillian.

Ainsi, c'était là l'homme qui avait été désigné pour détruire son monde, tuer son frère, s'emparer de ses terres et assujettir ses gens — à l'instar de son maître, Guillaume le Bâtard, qui avait déjà ravagé tout le sud de l'Angleterre.

C'était là l'homme qui avait été désigné pour la soumettre, corps et âme.

Fitzwilliam ? Il était donc lui-même un bâtard. Maintenant, elle comprenait mieux sa colère. Etant donné le peu d'ancienneté de sa noblesse, il avait dû ressentir comme une insulte son appel à son honneur de gentilhomme.

— Vous n'êtes pas mon mari, répliqua-t-elle, refusant de croire qu'un tel sacrement puisse lui être imposé sans son consentement.

Il éclata de rire. Un rire joyeux et franc qui la surprit, et le montra sous un jour différent de celui sous lequel elle l'avait vu jusqu'à présent. Ses yeux pétillaient, et la façon dont ses lèvres s'incurvaient, faisant naître deux fossettes sur ses joues, fit monter une vague de chaleur dans ses reins. Quand il se pencha vers elle, elle ne put s'empêcher de retenir son souffle, tellement elle se sentait fascinée par son regard.

— Mais cela peut s'arranger facilement, madame, murmura-t-il en faisant signe à un vieil homme qui se tenait en retrait de ses soldats, à la lisière de la forêt.

Le vieillard, un prêtre, s'avança, suivi par un jeune clerc, qui n'était pas en habit ecclésiastique mais portait plusieurs rouleaux de parchemin.

Le prêtre s'inclina brièvement devant elle.

— Madame, je suis le père Henry, chapelain de Taerford.

Puis, se tournant vers le chevalier normand, il s'adressa à lui d'une voix douce et respectueuse.

— Messire, Selwyn va lire les dispositions de votre contrat de mariage, ainsi que les parchemins attestant de vos titres et propriétés.

Gillian avait été tellement choquée par la tournure qu'avaient pris les événements qu'elle n'aurait su dire quand la poigne de Brice sur son bras s'était desserrée, quand sa main avait pris la sienne, ou quand leurs doigts s'étaient entremêlés. En quelques instants elle était passée du statut de prisonnière à celui de fiancée, et elle en restait totalement stupéfaite, incapable de la moindre réaction.

Tandis que le jeune clerc, Selwyn, lisait à haute voix les titres de noblesse et les terres attribués à Brice Fitzwilliam — qui était originaire de Bretagne, et non de Normandie —, elle tenta de trouver un moyen d'échapper au destin que le nouveau roi d'Angleterre lui avait assigné. Un moyen de retourner à Thaxted, et de se placer sous la protection de son frère. Un moyen de revenir à la vie qu'elle avait connue, avant l'invasion de ces maudits Normands.

Au lieu de cela, elle était la captive d'un inconnu, d'un chevalier breton anobli par son roi, un homme qui — si elle le laissait faire — serait bientôt maître de ses terres, de ses gens et de son corps, avec tous les droits que la loi et les coutumes conféraient à un seigneur et époux.

Elle devait faire quelque chose.

Vite !

Mais quand elle essaya de retirer sa main de la sienne, il se pencha vers elle et lui murmura à l'oreille des mots qui, instantanément, la figèrent sur place et annihilèrent toute velléité de résistance.

— Châtelaine riche et respectée, ou miséreuse condamnée à errer sur les chemins. Quel est votre choix, Gillian ?

Quand elle croisa son regard, elle ne vit aucune lueur de triomphe dans ses yeux, et les traits de son visage restèrent impassibles. Elle comprit alors qu'il se montrerait implacable. Si elle refusait de se soumettre, elle serait chassée à jamais de Thaxted.

Lorsque Selwyn eut fini de lire les dispositions du contrat de mariage dressé et approuvé par le duc de Normandie, tous les yeux se tournèrent vers elle.

Quelque chose, tout au fond d'elle-même, la poussait à se montrer courageuse, à se battre contre l'ennemi qui voulait soumettre son peuple et la forcer à l'épouser. Le père Henry était un Saxon. Il allait sûrement la défendre, refuser de bénir une union arrachée sous la contrainte. Et, si ce Brice décidait de la jeter en pâture à ses hommes, le prêtre l'en empêcherait…

Mais une autre partie d'elle-même savait qu'elle avait des devoirs envers ses gens. Elle devait tout faire pour les protéger contre des envahisseurs qui, si elle en croyait ce qu'on lui avait raconté, s'étaient montrés d'une cruauté inimaginable envers les serfs et les vilains — allant jusqu'à les marquer au fer rouge, comme du bétail, hommes et femmes indistinctement.

Si sa mère était de basse extraction, du sang noble coulait dans ses veines par son père, un sang fier et généreux, qui lui commandait de se battre pour alléger les souffrances de son peuple. Si un mariage avec ce chevalier breton pouvait ramener la paix sur les terres qu'elle avait reçues en héritage, elle se devait d'y consentir.

— Alors, acceptez-vous ce mariage, Gillian ?

Il avait parlé d'une voix douce et persuasive. Eve elle-même n'aurait pu y résister, et aurait renoncé au paradis pour le suivre.

Même si elle désirait, au moins une fois dans sa vie, être considérée pour ce qu'elle était, non pour ce qu'elle représentait, elle savait à quel point la situation était sans issue, et quelles responsabilités pesaient sur ses épaules.

Plus tard, peut-être, elle pourrait agir à sa guise, accepter ou refuser quelque chose sans autre considération que ses propres désirs. Mais aujourd'hui, elle n'avait pas le choix, et il lui fallait se plier, bon gré mal gré, à la volonté de ce chevalier breton.

Aussi, vêtue comme une domestique, sa robe et son manteau maculés de poussière et de boue, et faisant face à des centaines d'hommes d'armes qu'elle ne connaissait pas, Gillian prononça les paroles fatidiques qui la liaient à jamais à Brice Fitzwilliam, baron de Thaxted, par la volonté de Guillaume, duc de Normandie et roi d'Angleterre.

A sa grande honte, lorsqu'elle entendit la voix grave et douce du chevalier jurer de la protéger et de la chérir jusqu'à ce que la mort les sépare, elle sentit une vague de chaleur l'envahir, tandis que des images érotiques et lascives s'emparaient de son esprit.

Lorsque les phrases rituelles eurent été prononcées et qu'il se pencha vers elle pour sceller leur union par un baiser, elle sut exactement ce qu'Eve avait dû ressentir, le jour où elle s'était retrouvée en face du Malin.

Il remarqua qu'elle avait légèrement frissonné lorsqu'il avait effleuré sa bouche de la sienne. Elle était restée perdue dans ses pensées pendant qu'ils prononçaient les paroles sacramentelles, mais elle devait comprendre, maintenant, ce à quoi elle avait consenti. La facilité avec laquelle elle s'était offerte à lui, dans la tente, l'avait rempli de fureur. Mais lorsqu'il s'était emparé de ses lèvres, la peur instinctive de la jeune femme, qu'elle avait été incapable de réprimer, avait effacé tous les doutes qu'il avait pu avoir concernant sa pureté et son innocence. Il mit son bras autour de ses épaules et l'attira contre lui, tout autant pour la rassurer que pour l'empêcher de défaillir.

Elle ne chercha pas à le repousser, mais resta insensible à son étreinte, et Brice fut un peu déçu de voir qu'elle avait perdu la force d'âme dont elle avait su faire preuve auparavant. Il aurait eu envie de sentir son énergie, sa vitalité, mais il ne percevait que sa peur. Son corps tremblait dans ses bras. Il déposa alors un rapide baiser sur ses lèvres et redressa la tête.

Ses yeux turquoise le regardèrent fixement, et il vit la surprise et la curiosité se mêler à la peur, au fond de ses prunelles. Elle leva la main et toucha ses lèvres pleines, comme si elle n'avait jamais été embrassée.

Malgré la candeur et la passivité de la jeune femme, il sentit son corps réagir à la douceur de ces lèvres virginales et à l'évocation des plaisirs que la nuit lui réservait. Il glisserait ses mains sous sa robe et, avant que le soleil ne se lève de nouveau sur le camp, aucune partie de son corps n'échapperait à ses caresses.

Elle ne l'avait peut-être pas encore compris, mais son corps en était conscient : il frissonnait de manière irrépressible tandis qu'il la regardait au fond des yeux, l'imaginant nue dans ses bras et répondant avec passion à chacune de ses caresses. Elle réchaufferait son lit cette nuit, et toutes les nuits à venir — des nuits pendant lesquelles elle découvrirait des plaisirs tellement délicieux qu'elle ne regretterait jamais de lui avoir donné son consentement. Arrachant son regard au sien, il la détailla lentement, de la tête aux pieds.

Les courbes généreuses de ses hanches promettaient des bébés sains et robustes et, dès qu'il aurait chassé son frère de son fief et pacifié la région, comme Guillaume le lui avait demandé, il était bien décidé à en concevoir quatre ou cinq, plus peut-être. Et tous porteraient son nom. Des enfants légitimes, pas des bâtards. Il avait trop souffert lui-même de ne pas avoir été reconnu par son père. Maintenant qu'elle était entre ses mains, tout ce qu'il avait désiré, tout ce pour quoi il s'était battu, était enfin à sa portée.

Lui prenant la main, il se tourna vers ses hommes, entremêla ses doigts avec ceux de Gillian, puis leva le bras, afin que tous puissent voir le lien qui, désormais, les unissait.

— Lady Gillian de Thaxted, ma femme ! proclama-t-il à haute et intelligible voix.

Aussitôt, un tonnerre d'applaudissements et de hourras éclata et se répandit à travers le camp.

Lorsque le calme fut revenu, il fit un signe de tête à Stephen, qui s'avança et s'inclina respectueusement devant Gillian.

— Emmène lady Thaxted dans ma tente et veille sur elle jusqu'à mon arrivée, ordonna-t-il d'une voix calme, mais ferme.

Il était certain que, lorsqu'elle serait un peu remise du choc émotionnel qu'elle venait de subir, et qu'elle réaliserait la portée du serment qu'elle avait prononcé, elle se rebellerait et chercherait à échapper à l'emprise qu'il avait désormais sur elle. En conséquence, seule la consommation de leur union pourrait lui faire comprendre qu'elle était sa femme, pour le meilleur et pour le pire, et empêcherait tout recours en annulation. Jusque-là, il devait donc la protéger : elle était la pièce la plus précieuse du butin que le duc de Normandie lui avait accordé, en récompense de sa bravoure sur les champs de bataille.

Lorsque Stephen offrit son bras à Gillian afin de l'escorter jusqu'à la tente, comme il seyait de le faire envers une dame, épouse de son seigneur, Brice vit qu'elle se raidissait.

Il retint son souffle, s'attendant à ce qu'elle cherche à s'enfuir ; mais, au lieu de cela, elle posa sa main sur le bras de Stephen et se laissa docilement conduire jusqu'à la tente.

Avant de pouvoir se retirer pour la nuit, il avait encore de nombreuses tâches à accomplir ; mais s'il eut l'air pressé de les terminer, aucun de ses hommes ne sembla s'en étonner.

Une heure plus tard, après avoir envoyé plusieurs messages et fait une dernière inspection des postes de garde du camp, il rejoignit sa tente, en se demandant quelle femme il allait y trouver — la nouvelle châtelaine de Thaxted, une dame respectable et honorée, ou la servante apeurée et rebelle qu'il avait capturée ?

Soulevant le battant en toile, il se pencha et pénétra dans la tente.

Gillian l'entendit approcher, mais elle ne se leva pas et garda la tête baissée, de peur de croiser son regard. De retour dans la tente, elle était d'abord restée prostrée, pendant un long moment, complètement abasourdie par la façon dont, en quelques minutes, sa vie avait été bouleversée de fond en comble. Puis, elle avait réfléchi ; mais elle ne savait toujours pas où elle en était, ni ce qu'elle devait penser de l'homme qui était désormais son mari.

Son mari… Elle n'arrivait pas à y croire !

Au lieu d'être endurcie par tous les changements qui étaient intervenus dans sa vie, depuis cette funeste bataille de Hastings, elle se sentait à bout de nerfs et ne savait plus à quel saint se vouer.

Le plan qu'elle avait échafaudé pour échapper à la mainmise de son demi-frère sur son fief et au mariage qu'il voulait lui imposer avait complètement échoué. Oh ! certes, sa tentative pour se réfugier au monastère avait été plutôt hasardeuse, et non dénuée de dangers, mais cette fois au moins, elle avait réussi à quitter le domaine de Thaxted ! Après ses trois précédentes tentatives de fuite, son frère l'avait sévèrement punie, et l'avait menacée de châtiments encore plus cruels si jamais elle s'avisait de recommencer.

Malgré cela, elle s'était obstinée. Elle refusait d'être un pion dans ses machinations diaboliques.

Mais qu'allait-elle faire, maintenant ?

Aller demander l'aide d'Oremund était inenvisageable et, le pont étant gardé, elle n'avait aucune chance d'atteindre le monastère.

Existait-il d'autres solutions ?

Elle soupira et dut admettre qu'il n'y en avait aucune.

— Madame ?

La voix grave de Brice interrompit le cours de ses pensées et l'obligea à lever les yeux vers lui.

Comment avait-elle pu se tromper à ce point sur son compte, et ne pas immédiatement comprendre que c'était lui le chef ? Certes, rien ne le distinguait, a priori, de ses hommes. Il ne portait aucun signe distinctif sur lui, et elle l'avait entendu jurer de façon particulièrement grossière.

Mais, si les seigneurs saxons se montraient courtois et polis quand ils étaient dans leurs châteaux et s'adressaient aux dames, elle ne doutait pas qu'ils puissent user d'un langage beaucoup moins châtié quand ils se trouvaient en campagne avec leurs hommes. Oremund, en outre, n'avait pas manqué de lui dresser un tableau effrayant des seigneurs normands et bretons — des hommes cruels et frustes, qui ne respectaient rien et traitaient les femmes comme des esclaves. Un tableau destiné à lui faire accepter le rôle qu'il lui avait assigné, dans le soulèvement général qu'il fomentait, pour chasser Guillaume du trône d'Angleterre.

Mais, désormais, elle ne pouvait ignorer la noblesse innée qui émanait de l'homme se tenant devant elle.

Il avait retiré sa cotte de mailles, ses gantelets, coudières, genouillères et autres protections métalliques dont se caparaçonnaient les chevaliers quand ils partaient au combat ; mais, même ainsi, il était toujours aussi impressionnant.

Il était grand, si grand qu'il devait se courber pour ne pas toucher de la tête le toit de la tente. Un torse large, des épaules carrées et des bras solides, habitués à manier l'épée, la masse d'armes et la hache de guerre.

Il… attendait.

Elle rougit en se rendant compte qu'il la laissait le détailler sciemment — et non sans une certaine complaisance. Les muscles de ses bras jouaient légèrement sous sa peau.

Elle baissa la tête et attendit, les mains nerveusement croisées sur les genoux.

— A-t-on apporté de l'eau fraîche et veillé à votre confort ? s'enquit-il doucement.

Elle ne releva pas la tête, mais sentit qu'il s'approchait.

— Avez-vous faim ou soif ? Voulez-vous que je

demande à mes hommes de vous apporter quelque chose à boire ou à manger ?

Devinant qu'elle n'avait plus beaucoup de temps avant qu'il ne se décide à consommer leur mariage, elle fit une ultime tentative pour l'en dissuader.

Se relevant lentement, elle lui fit face.

— Je ne vous demande rien, messire, dit-elle d'une voix calme, si ce n'est de me laisser continuer mon chemin librement jusqu'au monastère.

La tension grandit entre eux tandis qu'elle attendait sa réponse. Comme il restait silencieux, elle le dévisagea longuement. Il avait les sourcils froncés, et ses yeux noirs la détaillaient avec une telle intensité qu'elle frissonna jusqu'au plus profond d'elle-même.

— Vous me demandez là l'une des deux seules choses que je ne pourrais vous accorder, madame, même si je le voulais.

L'avait-il fait exprès ? Avait-il formulé sa phrase pour la pousser à lui demander quelle était l'autre chose qu'il ne pouvait lui accorder ? Avait-il deviné que la curiosité était son plus grand défaut ? Il lui prit la main et l'attira vers lui — un geste qui fit battre le cœur de la jeune femme à grands coups désordonnés.

Malgré tous ses efforts, elle ne put empêcher les mots de jaillir de sa bouche.

— Quelle est l'autre chose que vous ne pourriez m'accorder ?

Tandis qu'elle retenait son souffle, hypnotisée par la chaleur qui émanait de son regard, il lui saisit la main et, la portant à ses lèvres, déposa un baiser à l'intérieur de son poignet. Un baiser qu'il fit durer, avant de consentir à lui répondre.

— Je ne pourrais laisser le jour se lever sans avoir accompli mon devoir conjugal.

Elle secoua la tête et tenta de dégager sa main ; mais il la tenait solidement et elle ne parvint pas à se libérer.

— Messire…

— Madame ?

— Je vous supplie…

Sa voix se brisa tandis qu'il remontait la manche de sa robe, traçant de ses lèvres brûlantes un sillon de petits baisers enflammés sur sa peau nue. Des baisers qui la paralysèrent et lui firent oublier toutes ses objections et ses protestations. Troublée jusqu'au plus profond d'elle-même par des caresses aussi intimes, elle tenta de nouveau, faiblement, de dégager sa main.

— Non, madame, murmura-t-il contre sa peau, sans cesser un seul instant ses caresses.

Lui prenant l'autre main, il la posa sur son torse.

— Je ne puis vous accorder votre requête.

Les mains ainsi retenues prisonnières, elle ne pouvait reculer. Elle scruta son visage, mais n'y trouva aucun signe pouvant lui permettre d'espérer qu'il reviendrait sur sa décision. Et, quand ses yeux rencontrèrent les siens, le désir irradiant de ses prunelles était tellement intense que ses derniers espoirs de lui échapper s'envolèrent.

Il abandonna ses poignets, mais seulement le temps de dénouer son voile et de le retirer. Avant qu'elle ait pu faire un geste, il la prit dans ses bras et la serra encore plus fort contre lui. Quand sa bouche effleura ses lèvres, elle perdit complètement pied avec la réalité. Elle tenta de se concentrer sur un plan, n'importe quel plan, qui lui permettrait d'échapper au sort qui lui était destiné ; mais son esprit céda, tandis que son corps réagissait instinctivement à l'étreinte et aux caresses de son mari.

Son baiser commença comme les autres, mais, très vite, il se fit plus pressant, plus exigeant. Le souffle coupé, elle sentit ses doigts glisser sur ses épaules, puis dans ses cheveux. Les yeux fermés, elle cessa de résister et laissa sa langue envahir sa bouche et lutter contre la sienne. Pendant une fraction de seconde, elle se dit qu'elle ne pensait pas que l'on puisse embrasser d'une façon si hardie, si possessive.

Quand la main du chevalier abandonna ses cheveux pour glisser le long de son cou, puis sur sa poitrine, avant de s'arrêter sur son ventre, elle arracha ses lèvres aux siennes et tenta de reprendre sa respiration. Un baiser était une chose, mais qu'il la caresse de manière aussi intime, c'était…

Interdit.

Choquant.

Obscène.

Il ne l'obligea pas à accepter sa caresse, mais ne retira pas sa main de l'endroit où il l'avait posée, sous son nombril, dangereusement près de la jonction de ses cuisses. Un endroit auquel elle n'avait guère prêté attention jusqu'à présent, mais qui, désormais, se contractait douloureusement, dans l'attente d'une chose dont elle ignorait presque tout. Une contraction douloureuse, qui s'accentua quand elle vit le désir brillant dans ses yeux.

— Tout cela n'est guère judicieux, messire, réussit-elle à murmurer d'une voix rauque. Nous ne connaissons rien l'un de l'autre, et pourtant vous voudriez me prendre maintenant, ici, sous cette tente ?

La main de Brice ne bougea pas, l'empêchant de lutter contre la vague de chaleur qui montait de ses reins et menaçait de la submerger. Mais elle devait résister, si elle voulait éviter qu'il n'aille trop loin.

— Le roi, madame, m'a donné le fief de Thaxted, à charge pour moi de le défendre et, accessoirement, de vous épouser. Malgré vos efforts et les efforts de votre frère pour…

— Demi, l'interrompit-elle.

Il fronça les sourcils.

— Oremund n'est que mon demi-frère, expliqua-t-elle.

— Qu'il soit votre frère ou votre demi-frère ne change rien à l'affaire, pour moi comme pour le roi, répliqua-t-il sèchement. Malgré vos efforts conjugués pour m'empêcher de me rendre maître de Thaxted et de remplir la mission que mon roi m'a confiée, j'ai réussi à vous capturer, et je ne vous laisserai pas m'échapper. Désormais, nous sommes liés l'un à l'autre par le sacrement du mariage, et, afin d'empêcher que vous ne cherchiez à l'annuler, j'ai l'intention de consommer notre union cette nuit-même. Plus rien ni personne ne pourra alors nous séparer.

Avant qu'elle n'ait eu le temps de réfléchir à une autre objection, il se pencha vers elle et s'empara de nouveau de sa bouche.

Tandis qu'il dévorait ses lèvres, une idée jaillit dans l'esprit de Gillian et elle se dégagea brusquement de son étreinte.

— Avez-vous pensé que vous pourriez être tué, lors de l'assaut que vous projetez de mener contre Thaxted ? Si cela se produit, je ne saurai rien de vous, hormis votre nom. Cela ne vous pose-t-il pas un problème de conscience ?

Avant même qu'il eut ouvert la bouche, elle sut à l'expression de son visage quelle serait sa réponse.

— Je ne perdrai pas la vie dans cet assaut, madame, je puis vous l'assurer. Par contre, je ne peux en dire autant de votre frère. S'il persiste dans sa rébellion et refuse de m'ouvrir les portes de Thaxted, il n'y aura pas de quartier, et ni moi ni mes hommes, nous ne l'épargnerons.

Ces paroles la troublèrent au plus profond d'elle-même, car elle n'avait pas vraiment réfléchi aux conséquences d'un assaut en règle. Oh ! certes, elle savait qu'une bataille aurait inévitablement lieu, pour le contrôle de Thaxted, et qu'il y aurait des blessés et des morts ! Dieu lui pardonne, mais elle avait même espéré qu'un certain nombre de noms se trouveraient sur l'une ou l'autre liste... Elle n'avait cependant pas pensé aux autres — à tous les innocents qui seraient frappés dans leur chair, suite au jeu cruel qui se déroulait entre le roi et la noblesse saxonne refusant de se soumettre à son autorité. Dans les guerres, c'était toujours les innocents qui payaient le prix fort.

— Pardonnez-moi, Gillian, dit-il d'une voix contrite, en la prenant par les épaules. La guerre n'est pas une chose facile pour ceux qui se battent, et je n'aurais pas dû évoquer aussi crûment la mort éventuelle de votre frère.

Il l'avait de nouveau choquée : ses beaux yeux turquoise s'étaient écarquillés, et un pli douloureux avait marqué ses lèvres. C'était trop absurde ! Il avait toujours possédé un certain talent pour séduire les femmes ; et il fallait que ce talent lui fasse défaut au moment même où il en avait le plus besoin. Il devait absolument la faire sienne cette nuit. Il le fallait. Ainsi, même s'il lui arrivait malheur dans les batailles à venir, elle pourrait compter sur la protection de ses amis et du roi.

— Nous aurons tout le temps qu'il faudra pour faire connaissance, Gillian, murmura-t-il en glissant ses doigts dans ses longs cheveux bouclés. Venez... Nous avons toute la nuit, déjà, pour apprendre à nous connaître.

Elle frissonna sous ses caresses, et, sans qu'elle s'en rende compte, son corps se prépara à l'accueillir. Brice se pencha et l'embrassa, afin de couper court à ses questions et ses protestations. Au début, elle resta froide et immobile, mais quand il insinua sa langue dans sa bouche et commença à lutter avec la sienne, elle ferma les yeux et accepta de nouveau, sans résister, cette caresse intime et sensuelle. Il la couvrit alors de baisers, jusqu'au moment où il entendit sa respiration devenir rauque et saccadée. Quand un soupir de plaisir lui échappa des lèvres, il faillit perdre la maîtrise de lui-même.

Même si c'était lui qui menait le jeu, il ne pouvait maîtriser les réactions de son propre corps, et les désirs innocents qu'il éveillait en elle faisaient jaillir un torrent de lave dans ses veines et tendaient douloureusement son membre viril.

Tout en continuant à l'embrasser, il la prit dans ses bras et la déposa doucement sur le tas de peaux qui lui servait de lit, avant de s'agenouiller à côté d'elle. Sa tente était très propre, mais il savait qu'elle manquait de confort et que sa couche ne pouvait guère rivaliser avec celles, douces et moelleuses, auxquelles elle était habituée. Il éprouva un sentiment de culpabilité en se rendant soudain compte qu'il allait lui faire connaître les premiers émois de l'amour sur un lit de fortune, et sous une tente plantée au milieu d'un campement militaire.

Une dame ne méritait pas d'être traitée comme l'une de ces ribaudes qui vendent leurs charmes en échange de quelques pièces de bronze. Une dame devait être courtisée. Son mari devait la traiter avec respect, et la déflorer dans un vrai lit et dans une chambre bien close, où rien ni personne ne viendrait troubler ce moment d'intimité.

Enfin, nous n'avons guère le choix, soupira-t-il en son for intérieur. Les regrets ne servaient à rien. Plus tard, se promit-il, quand il serait le maître de Thaxted, il lui ferait l'amour dans une belle chambre et dans un lit vaste et moelleux ; mais, pour le moment, il n'avait rien d'autre à lui offrir.

Il s'étendit à côté d'elle, son bras toujours passé autour de ses épaules. Quand il abandonna sa bouche, ce fut pour faire pleuvoir de petits baisers sur sa joue et mordiller le lobe de son oreille. Sentant qu'elle tremblait dans ses bras, il suivit le contour de ses lèvres de l'index, puis descendit le long de son cou et, après avoir longuement caressé ses seins, il entreprit de dénouer les attaches de son corsage.

Lorsque celles-ci cédèrent, elle eut un haut-le-corps et lui saisit la main de manière impulsive.

— Quelqu'un pourrait entrer, murmura-t-elle d'une voix rauque.

Il savait que personne n'oserait venir interrompre leurs ébats, mais s'efforça néanmoins d'apaiser ses craintes.

— Ne vous inquiétez pas. Personne ne viendra, sauf s'il y a le feu ou si nous sommes attaqués.

Se penchant de nouveau sur elle, il l'embrassa dans le cou, tout en écartant les pans de son corsage. Glissant sa main à l'intérieur du tissu, il caressa doucement un sein, puis l'autre. Quand il prit un téton entre ses doigts, Gillian se cambra instinctivement et retint sa respiration. Une réaction qui acheva d'embraser ses reins… Il dut faire un effort surhumain pour maîtriser son désir et donner du plaisir à sa… femme, avant de chercher à se satisfaire lui-même.

Il scruta son visage et vit qu'elle avait les yeux clos. Seule sa bouche trahissait son émoi et laissait supposer que ses efforts n'étaient pas prodigués en vain. Elle se mordilla la lèvre, et de petits bruits rauques s'échappèrent de sa gorge, faisant couler un torrent de lave dans les veines du jeune homme.

Seigneur Dieu, jamais il n'avait eu à ce point envie d'une femme ! Il brûlait de soulever sa robe et de plonger en elle.

Non, il devait rester calme. Agir avec douceur, ne pas la brusquer.

Sans cesser de regarder le visage de la jeune femme, il fit glisser sa main plus bas, sur son ventre, puis sur ses cuisses. Elle se tortilla dans ses bras, son corps innocent répondant instinctivement à ses caresses. Puis, quand sa main se posa à la jonction de ses jambes et effleura le doux nid de sa féminité, elle poussa un petit cri et tenta de s'asseoir.

— Non, mon cœur, murmura-t-il en l'obligeant à rester allongée. Laissez-moi vous montrer le plaisir qu'un homme peut donner à une femme. Un mari à son épouse, corrigea-t-il en faisant doucement aller et venir sa main, tout en plongeant ses yeux dans les siens.

Sa peau était douce et satinée…

De l'autre main, il remonta le bas de sa robe, exposant ses jambes à son regard. Des jambes de déesse, longues et fines, merveilleusement galbées.

Il les avait presque complètement dévoilées lorsque, brusquement, elle lui saisit le poignet.

— On peut nous entendre, messire…

C'était l'une des raisons pour lesquelles, jusqu'à présent, il n'avait jamais cherché à mettre de pucelle dans son lit — leur modestie et leur timidité gâchant trop souvent son plaisir et celui de la damoiselle. De toute façon, les pucelles n'avaient que mépris pour un bâtard comme lui, surtout quand elles appartenaient à la haute noblesse, à l'instar de sa femme.

— N'ayez crainte, madame, j'ai donné des ordres pour que personne ne vienne troubler notre intimité. Mes hommes ne prêteront aucune attention aux bruits que vous ou moi pourrions faire et, en outre, il y a assez de bruit dans le camp pour que personne ne nous entende.

Il posa la main sur la peau nue de sa cuisse, puis commença à caresser, à travers l'étoffe de sa robe, les poils bouclés sous lesquels se dissimulait sa féminité, lorsqu'elle sursauta de nouveau. Cette fois-ci, elle réussit à échapper à son étreinte.

— Vous avez entendu ? murmura-t-elle. Il y a quelqu'un tout près, dehors.

Ses yeux apeurés firent le tour de la tente et s'arrêtèrent sur le battant en toile de la porte.

Il écouta, mais n'entendit rien. Enfin, si cela permettait de la tranquilliser, il pouvait bien aller s'assurer que ses ordres étaient respectés, même s'il était certain qu'aucun de ses hommes n'aurait osé approcher de la tente.

Il hocha la tête, se releva et rajusta ses braies, afin de dissimuler l'état d'excitation dans lequel il se trouvait. Puis il traversa la tente, souleva le battant de toile et jeta un œil à l'extérieur.

Les gardes étaient à leur place, suffisamment loin pour ne pas entendre les bruits émanant de la tente. Il regarda à gauche et à droite, mais n'entendit rien de particulier, et ne décela aucun mouvement dans les alentours immédiats. Il rentra dans la tente et laissa retomber le battant derrière lui, espérant que cette brève inspection la réconforterait assez pour qu'elle s'abandonne à ses caresses.

Avec la pénombre qui régnait dans la tente, il ne vit qu'au dernier moment l'arme qui avait jailli dans sa direction. Trop tard pour l'éviter.

Chapitre 4

Gillian le saisit par le pan de sa tunique, pour l'empêcher de tomber à l'extérieur de la tente. N'en croyant pas sa chance, elle jeta dans un coin la lourde épée qui lui avait servi de projectile et tâtonna autour d'elle, à la recherche de son manteau. Puis, elle enjamba le corps inanimé de Brice. Cette fois, elle réussirait à s'échapper, elle en était convaincue. Mais alors qu'elle s'apprêtait à sortir, elle se rendit compte qu'il n'avait pas bougé depuis qu'il était tombé, face contre le sol.

L'avait-elle tué ? Elle n'en avait jamais eu l'intention ; mais, comme elle était déterminée à l'empêcher d'aller plus loin, elle avait lancé l'épée de toutes ses forces.

S'accroupissant à côté de lui, elle souleva son épaule et glissa sa main près de sa bouche. En sentant le souffle tiède de sa respiration, elle poussa un soupir de soulagement. Grâce à Dieu, il vivait ! Le coup qu'il avait reçu à la tête l'avait seulement assommé.

Relâchant l'épaule du chevalier, elle se remit debout. Elle devait le laisser là où il était, car elle n'avait ni le temps ni la force de le déplacer.

Une arme. Elle avait besoin d'une arme.

L'épée de Brice était trop lourde. Sa dague… Elle était plaquée contre sa jambe.

Se penchant en avant, elle la chercha à tâtons et la tira de son fourreau. Elle était suffisamment légère pour qu'elle puisse la manier facilement, au cas où elle viendrait à être agressée, pendant sa fuite, par un rôdeur ou une bête sauvage.

Elle jeta un coup d'œil à l'extérieur et vit que les hommes d'armes, comme le chevalier le lui avait promis, se tenaient à une certaine distance de la tente.

Bien. S'il n'avait pas menti, et que ses hommes avaient vraiment reçu l'ordre de ne pas faire attention aux bruits qui pourraient émaner de la tente, elle pouvait s'enfuir tranquillement et, avec un peu de chance, parvenir sans encombre au monastère. Elle savait qu'il y avait un autre pont, à plusieurs centaines de pas de là, en amont de la rivière. Une passerelle étroite, conçue seulement pour le passage des piétons, et dont, sans doute, Brice et ses hommes ignoraient l'existence. Tout du moins l'espérait-elle… La veille, elle n'avait pas osé choisir cette voie — à cause du détour que cela représentait, de la nuit qui tombait, et des bêtes sauvages qu'elle risquait de rencontrer. Mais, maintenant, c'était sa dernière chance de salut.

Rampant sur les mains et sur les genoux, elle s'éloigna de la tente et réussit à atteindre sans être vue l'orée de la forêt. Puis elle se redressa et se mit à courir.

Pendant un long moment, elle courut ainsi, droit devant elle, sans jeter un seul coup d'œil en arrière. Elle finit par s'arrêter, hors d'haleine. Quelques minutes lui suffirent pour reprendre son souffle, et elle se remit en route, plus lentement, cette fois-ci.

Mais quand elle parvint en vue de la passerelle, elle s'arrêta net, le souffle coupé.

Une rangée de chevaliers l'attendait, lui barrant le passage.

Des larmes de frustration envahirent ses yeux quand elle se rendit compte qu'elle ne parviendrait jamais à leur échapper. Courbée en deux, elle respira profondément et s'efforça de calmer les battements désordonnés de son cœur. La peur lui tenaillait le ventre. Si ces hommes étaient là, cela voulait dire que leur chef connaissait l'existence de cette passerelle. Dès qu'il aurait repris connaissance, c'était vers elle qu'il se dirigerait.

Quand elle eut recouvré son souffle, elle se redressa et ajusta son manteau et son voile, prête à se laisser traîner ou escorter jusqu'au camp… auprès de son mari.

Elle frissonna à cette pensée. Il allait probablement réagir comme son frère, lors de ses premières tentatives pour s'enfuir de Thaxted et échapper au mariage qu'on voulait lui imposer — devenir rouge de fureur et la punir, la battre même, peut-être. Mais elle savait que le Breton avait aussi d'autres moyens à sa disposition pour lui faire payer son agression et son obstination. Des moyens qui lui firent craindre, plus encore qu'auparavant, la nuit à venir…

Brice s'avança vers elle. Elle le regarda approcher, terrifiée, non par la taille de son cheval ou par l'épée qu'il brandissait dans sa direction, mais par la fureur meurtrière qui irradiait de ses yeux et des traits de son visage.

Il n'avait même pas pris le temps d'enfiler sa cotte de mailles et, comme il était tête nue, elle vit qu'il avait une entaille sur le front, à la racine des cheveux, et que du sang avait coulé le long de sa joue et de son cou. Elle déglutit avec peine et adressa une brève prière au Tout-Puissant, pour qu'il lui pardonne ses péchés. Sa dernière heure était peut-être arrivée. Elle réunit tout son courage et toute sa force de caractère pour ne pas s'enfuir à toutes jambes, quand il sauta de son cheval et s'avança vers elle à grandes enjambées. Frottant machinalement ses mains tremblantes et moites sur son manteau, elle attendit le coup fatal qu'il allait, sans nul doute, lui asséner.

Il s'arrêta à trois ou quatre pas d'elle et sembla se rendre compte alors qu'il brandissait toujours son épée. Sans cesser de la regarder droit dans les yeux, il glissa la lame acérée dans son fourreau. En le voyant faire un nouveau pas vers elle, elle sursauta.

— Rendez-moi ma dague, ordonna-t-il sèchement en tendant la main.

Tétanisée par la fureur qui étincelait dans ses yeux, elle avait oublié qu'elle tenait l'arme dans sa main et, l'espace d'un instant, elle songea à l'utiliser pour se défendre. Mais qu'y gagnerait-elle, si ce n'est une mort immédiate et la damnation de son âme éternelle ?

Reprenant son souffle, elle lui tendit la dague, en tournant la poignée vers lui. Les traits de Brice s'adoucirent et une lueur de soulagement brilla dans ses yeux, mais de manière tellement brève qu'elle se demanda si elle n'avait pas rêvé. Puis, le visage du chevalier se contracta de nouveau, et ses prunelles se remirent à étinceler de fureur, tandis qu'il glissait la dague dans son fourreau, contre le bas de sa jambe.

La dague qu'elle lui avait volée.

Empruntée, seulement.

L'un des hommes derrière lui cria quelque chose et elle tenta d'en comprendre le sens, mais il avait parlé trop vite. Brice lui répondit, mais elle ne comprit pas plus ses propos — soit qu'il ait volontairement parlé dans son dialecte breton, soit qu'elle ait l'esprit trop embrouillé par la peur qui lui tenaillait le ventre. Finalement, après avoir échangé encore quelques phrases avec son homme d'armes, il se tourna vers elle et hocha la tête.

Gillian chercha quelque chose à dire, une excuse pour expliquer, ou au moins atténuer, la gravité des actes qu'elle avait commis. Mais, quel argument pouvait-elle trouver pour amadouer un homme qu'elle avait assommé ? Elle savait ce qu'elle avait fait, il le savait également. Il lui fallait attendre de savoir quelle punition il déciderait de lui infliger. Comme il ne l'avait pas tuée sur-le-champ, elle espéra que sa vie n'était plus en danger. Elle avait survécu aux coups de fouet et aux coups de poing de son demi-frère ; elle pourrait sans doute survivre au châtiment qu'il lui réservait.

Aussi, lorsque, après avoir fait un signe à ses hommes, il se remit en selle et leur ordonna de l'emmener avec eux, elle resta figée sur place, incapable de faire un mouvement, tandis qu'il s'éloignait au galop. Jusqu'au moment où le chanfrein d'un cheval la heurta dans le dos et la fit trébucher.

— Allez, madame, ordonna le cavalier.

Au début, elle ne comprit pas et regarda autour d'elle, hébétée. Les hommes de Brice s'étaient rapprochés et l'entouraient.

— Allez, répéta le cavalier avec un mouvement du menton en direction de la forêt. Empruntez le même chemin, pour retourner au camp.

Elle avait compris ce qu'il avait dit, mais la signification d'un tel ordre lui échappait. Allait-elle devoir retourner au camp à pied ?

— Messire Brice a ordonné que vous marchiez jusqu'au camp, afin d'avoir tout le temps de réfléchir à vos péchés, dit celui qu'ils appelaient Stephen.

Les autres hommes s'esclaffèrent. Apparemment, ils

n'ignoraient rien de ses « péchés » et, malgré elle, elle ne put s'empêcher d'en être mortifiée.

— Il vous attend là-bas.

Son estomac se noua quand elle se rendit compte que cette marche forcée n'était qu'un prélude à la punition qu'il lui réservait. Il avait décidé de l'humilier ! Devant ses hommes !

Elle secoua la tête et refusa d'avancer.

— Allons, madame, insista Stephen. Au cas où vous refuseriez de marcher, il m'a ordonné de vous attacher à mon cheval et de vous traîner derrière moi. Ce n'est pas très loin, ajouta-t-il — et Gillian crut entendre une pointe de regret dans sa voix. Je suis sûr que vous préférez arriver là-bas sur vos deux pieds et sans être troussée comme une volaille.

Il lui proposait au moins de conserver un semblant de dignité. En voyant qu'elle n'avait pas d'autre choix, elle décida d'obtempérer. Elle soupira et se mit en marche, la tête basse. Cela lui donnerait le temps d'échafauder un autre plan pour s'enfuir.

L'air froid lui fouettait les jambes et s'insinuait à travers les ouvertures de son manteau. Deux chevaliers la précédaient et deux autres la suivaient. Ils allaient au pas, mais très vite, elle eut de la peine à les suivre. Ses deux jours de marche, depuis son départ de Thaxted, ainsi que les événements de la nuit, étaient sans doute pour beaucoup dans l'état d'épuisement dans lequel elle était. Et sa fuite du camp n'avait rien arrangé.

Elle serra les pans de son manteau autour d'elle, rabattit le capuchon sur sa tête et concentra toute son énergie sur ses jambes. Mettre un pied devant l'autre, recommencer… Elle butait, trébuchait. Plusieurs fois, le cheval qui la suivait la poussa de son chanfrein pour la faire avancer. Plusieurs fois, elle dut s'arrêter et demander quelques secondes de répit, le temps de reprendre son souffle. Jamais elle n'avait eu les jambes aussi lourdes !

Elle aurait voulu réfléchir à un moyen de fausser compagnie à ses gardiens, mais elle n'en avait plus la force.

Oh ! certes, les pensées se bousculaient dans sa tête, mais des pensées qui ne faisaient qu'accroître son angoisse !

Ce n'étaient pas les péchés qu'elle avait pu commettre qui la tourmentaient, mais plutôt ce qui l'attendait au bout de ce calvaire. La fin de la nuit, mais aussi le jour qui allait se lever, et l'affrontement inévitable entre l'ost de ce Normand — ou, plutôt, de ce Breton — et les hommes de son demi-frère et de ses alliés.

Quand les feux du camp apparurent, elle oublia tout le reste et ne pensa plus qu'à une chose : le sort que Brice allait lui réserver. Allait-il la battre ? La rouer de coups, avant de la violer ?

A cette seule évocation, un long frisson lui parcourut le dos, et ses jambes se mirent à flageoler.

Les chevaliers la conduisirent jusqu'à sa tente, qui était maintenant entourée de gardes, et Stephen appela son chef à haute voix, afin d'annoncer leur arrivée.

Dès que Brice eut répondu, il poussa Gillian vers la tente.

Après avoir pris une profonde inspiration, elle souleva le battant de toile et entra.

Brice était assis, attendant son arrivée, et réfléchissant à toutes les erreurs qu'il avait pu commettre, dans sa façon de se comporter avec elle. Une fois sa colère un peu apaisée, il avait même trouvé une certaine similitude entre la rebuffade douloureuse qu'il venait de subir et la nuit de noces pour le moins mouvementée qu'avait connue son ami Giles, le baron de Taerford, après avoir pris d'assaut le château que lui avait confié le duc de Normandie. Une similitude qui ne lui plaisait guère, car elle lui rappelait ses fanfaronnades : il avait osé prétendre qu'il ne rencontrerait pas les mêmes problèmes avec la femme que son suzerain lui ordonnerait d'épouser...

Maintenant, alors que sa tête était encore douloureuse, et que sa femme se trouvait devant sa tente, il espérait seulement que la nouvelle de sa mésaventure ne parviendrait pas trop rapidement aux oreilles de Giles et de lady Fayth. Il n'avait aucune envie d'être la risée de son ami et de sa dame.

Grâce à Dieu, il avait encore le temps de se remettre de ce préambule désastreux, avec Gillian, et de conquérir le château et les terres qui lui avaient été octroyés par le nouveau roi d'Angleterre.

Il but une gorgée de bière, puis toucha sa blessure au front et constata qu'elle avait arrêté de saigner. Une bonne chose, se dit-il intérieurement. Il but une autre gorgée de bière, espérant que l'alcool calmerait sa douleur et l'aiderait à garder la maîtrise de lui-même.

Lorsque la voix de Stephen résonna à l'extérieur de la tente, il lui répondit et attendit, les yeux rivés sur le battant de toile.

Quand il avait rattrapé Gillian, sa fureur était à son paroxysme, et il avait préféré rentrer seul au camp, pour ne pas risquer de se laisser emporter par la colère. Il savait trop que, lorsqu'il était dans cet état-là, il était capable de gestes irréparables, et il ne voulait pas prendre un risque pareil, surtout avec une femme.

Gillian souleva le battant et entra. Assis dans un coin, sur un tabouret, il la regarda faire un pas en avant et laisser retomber le battant de toile derrière elle. Quand elle le vit, elle eut un haut-le-corps et recula. Il s'aperçut alors que les linges ensanglantés dont il s'était servi pour tamponner sa blessure étaient posés en tas sur le sol, à ses pieds.

— Je… je…, bredouilla-t-elle en battant des cils.

— Ne faites pas semblant d'avoir des remords, madame, dit-il en se levant et en donnant un coup de pied dans le tas de linges souillés. Vous vouliez vous échapper, j'étais sur votre chemin, et vous avez pris le premier objet qui vous est tombé sous la main pour dégager le passage.

Il croisa les bras sur son torse et la toisa de toute sa hauteur, sans cacher le plaisir qu'il éprouvait à la voir embarrassée et mal à l'aise. Il savait cependant que la façon dont elle réagirait face à ses accusations l'aiderait à mieux la connaître, et serait primordiale pour la suite de leurs relations.

Gillian soupira et repoussa en arrière ses cheveux ébouriffés. Son apparence dépenaillée ne diminuait en rien sa beauté. Au contraire. Il eut envie de la prendre dans ses bras et d'effacer les plis angoissés de son front, en les couvrant de baisers.

— Vous avez raison, messire, concéda-t-elle à voix basse. Je voulais seulement m'échapper. Vous me barriez le passage.

— Pourquoi ?

Sa question la surprit. Puis elle se rendit compte qu'il avait simplement envie de savoir pour quelle raison elle avait essayé de s'enfuir.

— Etait-ce moi qui vous faisais horreur ? Etait-ce notre mariage ?

En voyant qu'elle cherchait un moyen d'éluder la question, il insista.

— Vous avez prononcé le serment qui nous unissait l'un à l'autre, devant un prêtre et devant témoins. Vous m'avez juré obéissance et fidélité. Alors, pourquoi vous êtes-vous enfuie ?

Elle soupira de nouveau.

— Je voulais vous échapper et échapper à ce mariage. Recouvrer ma liberté, dit-elle, sans oser croiser son regard, et en tordant nerveusement les pans de son manteau.

Il la soupçonnait de savoir qu'elle n'avait quasiment aucune chance d'atteindre le monastère. Alors, pourquoi n'était-elle pas plutôt allée chercher refuge auprès de son frère ?

— Pourquoi le monastère ?

Il fit un pas vers elle, mais s'immobilisa en la voyant reculer. Visiblement, elle avait encore peur de ses réactions.

— Là-bas, je serai bien accueillie. La mère supérieure m'a dit que je serais la bienvenue dans sa communauté.

— Et votre frère ? Ne seriez-vous pas la bienvenue, si vous retourniez auprès de lui ?

La pâleur qui envahit son visage, et l'angoisse qu'il lut dans ses yeux, lui en dirent plus que ce qu'il avait espéré pouvoir apprendre.

Il tendit la main vers elle, mais elle recula de nouveau. Visiblement, elle était totalement épuisée, et il ne savait trop comment s'y prendre pour la rassurer et établir entre eux une relation moins conflictuelle.

Un épuisement qui avait fait partie de son plan. Il l'avait obligée à revenir à pied au camp, en se disant qu'elle serait ensuite trop fatiguée pour tenter de nouveau de fuir. Sur ce point, il avait réussi. Elle essayait encore de faire bonne figure, mais avait de la peine à tenir debout. Malgré lui, il ne put s'empêcher d'admirer sa fierté et la force de son caractère. Des qualités qui en faisaient une adversaire respectable mais qui, surtout, achevaient de le convaincre qu'elle était la femme dont il avait besoin. Une femme sur laquelle il pourrait se reposer, et qui lui apporterait une aide précieuse lorsqu'il aurait à administrer son fief et ses sujets saxons. Mais, pour cela, il lui fallait d'abord gagner sa confiance.

Ce n'était pas en la faisant sienne maintenant, sous cette tente, qu'il y parviendrait.

Ne pas consommer leur mariage était un choix difficile à faire. Si jamais elle parvenait à se réfugier au monastère, il lui faudrait des mois, peut-être des années, pour l'en faire sortir. Et il savait instinctivement qu'elle profiterait de la première occasion pour s'enfuir de nouveau. Néanmoins, il se résolut à cette décision. Il n'y avait pas d'autre solution satisfaisante.

— Allez vous reposer, madame, dit-il en lui indiquant la pile de couvertures et de peaux sur laquelle il avait essayé de la séduire. Vous êtes morte de fatigue.

Elle sursauta et le regarda d'un air perplexe.

— Je ne comprends pas.

— C'est presque le milieu de la nuit, dit-il d'une voix calme et rassurante. Nous avons besoin l'un et l'autre de nous reposer, si nous voulons pouvoir affronter les défis qui nous attendent demain matin.

Il lui tourna le dos et entreprit de ramasser les linges ensanglantés qui jonchaient le sol, mais elle resta immobile, comme figée sur place. Finalement, il alla soulever une partie des couvertures et lui fit signe de s'allonger.

Elle le regarda de nouveau en hésitant, puis s'approcha de la couche, sans cesser de le surveiller, comme si elle s'attendait à chaque instant à ce qu'il se jette sur elle. Machinalement, elle commença à dénouer les attaches de son manteau ; mais, en voyant qu'il la regardait, elle le referma rapidement et s'allongea tout habillée.

Il rabattit les couvertures sur elle, en essayant de ne pas penser à ses courbes féminines ni à la beauté de son corps. Il essaya aussi d'oublier la façon dont elle avait soupiré, quand il lui avait prodigué ses caresses. Mais lorsqu'elle enleva son voile et laissa ses cheveux retomber autour de son visage, telle une auréole, il sentit son membre viril se raidir, et faillit perdre la bataille qu'il livrait pour rester maître de lui-même.

En s'apercevant que son corps refusait de lui obéir, et qu'il avait besoin de se changer les idées s'il ne voulait pas céder à la tentation, il s'écarta d'elle et entreprit de faire un peu de rangement. Normalement, ce devrait être la tâche d'Ernaut, son écuyer, mais il n'avait pas envie de le réveiller.

Après avoir mis son épée à l'abri, hors de portée de Gillian, il ramassa les linges ensanglantés et les jeta hors de la tente. Puis, il inspecta les pièces de son attirail guerrier, un moyen comme un autre d'occuper ses mains — des mains qu'il emploierait plus volontiers à arracher les couvertures et les vêtements de Gillian et à la couvrir de caresses et de baisers, avant de plonger en elle et d'assouvir enfin les désirs qui embrasaient son corps.

Il venait de finir d'inspecter l'une de ses coudières, lorsque des claquements de dents attirèrent son attention. Il se retourna et s'approcha de Gillian. Malgré son manteau et les couvertures, elle tremblait de tous ses membres. Chaque fois qu'il respirait, l'air qu'il exhalait se condensait, au contact de la froideur de la nuit. Elle devait être transie, après sa tentative d'évasion et son retour à pied au camp, d'autant plus qu'il n'y avait pas de feu, dans la tente, pour la réchauffer.

C'était exactement ce qu'il avait voulu, quand il avait donné ses ordres, mais maintenant, en la regardant, il ne pouvait s'empêcher d'avoir pitié d'elle. Après avoir soigneusement fermé le battant de toile de la porte, il souleva les couvertures et se glissa, tout habillé, derrière Gillian.

Comme elle lui tournait le dos, il se rapprocha jusqu'à ce que son torse touche ses épaules, et plaça ses bras autour d'elle, pour la serrer contre lui. Immédiatement, elle se raidit et cessa tout mouvement. N'entendant plus sa respiration, il s'efforça de l'apaiser, d'une voix calme et rassurante.

— N'ayez crainte, madame. Je cherche seulement à vous réchauffer, pour que vos dents cessent de faire ce bruit infernal. Moi aussi, j'ai besoin de dormir.

Rassemblant les pans de son manteau dans sa main, il les disposa autour d'elle et plaça l'une de ses jambes contre les siennes, afin de lui prodiguer un peu plus encore de sa chaleur. Il pensait qu'elle allait se débattre et protester, mais elle resta immobile et silencieuse. Au bout de quelques minutes, le claquement de ses dents s'arrêta. Peu après, elle cessa aussi de trembler.

— Je voulais vous punir pour ce que vous m'avez fait, mais je n'avais pas l'intention de vous infliger un châtiment aussi sévère, murmura-t-il, quand il sentit son corps se détendre contre le sien.

Il n'attendait pas de réponse. Son explication était suffisante, et il n'avait aucune raison de se confondre en excuses. Mais, une fois de plus, elle le surprit par la franchise de sa réplique.

— Et moi, je voulais seulement vous assommer. Jamais je n'ai eu l'intention de vous faire une blessure aussi profonde.

Brice ne put s'empêcher de s'esclaffer. Il roula sur le dos pour rire à son aise, puis il l'enlaça de nouveau et retrouva une position confortable.

— Je n'en doute pas, madame. Finalement, je pense que nous devrions réussir à nous entendre, tous les deux.

Cette fois-ci, elle resta silencieuse et, bientôt, sa respiration se fit plus profonde et plus régulière. Maintenant qu'elle ne tremblait plus et que la chaleur de leurs corps les réchauffait mutuellement, Brice sentit ses paupières devenir lourdes. Il était fatigué, lui aussi, et quelques heures de sommeil lui feraient du bien, avant d'apprendre à mieux connaître sa femme.

Oh ! il savait qu'elle se croyait en sécurité ; mais il n'avait renoncé que provisoirement à la faire sienne ! Il consentait à lui accorder une nuit de répit, mais la nuit prochaine ne se finirait pas sans qu'elle ait perdu sa virginité. Ou alors, dès ce matin, quand ils seraient l'un et l'autre suffisamment reposés…

Chapitre 5

Après avoir été transie jusqu'aux os par le froid et l'humidité de la nuit, Gillian savourait la chaleur qui l'enveloppait désormais. Remuant à l'intérieur du cocon douillet que formaient son manteau et les couvertures, elle se rendit compte qu'elle était aussi encerclée par une autre source de chaleur. Autour de la tente, le camp s'éveillait, et des bruits métalliques parvenaient à ses oreilles, accompagnés de voix masculines qui s'interpellaient joyeusement. Elle ouvrit les yeux et découvrit qu'il était là. Son mari. Les bras passés autour de son corps.

Il la regardait.

Il lui fallut quelques secondes pour reprendre ses esprits et, quand elle comprit ses intentions, il était déjà trop tard. Ses lèvres étaient sur les siennes.

Emprisonnée par son manteau et par les couvertures, elle était incapable de faire le moindre mouvement. Du moins, ce fut la raison qu'elle se donna pour justifier son absence de réaction ; mais le baiser de Brice était tellement brûlant et possessif qu'elle perdit instantanément toute envie de résister.

Il la tint enlacée, un bras passé derrière son dos, tandis que l'autre glissait sur son ventre et se posait sur sa hanche. De nouveau, elle éprouva les mêmes sensations que la veille, avant sa tentative d'évasion, et son corps se mit à frissonner au contact de ses mains.

— Vous avez froid ? demanda-t-il doucement en relevant la tête.

Elle fit non de la tête, alors même qu'un deuxième frisson lui parcourait le corps.

— Non. Ce n'est pas cela, avoua-t-elle.

Puis, tandis que les doigts du chevalier, doux et caressants, traçaient un sillon de feu en descendant le long de sa hanche, elle secoua de nouveau la tête.

— Non. Au contraire. Vous me donnez chaud.

Il sourit, et elle eut l'impression que son cœur s'était mis à battre plus vite. Quand la main puissante atteignit sa cuisse, sa respiration se fit rauque et saccadée.

Ses doigts glissaient plus bas, toujours plus bas. Ils saisirent l'ourlet de sa robe et commencèrent à faire remonter l'étoffe le long de ses jambes. Aussitôt, son corps réagit, avec une violence qui la surprit.

Un long frisson lui parcourut les cuisses, et une vague de chaleur se diffusa dans ses veines, avant de se concentrer à la jonction de ses jambes. Au cours de ses dix-neuf années d'existence, elle avait rarement eu l'occasion de remarquer la sensibilité de cette zone ; mais, désormais, avec les caresses de la veille et de ce matin, elle vibrait et la lançait d'une façon étrangement agréable.

Sans attendre sa permission, et avant qu'elle ait eu le temps de protester, il la serra plus fort et l'embrassa de nouveau, cette fois jusqu'à ce qu'elle en ait le souffle coupé. En la sentant se cambrer instinctivement contre lui, il laissa échapper un petit rire satisfait, tout en continuant de dévorer sa bouche et de s'approcher de plus en plus près de la partie la plus intime de son corps.

Elle savait où il voulait en venir. Elle savait qu'il avait

décidé de consommer leur mariage, afin qu'elle devienne réellement sa femme ; mais tous les arguments qu'elle avait échafaudés pour échapper à une telle union s'évaporèrent dans la chaleur de son assaut. Ayant goûté, la nuit précédente, à ses baisers et à ses caresses, elle se demanda si c'était la peur de cet homme inconnu, mais tellement séduisant, et des sensations qu'il faisait naître dans son corps qui l'avaient poussée à tenter de s'enfuir. Quand sa main s'insinua entre ses cuisses, elle éprouva les mêmes sensations troublantes, qui, aussitôt, firent renaître sa peur et son besoin de partir au plus vite.

Elle se contracta et tenta d'échapper à ses caresses, mais le bras du chevalier et les couvertures l'en empêchèrent. Ignorant l'agitation fébrile de ses jambes et de ses bras, il poursuivit sa progression, ses doigts s'insinuant dans les plis moites et tièdes de sa féminité.

C'était trop. Elle avait l'impression d'être en feu.

Arrachant ses lèvres aux siennes, elle prit une profonde inspiration, et s'apprêtait à protester et se débattre lorsqu'elle fut arrêtée par l'expression de son visage.

Elle savait que ce n'était qu'un homme, un baron récemment anobli, bien décidé à s'emparer, par la force s'il le fallait, du fief que le duc de Normandie lui avait attribué, en récompense pour sa bravoure sur les champs de bataille. Un fief dont elle faisait partie, corps et âme. Il voulait marquer son corps, son cœur et son âme, de façon telle qu'elle ne pourrait jamais l'oublier. Mais quand ses yeux plongèrent dans les siens, elle y découvrit un désir tellement ardent qu'elle fut tentée de croire que ce n'était qu'un homme qui désirait une femme… Un homme qui la désirait, elle, pour ce qu'elle était, non parce qu'elle était la fille et l'héritière de son père.

Et d'une façon dont aucun autre homme ne l'avait jamais désirée.

Même si sa raison lui criait qu'elle était folle et qu'elle se berçait d'illusions, elle avait trop envie de céder à la tentation. Depuis des années, personne ne s'était intéressé vraiment à elle. Elle n'avait été qu'un pion entre les mains des autres, le jouet de leurs ambitions. Tout au fond d'elle-même, elle aspirait à ne plus être seule, à savoir que quelqu'un pensait à elle, se souciait d'elle… L'aimait, tout simplement. Mais cette notion lui était encore trop étrangère pour qu'elle ose en prononcer le mot. Pour le moment, un homme la désirait. C'était déjà plus qu'elle n'avait jamais espéré.

Elle ferma les yeux et s'abandonna à ses baisers et à ses caresses, tout en sachant ce qui allait arriver. Tout en sachant aussi qu'elle ne pourrait plus revenir en arrière, si elle le laissait unir son corps au sien.

Dès qu'il la sentit se détendre, Brice sut qu'elle avait renoncé à se battre. Il ignorait les raisons de son renoncement, et gardait un souvenir cuisant de la façon dont sa dernière tentative s'était terminée, mais il avait trop envie d'elle pour hésiter un seul instant à la faire sienne.

Sa femme.

Elle lui appartenait, et rien ni personne ne pouvait l'empêcher d'exercer ses droits conjugaux.

Quelques instants auparavant, il avait seulement cherché à la séduire en la couvrant de baisers. Maintenant, ses caresses avaient un autre but : éveiller sa sensualité et lui donner du plaisir. Certes, il aurait préféré que leur première expérience amoureuse ait lieu dans un lit plus confortable, et derrière les murs d'une véritable chambre à coucher ; mais leur mariage était vital pour la poursuite de ses projets, la conquête de Thaxted et la soumission de ses sujets saxons, et il ne voulait pas que quiconque puisse en contester la validité. Il ne pouvait donc attendre. Et les bruits du camp qui s'éveillait et se préparait à la bataille lui confirmaient qu'il n'avait pas un instant à perdre.

Tout en poursuivant ses caresses intimes, il s'empara de sa bouche pour un baiser long et passionné. Elle garda les yeux clos, son corps se cambra, et un gémissement rauque s'échappa de ses lèvres.

La pénétrant doucement avec son doigt, il fit sortir de son nid moite et tiède son petit bouton, et le sentit durcir et se tendre. Elle eut un haut-le-corps et retint sa respiration, tandis qu'il glissait sa jambe entre les siennes.

— Tu es ma femme, murmura-t-il. Laisse-moi te donner du plaisir.

En sentant ses jambes se détendre, il sourit et l'embrassa de nouveau.

Elle était prête à se donner à lui. Lui qui n'avait jamais espéré avoir un jour une femme comme elle dans son lit, lui qui n'avait jamais espéré devenir un jour baron, seul maître, après le roi, d'un vaste fief où il aurait droit de haute et basse justice. Grâce à sa bravoure, ses rêves les plus fous étaient sur le point de se réaliser.

D'une façon ou d'une autre, elle avait réussi à dégager ses bras des couvertures, et elle lui saisit le poignet.

— Vos hommes…, murmura-t-elle. Ils vont nous entendre.

Malgré sa main qui lui encerclait le poignet, il continua de la caresser et enfonça même un doigt profondément en elle. De nouveau, elle laissa échapper un gémissement rauque et le regarda fixement, comme hypnotisée par le feu brûlant qui émanait de ses prunelles.

— Peu m'importe s'ils nous entendent, madame,

répondit-il d'une voix déterminée. Vous êtes ma femme, et j'ai trop envie de vous pour remettre à plus tard notre union.

Il interrompit le mouvement de son doigt et scruta son visage, attendant sa réaction. Allait-elle le laisser continuer sans se débattre ? Il était bien décidé à lui faire perdre sa virginité, mais il préférait lui prodiguer mille caresses et lui donner un avant-goût du plaisir qu'il pourrait lui offrir.

Elle ne dit rien, mais ce fut son corps qui lui répondit, en se cambrant contre sa main et en lui demandant de poursuivre ses caresses. Il scruta encore son visage, afin de s'assurer qu'elle était réellement consentante. Ses yeux turquoise s'assombrirent légèrement, puis, soudain, elle battit des cils et l'embrassa. Oh ! un baiser bien innocent ! Ses lèvres effleurèrent à peine les siennes, mais cela signifiait qu'elle lui donnait son consentement.

Il reprit aussitôt son mouvement de va et vient, lentement d'abord, puis de plus en plus vite. Elle ferma les yeux et s'abandonna complètement à ses caresses, en laissant échapper de petits cris. Puis, impulsivement, elle posa sa main sur la sienne, mais non pour la retenir, cette fois… Bien au contraire.

Il sourit et déposa un baiser sur ses lèvres, heureux de sentir qu'elle était moite de désir et prête à l'accueillir.

Retirant sa main, il défit rapidement ses braies et dégagea son membre viril. Elle rouvrit brièvement les yeux et marmonna quelque chose en rougissant, tandis qu'il se positionnait entre ses jambes.

Quand elle sentit son membre remplacer ses doigts et frotter contre le nid moite et tiède de sa féminité, elle ne put empêcher ses reins de se cambrer.

Ses lèvres étaient légèrement entrouvertes, et sa poitrine

se soulevait au rythme saccadé de sa respiration. Brice aurait aimé avoir plus de temps, pouvoir lui donner tout le plaisir qu'un homme peut donner à une femme, mais le soleil était levé et, s'il en jugeait aux bruits métalliques qui lui parvenaient, ses hommes se préparaient au combat.

Il la pénétra et s'arrêta quand il rencontra une résistance.

Jamais encore il n'avait défloré une femme et, malgré lui, il se sentait aussi inexpérimenté que lors de son premier rendez-vous amoureux.

Attendre ? Non, il ne pouvait plus.

— Tu es ma femme, murmura-t-il dans un souffle.

Les yeux fermés, Gillian tremblait et se contractait impulsivement. Le plaisir ineffable qu'elle avait éprouvé quand il lui avait prodigué ses caresses avait disparu, remplacé par une vague angoisse. Malgré son peu d'expérience, elle savait que cela pouvait être très douloureux la première fois.

— Maintenant.

Il s'enfonça d'un seul coup, jusqu'à la garde. Une sensation de déchirement et de brûlure. Elle poussa un petit cri et eut un haut-le-corps.

— Oooh !

Il la pénétra une deuxième fois, puis une troisième et s'arrêta. Elle rouvrit les yeux et vit son visage changer d'expression, comme s'il luttait contre lui-même. Le désir qui avait embrasé ses prunelles et l'avait incitée à se donner à lui s'était éteint, remplacé par un étrange vide, dont elle ne parvenait pas à comprendre la signification. Il détourna la tête, afin de ne pas croiser son regard, la respiration rauque et haletante.

Elle attendit. Le plaisir allait renaître et la submerger, en lui faisant oublier cette douleur lancinante, au creux de ses reins. A Thaxted, elle avait entendu parfois d'autres couples faire… ce qu'ils étaient en train de faire. Les soupirs de la femme, ses petits cris inarticulés… Elle avait trop envie de connaître les mêmes transports voluptueux et de s'abandonner à ces péchés de la chair contre lesquels fulminait si souvent le chapelain de Thaxted.

Elle attendit. En vain.

Il se retira et, sans un mot, se dégagea des couvertures de leur lit de fortune.

Tandis qu'elle le regardait, une étrange sensation de détachement l'envahit, comme si elle assistait à la scène à travers les yeux de quelqu'un d'autre. Elle dut s'avouer qu'elle avait envie de pleurer pour quelque chose qu'elle avait perdu, quelque chose qui n'avait pas eu lieu, quelque chose… qu'elle ne parvenait pas à identifier.

Quand il eut écarté les couvertures, elle tira les pans de son manteau et rabattit sa robe et sa tunique sur ses jambes nues, mais n'eut pas la force de le regarder se lever et se rhabiller.

Au bout de quelques instants, cependant, comme il continuait de s'affairer en silence, elle se mit tant bien que mal sur ses pieds. Puis, elle noua les attaches de son manteau et, comme elle n'avait rien d'autre que ses doigts pour se coiffer, elle se passa la main dans les cheveux, tentant de défaire les nœuds qui s'étaient formés pendant la nuit et pendant leurs ébats… amoureux ?

Elle avait toujours cette envie de pleurer.

C'était d'autant plus humiliant qu'elle ne pleurait pour ainsi dire jamais. Quand elle était en colère ou particulièrement exaspérée, il lui arrivait de tempêter, de crier, de protester ou de jurer — Dieu lui pardonne —, mais jamais elle ne pleurait. Pourtant, maintenant, alors qu'elle regardait Brice à la dérobée, debout au milieu de sa tente, elle avait la gorge nouée, et toutes les peines du monde à retenir le flot de larmes qui menaçait de submerger ses yeux. S'il tentait de se montrer gentil, elle allait vraiment éclater en sanglot.

Il s'approcha d'elle, un gobelet à la main.

— Madame, dit-il doucement, cette tente est une tente de soldat, et ne possède aucun des conforts auxquels une femme est en droit de prétendre. Je…

Il hésita, cherchant ses mots, mais elle l'interrompit — d'une voix qu'elle aurait voulu ferme, mais qu'elle ne put empêcher de trembler légèrement.

— Je désirerais avoir quelques instants d'intimité, messire.

Elle était toujours au bord des larmes, et une douleur étrange lui nouait le cœur et le ventre.

— Et j'ai besoin de me soulager.

Sa hardiesse avait toujours réussi à faire fléchir son frère, et, apparemment, elle eut le même effet sur ce chevalier breton : après lui avoir tendu le gobelet de bière en silence, il quitta la tente et revint quelques instants plus tard, pour lui apporter des serviettes, un broc d'eau et une petite cuvette.

— Si vous le désirez, vous pouvez d'abord faire un brin de toilette. Je vous escorterai ensuite à un endroit où…

En voyant ses joues s'enflammer, elle fut surprise qu'un homme tel que lui puisse être embarrassé à la seule évocation des besoins naturels d'une femme. Elle tendit les mains pour prendre le broc et la cuvette et les posa sur la table basse, qui constituait le seul et unique mobilier de la tente. Quand elle se retourna pour le remercier, elle ne vit que son dos. Il était déjà en train de quitter la tente.

Tout en versant l'eau chaude dans la cuvette, elle continua de lutter contre les larmes qui embuaient ses yeux. Des larmes qu'elle parvint encore à contenir tandis qu'elle faisait sa toilette et effaçait les marques de sa virginité perdue. Mais lorsqu'elle eut terminé ses ablutions et qu'elle regarda autour d'elle, scrutant la tente dans laquelle avait eu lieu un événement aussi crucial dans son existence, elle cessa de lutter. Tombant à genoux, elle laissa couler librement ses larmes, en espérant qu'elles parviendraient à apaiser un peu sa douleur et sa déception.

Quelques minutes plus tard, elle entendit la voix grave de Brice l'appeler depuis l'extérieur de la tente.

— Lady Gillian ? Si vous êtes prête, je vais vous accompagner, maintenant.

— Encore un instant, s'il vous plaît.

Elle se servit de la dernière serviette propre pour essuyer son visage et ses yeux. Puis, elle tressa ses cheveux grossièrement et les disposa à la hâte sous son voile.

— Voilà, j'arrive.

Poussant un profond soupir, elle remit son manteau et souleva le battant en toile.

L'air était froid, mais un grand soleil brillait dans un ciel sans nuages. Elle eut l'impression que les hommes qui se trouvaient à proximité s'étaient arrêtés et l'avaient regardée fixement, quand elle était sortie de la tente ; mais ils étaient presque immédiatement retournés aux tâches qui leur avaient été dévolues. Apercevant le tas de linges ensanglantés dont Brice s'était servi pour essuyer sa blessure au front, elle y laissa tomber celui qu'elle tenait à la main, roulé en boule, en espérant que personne n'avait remarqué son geste. Puis, elle fit quelques pas de plus et aperçut Brice, occupé à converser avec un petit groupe d'hommes d'armes — ses lieutenants, selon toute apparence.

— Bonjour, madame, la héla un jeune homme.

Elle lui répondit d'un signe de tête, les yeux baissés, afin de ne pas laisser voir qu'elle avait pleuré.

Il lui sourit et s'inclina légèrement.

— Je vais aller préparer votre déjeuner et vous l'apporterai à votre retour.

— Je vous remercie pour votre gentillesse, sir, répondit-elle, en espérant que Brice n'allait pas trop tarder à l'emmener ailleurs.

— « Sir » n'est pas nécessaire pour ce vaurien, madame, dit Brice en donnant une tape sur la tête du jeune homme. Ernaut est mon écuyer. Il s'occupera de vous en attendant que je puisse vous trouver une chambrière.

— A votre service, madame.

Gillian jeta un coup d'œil au jeune homme, pour voir s'il ne se moquait pas d'elle, mais son expression était franche et pleine de gentillesse.

Brice lui tendit la main.

— Venez, madame, dit-il après avoir fait signe à ses lieutenants de s'éloigner. Il nous reste peu de temps pour nous préparer au combat, et je ne voudrais pas me mettre en route avant de m'être assuré que vous avez eu tout ce dont vous avez besoin.

Gillian se souvint qu'il l'avait présentée à ses lieutenants juste après… juste après qu'elle eut prononcé le serment qui les unissait devant Dieu et devant les hommes ; mais elle était incapable de se souvenir de leurs noms. La tête baissée, elle suivit Brice vers un bosquet, derrière lequel elle pourrait satisfaire ses besoins naturels à l'abri des regards.

Tout en marchant, elle tenta de ne pas penser aux plaisirs sensuels que la main qu'elle tenait dans la sienne lui avait prodigués, quelques instants seulement auparavant. Un frisson la parcourut au souvenir de la façon dont son corps avait réagi à ses caresses. Puis, en se remémorant la frustration qu'elle avait éprouvée lorsque, après l'avoir déflorée, il s'était retiré sans lui avoir fait connaître les sensations merveilleuses qu'elle avait espérées, elle secoua la tête et laissa échapper un soupir involontaire.

Quand ils atteignirent la forêt, elle se dit qu'il allait vouloir rester à côté d'elle, afin d'empêcher une nouvelle tentative d'évasion ; mais, à sa grande surprise, il lui demanda seulement sa parole qu'elle n'essaierait pas de s'échapper.

— M'échapper, messire ? Maintenant ?

Il insista.

— Oui, madame. M'en donnez-vous votre parole ?

Elle réfléchit, et se rendit compte qu'elle n'avait nul endroit où se réfugier, maintenant qu'elle était vraiment sa femme. Si elle avait encore été vierge, elle aurait eu de la valeur aux yeux d'Oremund. Mais, désormais, plus aucun noble saxon n'accepterait de l'épouser ; et elle n'avait aucune envie d'être une simple maîtresse et d'enfanter des bâtards privés d'avenir.

Elle leva les yeux vers Brice et se rendit compte qu'il était prêt à accepter sa parole. Sincèrement, sans arrière-pensée. Une confiance inattendue qui, malgré elle, lui réchauffa le cœur.

Elle acquiesça de la tête.

— Oui, messire.

— Alors, je vais vous laisser, afin que vous puissiez jouir de quelques minutes d'intimité. Quand vous aurez terminé, rejoignez-moi dans ma tente.

Sur ces mots, il lui lâcha la main et s'éloigna, sans un regard derrière lui.

Quand elle se rendit compte qu'elle était vraiment seule, Gillian faillit perdre la tête. Il n'y avait aucun bruit autour d'elle, hormis ceux de la forêt, et rien ni personne ne pouvait l'empêcher de s'enfuir. Mais, étrangement, elle ne parvenait pas à trouver en elle l'envie de courir.

En se passant la main sur le front, elle se rendit compte qu'elle était à jamais différente de la jeune fille pure et innocente qui avait cherché à se réfugier derrière les murs du monastère. Et même si elle n'avait pas vraiment l'impression d'être une femme mariée, elle l'était, depuis ce matin, aux yeux de l'Eglise et des hommes. Malgré toutes ses dénégations, son cœur, son âme et son corps savaient qu'en lui prenant sa virginité, Brice l'avait unie à lui d'une manière indéfectible.

En soupirant, elle finit de satisfaire ses besoins naturels, puis elle revint lentement vers le camp. Désormais, plus rien ne pouvait lui permettre d'éviter les combats à venir et leurs conséquences. Il ne lui restait qu'à prier pour que le moins de gens possible y perdent la vie.

Chapitre 6

Accompagnés de Stephen, son premier lieutenant et son écuyer lui barrèrent le passage, lorsque, après avoir laissé Gillian seule dans la forêt, il revint au camp et se dirigea vers sa tente. Si leur attitude — bras croisés et jambes écartées — ne l'impressionna guère, leur mine fermée et hostile lui fit froncer les sourcils. Ernaut avait l'air un peu nerveux, mais Stephen et Lucais semblaient déterminés et prêts à en découdre.

— Quel est le problème ? demanda Brice, en les contournant pour atteindre sa tente. Je ne l'ai pas tuée, ni même abandonnée, inconsciente et blessée, si c'est cela que vous craignez, ajouta-t-il, car, à leur mine, il avait tout de suite compris qu'ils s'étaient s'inquiétés pour Gillian, en le voyant revenir sans elle de la forêt.

Gillian l'avait peut-être assommé la veille, avant de s'enfuir, mais ce matin, elle était son épouse légitime et, comme il avait consommé leur union, elle était désormais un atout maître dans la lutte qui allait l'opposer à son frère, Oremund, et aux rebelles qui refusaient de reconnaître l'autorité du nouveau roi d'Angleterre.

Il toisa les trois hommes, attendant une explication.

— Maintenant, dites-moi ce que vous avez sur le cœur, ou retournez à vos corvées.

Ayant partagé avec eux la vie rude des camps, il ne pouvait se montrer trop sévère, et acceptait une certaine liberté de ton ; mais il était désormais le baron de Thaxted et, en tant que tel, il avait l'intention d'exercer pleinement les pouvoirs qui lui avaient été conférés, que cela leur plaise ou non.

Les trois hommes se regardèrent, puis Lucais fit un pas en avant.

— Nous voulons savoir ce qui s'est passé entre toi et la dame, Brice, demanda-t-il, avec un geste du menton en direction de la tente.

— Les choses habituelles qui se passent entre un homme et sa femme légitime, répondit-il, les dents serrées.

Il commençait à bouillir intérieurement. Ils n'avaient aucune raison, et encore moins le droit, de lui poser une question aussi personnelle. Ils savaient, comme tous les autres hommes du camp, qu'il avait eu l'intention de consommer son mariage au plus vite.

Il croisa les bras sur son torse et imita délibérément leur attitude.

— En quoi cela vous regarde-t-il ?

Les joues d'Ernaut s'empourprèrent et, l'espace d'un instant, il eut l'air beaucoup plus jeune que ses quatorze ans. Il bredouilla deux ou trois mots inintelligibles, puis fit un geste vers un point sur le sol, juste à côté de la tente. Brice tourna la tête et aperçut la pile de linges ensanglantés.

Il hocha la tête.

— Ah, c'est pour ça ? Je ne m'étais pas rendu compte que j'avais répandu autant de sang, répondit-il, sans réfléchir à la façon dont sa réponse pourrait être interprétée.

Les trois hommes le regardèrent fixement, l'air visiblement choqués. En voyant leur expression, Brice comprit le quiproquo, mais n'eut pas le temps de leur expliquer qu'ils se trompaient : Gillian venait de sortir de la forêt et se dirigeait vers eux.

D'un signe de tête, il leur ordonna de s'éloigner. Mais ses hommes firent comme s'ils ne l'avaient pas vu !

Ernaut fit un pas vers Gillian, respectueux et prévenant.

— Madame, il commence à faire moins froid. Si vous le désirez, je peux vous servir votre déjeuner dehors. Vous y serez mieux que dans la tente.

En voyant son écuyer et ses hommes s'empresser autour de Gillian, Brice dut se retenir pour ne pas éclater de rire. Il trouverait un moment, plus tard, pour dissiper ce malentendu et les rassurer quant à la façon dont il traitait sa femme ; mais, pour l'instant, il se dit qu'il pouvait les laisser s'occuper d'elle et la dorloter, pendant qu'il vaquait à ses propres occupations.

Il avait encore beaucoup à faire avant le siège et l'assaut du château de Thaxted. Son château.

Un peu plus tard, en entendant son estomac crier famine, Brice s'aperçut que son écuyer avait oublié de lui apporter son déjeuner.

Les sourcils froncés, il se dirigea vers le centre du camp, là où les cuisiniers préparaient et faisaient cuire la nourriture sur des feux de bois, comme c'est la coutume chez toutes les troupes en campagne.

Tandis qu'il approchait, il entendit des éclats de rire cristallins. Comme il n'y avait pas d'autre femme dans le camp en dehors de la sienne, il en déduisit que c'était Gillian qui riait ainsi.

C'était bien elle.

Elle était assise sur un tabouret, une couverture sur les genoux et une autre sous les fesses, en guise de coussin.

Entourée, ou plutôt courtoisement assiégée par une dizaine de ses hommes, qui rivalisaient de gentillesse, lui expliquant qui ils étaient, d'où ils venaient, et lui offrant les meilleurs morceaux de viande, de fromage, et même de pain frais.

Pour la première fois, il avait l'occasion de l'observer de loin et de voir la façon dont ses yeux s'illuminaient, quand elle goûtait aux plaisirs simples d'un bon repas, partagé avec des compagnons aimables et enjoués.

Il vit ses lèvres s'incurver d'une façon extrêmement séduisante lorsqu'elle se tourna vers Ernaut pour répondre à l'une des remarques espiègles dont le jeune écuyer avait le secret. Malgré lui, il sentit son corps réagir, à la seule évocation de ses soupirs quand il avait dévoré sa bouche de baisers. Et, malgré lui également, il ne put s'empêcher de ressentir une pointe de jalousie. S'il avait eu un fouet, il aurait volontiers fouetté ce jeune impudent !

Il remarqua aussi qu'elle comprenait leur langage, car elle riait aux plaisanteries d'Ansel et d'Ernaut, et, parfois, leur répondait même dans leur langue — du moins pour quelques mots et phrases rudimentaires, avec un fort accent saxon. Il n'était pas au bout de ses surprises, avec la femme qu'il avait épousée !

Mais, alors qu'il approchait, sa présence fut remarquée, d'abord par certains de ses hommes, puis par Gillian elle-même. Immédiatement, ils se turent, et leurs visages se fermèrent. Suivis par Ernaut, Stephen, Ansel et Lucais s'alignèrent derrière Gillian, les bras croisés, comme s'ils étaient prêts à en découdre. Au lieu de se sentir menacé par une telle réaction, Brice en éprouva un réel soulagement.

Si ce jour même, ou au cours de l'une ou l'autre des batailles à venir, il venait à être tué, il savait que ses hommes défendraient les droits de sa veuve. Gillian s'était-elle rendu compte qu'elle avait gagné le cœur d'une troupe d'hommes prête à la défendre, même contre son seigneur et maître ? Pour l'instant, il ne ferait rien pour défaire le lien qui unissait ses hommes à sa femme, même si sa réputation d'homme chevaleresque et respectueux de la gent féminine devait en souffrir.

Faisant un pas de plus, il les apostropha d'un ton impérieux.

— Si vous avez fini votre déjeuner, il reste beaucoup à faire et le temps presse !

Quoi qu'il arrive, ils ne dormiraient pas ici la nuit prochaine.

Le défi silencieux de ses hommes prit fin, et ils s'éloignèrent, pour finir de démonter le camp et charger leur matériel dans les chariots — mais non sans avoir prononcé quelques mots apaisants ou adressé un signe de tête respectueux à sa femme.

Après avoir été abandonnée par sa petite cour, Gillian se leva sans un mot, saisit un bol et le remplit de porridge au chaudron qui fumait encore, à côté du feu.

— Je suppose que vous n'avez pas encore déjeuné, messire, dit-elle en le lui tendant. Ernaut a passé tout son temps à s'occuper de moi, au lieu de veiller à votre bien-être.

Elle ne leva pas les yeux, mais, au moins, elle avait cessé de pleurer. Malgré ses efforts pour dissimuler son visage, il avait remarqué les sillons que les larmes avaient laissés sur ses joues. Et comme il savait qu'il en était la cause, il en avait eu l'estomac noué.

— Merci, madame, murmura-t-il en acceptant le bol et la cuillère.

— Un homme a besoin de manger avant d'aller au combat.

Son ton avait été neutre, mais il crut y avoir décelé autre chose. De la colère ? De la peur ? Il n'aurait su le dire.

Il se demanda si ses hommes lui avaient parlé de ses projets pour prendre Thaxted.

— Vous avez raison, madame, répondit-il en mettant une cuillerée de porridge dans sa bouche.

Il n'aimait guère le porridge, mais c'était un aliment nourrissant et qui tenait au corps. Il mangea le contenu du bol rapidement, jusqu'à la dernière cuillerée — une habitude prise en campagne, quand un soldat ne sait jamais quand ni où il prendra son prochain repas. Même si le roi et son ami Giles, lui avaient apporté tout leur soutien, y compris de la nourriture pour tenir un siège de plusieurs mois, il n'avait jamais pu se défaire complètement de cette habitude.

Pendant qu'il mangeait, Gillian resta debout devant lui, immobile et silencieuse, regardant ses hommes démonter les tentes, charger leur matériel dans les chariots et préparer leurs armes et leurs chevaux. Etait-elle inquiète pour son frère ? Pour elle-même ?

— Les choses ont évolué rapidement, depuis hier, et nous avons beaucoup de choses à mettre au point, tous les deux, dit-il en tendant son bol vide à l'un des cuisiniers. Malheureusement, ce n'est ni le moment ni l'endroit pour avoir une discussion sérieuse.

Tout en parlant, il scruta son visage, y cherchant un signe… quelque chose.

— Je préférerais vous laisser ici, pour votre sécurité,

mais j'ai besoin de votre présence pour convaincre votre frère de se rendre.

Elle éclata de rire, un rire teinté d'ironie, qu'il trouva pour le moins incongru. Puis elle s'interrompit brusquement, et l'expression de son visage redevint impassible.

— Mon frère ne se rendra pas juste parce que vous m'avez prise en otage, messire. Il serait même capable de vous suggérer de me tuer.

Brice se demanda ce qui l'avait le plus choqué. L'information qu'elle venait de lui donner, ou sa nonchalance vis-à-vis de la haine que son frère pouvait éprouver à son égard.

— Pourquoi se conduirait-il de manière aussi déshonorante ?

Elle détourna les yeux, comme chaque fois qu'il était question de son frère.

— Comme vous l'avez dit tout à l'heure, messire, ce n'est ni le moment ni l'endroit. Je vous parlerais volontiers de mon frère, mais cela prendrait du temps. Beaucoup trop de temps.

Elle s'écarta pour laisser deux de ses hommes décrocher le chaudron de son cadre et l'emporter.

— Si vous le voulez bien, je préférerais aller vous attendre au monastère, messire.

Brice s'esclaffa.

— Vous êtes têtue, madame. Non, je ne puis accéder à votre requête. Votre place est à mes côtés, désormais.

Il réfléchit un instant avant de lui poser une autre question. Une question qui le taraudait depuis qu'il avait appris la rébellion de son frère et la haine qu'il semblait porter à sa sœur.

— D'après le testament de votre père, vous êtes l'héritière de Thaxted. Et comme le roi vous a donnée à moi en mariage, je ne vois guère comment votre frère peut justifier son combat.

Même un homme stupide et obstiné pouvait comprendre qu'il n'avait aucune chance de vaincre un ost aussi puissant que le sien, d'autant plus qu'il possédait des droits légitimes sur Thaxted, maintenant que Gillian était sa femme.

— Mon frère conteste la validité de ce testament, car il est persuadé que ma mère a ensorcelé mon père et a profité de son état pour le convaincre de faire de moi son héritière. Et comme il est le seul enfant légitime de mon père, nombreux sont ceux qui, à Thaxted, ont accepté de le suivre et de soutenir sa cause.

Brice en resta bouche bée. Apparemment, l'évêque ne lui avait pas dit tout ce qu'il savait sur la jeune femme que le roi lui avait ordonné d'épouser... L'homme d'Eglise n'ignorait sûrement pas sa naissance illégitime. La révélation le prit de court, et il ne sut que répondre ; mais, immédiatement, il comprit que tous ses plans pour se rendre maître de Thaxted allaient être bouleversés.

Gillian avait remarqué sa surprise et le regardait fixement, prenant sans doute un malin plaisir à le voir mal à l'aise et décontenancé. Ses lèvres frémissaient, prêtes à sourire, mais elle baissa les yeux et lutta pour dissimuler sa jubilation. Elle avait probablement gardé cette information par-devers elle de manière intentionnelle, attendant le moment propice de la révéler.

Un moment propice qu'il venait de lui offrir.

— Ernaut ! cria-t-il, si fortement que Gillian sursauta.

Elle eut tout juste le temps de reprendre contenance avant que le jeune écuyer n'arrive en courant.

— Messire ?

— Conduis lady Thaxted à ma tente et occupe-toi

de préparer mes bagages, ordonna-t-il, en faisant signe à Gillian de suivre Ernaut.

Alors que le jeune écuyer commençait à s'éloigner, Brice le retint par le bras et se pencha vers lui.

— As-tu pensé à jeter les… ?

Il ne termina pas sa phrase.

Ernaut rougit et hocha la tête.

— Oui, messire.

Quand il se fut éloigné, suivi par Gillian, Brice partit à la recherche du père Henry. Le chapelain pourrait peut-être lui donner des réponses aux questions qu'il se posait.

Une heure plus tard, en armure et à cheval sur la route de Thaxted, Brice n'était guère plus avancé que lorsque Gillian lui avait révélé sa naissance illégitime. Il se demandait comment il allait pouvoir se rendre maître de son fief sans verser trop de sang. Le père Henry lui avait assuré que ses prétentions sur Thaxted étaient plus justifiées que celles de quiconque, mais il comprenait mieux les raisons pour lesquelles Oremund refusait de céder la forteresse qui avait appartenu à son père. Oh ! certes, avec le soutien du roi, il savait que les recours, présents ou futurs, du frère de Gillian n'avaient aucune chance d'aboutir ! Néanmoins, ces recours risquaient de le mettre dans une position fausse vis-à-vis de ses nouveaux sujets, et de l'affaiblir dans la région. D'autant plus que les seigneurs saxons qui avaient fait allégeance à Guillaume ne voyaient jamais d'un très bon œil l'arrivée d'un seigneur étranger dans leur voisinage.

En regardant derrière lui, il vit Gillian sur son cheval, encadrée par ses nouveaux protecteurs. Ils lui parlaient à voix basse et, de temps à autre, un sourire éclairait son visage. Elle ne lui avait encore jamais souri de cette façon. Ce n'était pas elle qui prenait l'initiative de la conversation, mais, visiblement, elle s'y prêtait avec complaisance. Elle…

Il soupira et secoua la tête. Il n'allait tout de même pas être jaloux de ses hommes ! Ce serait trop ridicule !

Regardant droit devant lui, il s'efforça de se concentrer sur la bataille à venir.

Il ne lui fallut pas longtemps pour rejoindre le reste de sa troupe, qui avait planté ses tentes dans un bosquet, en vue du donjon de Thaxted, mais hors de portée des flèches de ses défenseurs. Avec l'aide de ses hommes et des renforts envoyés par Giles et le roi, il ne devrait pas avoir trop de mal à enlever la forteresse.

Il ne put s'empêcher de remarquer l'expression soucieuse et inquiète de Gillian, quand il s'approcha d'elle pour l'aider à descendre de cheval et la conduire en lieu sûr, hors de vue des murailles de Thaxted. Une inquiétude qu'il comprenait aisément. Elle allait devoir assister au siège et à la destruction de la demeure de ses parents. L'ost de son propre mari allait, sans doute, entraîner la mort de plusieurs de ses gens. Certes, maintenant qu'il connaissait l'animosité de son demi-frère à son égard, ce n'était sûrement pas pour lui qu'elle s'inquiétait…

En voyant une lueur de culpabilité briller dans ses yeux, il se demanda s'il n'y avait pas d'autres secrets qu'elle gardait par-devers elle. Quand se déciderait-elle à les lui révéler ?

Chapitre 7

Tandis qu'elle chevauchait, Gillian avait presque éprouvé de la compassion pour l'homme qui était maintenant son mari.

Elle avait vu à quel point il s'était senti embarrassé, quand ses hommes avaient remarqué les linges ensanglantés et avaient cru que c'était son sang, à elle.

Elle avait aussi vu sa confusion et sa colère quand ses hommes s'étaient mis de son côté, prêts à la défendre avec leurs poings, et peut-être même leurs armes.

Puis, il y avait eu le choc, quand il avait appris que sa femme était une bâtarde et ne possédait que des droits contestables sur le fief et le château qu'il avait reçu mission d'arracher à son frère.

Une compassion qui s'était étendue à tous ceux qui allaient mourir ou être blessés dans cet assaut, qui risquait fort d'être un échec. Thaxted était une forteresse solidement bâtie, et bien défendue par les hommes d'Oremund.

Ce matin, en allant et venant à travers le camp, écoutant et questionnant les hommes d'armes, elle avait fait une estimation rapide des forces de Brice, et tout lui avait laissé penser qu'il courrait à un désastre, quand l'affrontement avec son demi-frère et ses alliés commencerait réellement. Puis, quand elle lui avait annoncé que leur mariage ne rendait en rien plus légitimes ses prétentions sur Thaxted, il lui avait tourné le dos et ne lui avait plus dit un mot.

Il leur avait fallu quelques heures à peine pour parcourir le chemin qu'elle avait suivi si péniblement, à pied, après sa fuite de Thaxted ; mais quand ils parvinrent au sommet de la dernière colline et commencèrent à redescendre vers la vallée, Gillian eut le souffle coupé.

Une véritable armée campait entre eux et la forteresse de ses parents.

Un ost au moins deux fois plus important que celui avec lequel elle chevauchait. Une palissade avait été bâtie tout autour de Thaxted, empêchant quiconque d'y entrer ou d'en sortir. En la parcourant du regard, elle se dit qu'elle n'aurait jamais pu s'enfuir, si elle avait attendu ne serait-ce qu'une journée de plus.

Au fur et à mesure qu'ils approchaient, les hommes autour d'elle hélèrent joyeusement leurs camarades, et des cris s'élevèrent, qui lui rappelèrent le moment de sa capture.

Puis, Brice avait mis pied à terre et était venu vers elle. Son heaume dissimulait en partie son visage, mais elle avait vu néanmoins que son expression était sombre et grave. A maints égards et, parfois, pour des raisons dont il ne se doutait même pas, elle était désormais une charge pour lui.

Il mit ses mains autour de sa taille pour l'aider à descendre de cheval et, ce faisant, ses doigts glissèrent le long de ses côtes et s'arrêtèrent juste en dessous de sa poitrine. Il avait enlevé ses gantelets de fer et portait des gants souples en cuir : il n'y avait donc aucun contact entre sa peau et la sienne. Cela n'empêcha pas le corps de

Gillian de réagir. Elle frissonna et ses mamelons durcirent, comme lorsqu'il l'avait caressée, la nuit précédente.

Les mains posées sur les épaules du chevalier, elle croisa son regard, et vit ses yeux s'assombrir. Au fond de ses prunelles, une lueur s'était mise à briller, une lueur qui lui fit comprendre que la réaction de son corps ne lui avait pas échappé. La soulevant de sa selle, il la laissa glisser contre lui, en la retenant pour ralentir sa descente, mais aussi pour la serrer un peu plus longtemps dans ses bras.

— Quand je n'aurai plus ma cotte de mailles et mon armure, nous referons l'amour, je vous le promets, murmura-t-il d'une voix rauque.

Apparemment, et contrairement à ce qu'elle avait éprouvé, leurs ébats du matin ne l'avaient pas laissé sur sa faim. Les hommes se contentaient-ils de quelques instants de plaisir ? Si elle en croyait ses propos et le désir ardent qui brûlait dans ses yeux, il avait hâte d'embraser de nouveau ses sens. Malgré ce qu'elle pensait de leur première expérience, une vague de chaleur monta dans ses reins lorsqu'il laissa ses mains s'attarder sur les courbes de ses reins, en attendant qu'elle recouvre son équilibre.

Une vague de chaleur si puissante qu'elle faillit l'enlacer, afin qu'il la serre plus fort contre lui. Heureusement pour elle, la voix du jeune Ernaut résonna derrière Brice et la ramena sur terre.

— Messire ?

Comme Brice ne réagissait pas, le regard toujours fixé sur elle, il insista en élevant la voix.

— Messire Brice ?

Il la lâcha et fit un pas en arrière, si brusquement qu'elle faillit perdre l'équilibre. Avant de se retourner vers son écuyer, il murmura une mise en garde. Une mise en garde qui la surprit, par son inutilité comme par sa vigueur.

— Ne t'amuse pas à folâtrer avec mes hommes. Tu es ma femme, et aucun d'entre eux ne te soutiendra contre moi.

Elle ne pouvait pas laisser passer une pareille insulte à son honneur.

Elle leva la main, mais il fut plus rapide, et lui saisit le poignet avant qu'elle ait eu le temps de le gifler.

Heureusement, d'ailleurs. Elle aurait pu se briser la main sur son heaume. Mais cela ne diminua en rien son indignation.

Quand elle tenta de dégager sa main, il accentua la pression sur son poignet, ce qui la rendit encore plus furieuse. Il commençait à lui faire mal.

— Hier, j'ai été pourchassée, retenue prisonnière, bâillonnée, attachée et mariée contre mon gré. Vous m'avez pris ma vertu, sans tenir aucun compte de mes protestations et, maintenant, en plus, vous m'insultez, messire ?

A l'aide de son autre main, elle détacha ses doigts de son poignet et fit un pas en arrière, afin de n'être pas tentée une nouvelle fois de le gifler.

— Malgré tous les efforts de mon frère pour me vendre à un vieux barbon, j'ai réussi à conserver ma vertu. Je me suis battue bec et ongles pour rester aussi pure que je l'avais promis à mon père. Croyez-vous que je serais prête à me déshonorer et à salir sa mémoire, simplement parce qu'en me forçant à vous épouser, vous avez trouvé un moyen de me prendre ma vertu ? Je suis peut-être une bâtarde et une Saxonne, mais je ne suis pas l'une de ces ribaudes qui écartent leurs jambes contre une pièce d'or, ou dès qu'un homme leur fait les yeux doux !

Elle s'interrompit pour reprendre son souffle, car les

mots avaient jailli si vite et avec une telle force de sa bouche qu'elle en avait oublié de respirer.

Après une pareille tirade, il allait la punir, elle en était sûre. A sa place, c'est ce que son frère aurait fait. Ajustant son voile et son manteau, elle attendit ; mais, quand elle redressa la tête, elle découvrit que le silence s'était fait autour d'eux. Sans le vouloir, elle avait haussé la voix, assez fort pour être entendue par tous les hommes d'armes qui se trouvaient dans les alentours.

Le visage de Brice était blême, comme celui d'Oremund, quand elle avait osé se révolter contre ses projets de mariage. Ses yeux étincelèrent, puis la fureur céda la place à un autre sentiment, qu'elle fut incapable de définir. Quand elle le vit poser la main sur la poignée de son épée, elle se demanda si elle n'allait pas payer de sa vie son accès de colère.

Des gouttes de sueur se mirent à perler sur sa nuque. Respirer devenait difficile, et elle chercha un moyen de se sortir de cette situation dangereuse et humiliante. Allait-elle devoir le supplier de lui pardonner ? Elle essuya nerveusement ses mains moites sur sa robe. Allait-il la forcer à se soumettre à genoux devant lui, et en présence de ses hommes ?

Elle frissonna, s'attendant à chaque instant à ce qu'il ordonne de la battre ou de la fouetter.

Le silence s'éternisait, ajoutant encore à son angoisse.

Puis, brusquement, Brice retira sa main de la poignée de son épée et se tourna vers ses hommes. Enlevant son heaume, il le tendit à Ernaut, qui se tenait à son côté, immobile et silencieux, comme frappé de stupeur.

— Je commence à comprendre pourquoi Oremund de Thaxted n'a pas trop envie de la voir revenir, dit-il avec un haussement d'épaules ironique.

Décidant que ce n'était ni le moment ni la façon dont elle avait envie de mourir, Gillian s'abstint de répliquer. Elle savait que c'était là le moyen qu'il avait trouvé pour faire retomber la tension qui s'était instaurée entre eux, sans perdre la face devant ses hommes. Et elle avait appris très tôt dans sa vie que les hommes frappaient quand ils étaient mis au défi, ou quand ils se sentaient en position d'infériorité.

Cette fois, ce n'était pas avec des coups qu'il répliquait, mais avec des mots.

Elle déglutit avec difficulté, puis elle manifesta sa soumission, en s'inclinant presque jusqu'à terre.

— Mes paroles ont peut-être dépassé ma pensée, messire, murmura-t-elle. Je...

Elle s'interrompit pour chercher ses mots. Elle n'avait pas envie de s'humilier, mais elle ne voulait pas non plus risquer de le blesser davantage.

Cependant, avant qu'elle ait eu le temps de poursuivre, il lui tourna le dos et s'éloigna, comme si, pour lui, l'incident était clos. Ses hommes le suivirent et elle se retrouva seule avec Ansel.

— Si vous voulez bien m'accompagner, madame, je vais vous conduire à votre tente, dit Ansel en l'aidant à se relever.

Gillian se laissa conduire, les jambes tremblantes. Elle était épuisée. Elle avait chevauché toute la journée, alors qu'elle n'était pas montée à cheval depuis des mois, et cette dernière confrontation avec Brice avait eu raison des forces qui lui restaient.

Ansel la conduisit à travers le camp — un camp encore plus grand, maintenant que les hommes de Brice étaient arrivés et avaient commencé à monter leurs tentes.

La tente de Brice avait été plantée à l'orée de la forêt,

au pied d'une colline dont la pente était si raide que personne ne pouvait s'en approcher par-derrière — ou la gravir pour s'enfuir.

Etait-ce à cause d'elle qu'il avait choisi de la mettre à cet endroit ?

Elle ne le saurait peut-être jamais, d'ailleurs. Il n'avait pas voulu la punir physiquement devant ses hommes, mais elle ne perdait sans doute rien pour attendre. La fureur qu'elle avait vue dans ses yeux égalait ou, même, surpassait celle qu'elle avait vue dans les yeux d'Oremund après l'échec de son avant-dernière tentative d'évasion.

Il lui avait fallu une semaine avant de pouvoir se lever de son lit, après la correction qu'il lui avait infligée.

Ansel souleva le battant de toile de la tente et s'effaça pour la laisser entrer. Gillian regarda autour d'elle et vit qu'elle était aussi sommairement meublée que la précédente. Apparemment, le nouveau baron de Thaxted n'avait pas encore pris conscience de son statut, et continuait de se comporter comme s'il n'était toujours qu'un simple chevalier, avec, pour unique fortune, son courage et sa vaillance, mis au service de son suzerain, le duc de Normandie.

Elle se laissa choir sur la couche, le dos appuyé contre l'un des montants de la tente, en sachant qu'elle avait un long moment à attendre avant qu'il ne revienne la punir de son insolence. Il y avait une seule chose dont elle était certaine : s'il la tuait, il ne saurait jamais que son père lui avait constitué une dot — un véritable trésor, fait de pièces d'or et d'argent qu'il avait cachées peu avant sa mort.

Un trésor dont elle ne profiterait guère, même si elle parvenait à le trouver. Désormais, tout ce qui lui avait appartenu était la propriété de son mari.

*
* *

Idiot.

Triple idiot.

Comment avait-il pu se conduire de manière aussi stupide ?

Brice se traita de tous les noms d'oiseaux possibles et imaginables en songeant à la façon dont il s'était mis en colère et avait perdu la maîtrise de lui-même, depuis sa rencontre avec lady Gillian.

Cela faisait un jour à peine qu'il la connaissait.

Si, dans un laps de temps aussi bref, il avait eu envie de l'étrangler et de lui faire l'amour au moins une douzaine de fois, comment pourraient-ils parvenir à survivre une semaine entière ensemble… voire toute une vie ? Et, depuis qu'il l'avait capturée, alors qu'elle courait les chemins pour aller se réfugier chez les sœurs, elle avait trouvé le moyen de l'assommer, puis d'éveiller la sympathie de ses hommes, au point qu'ils s'étaient montrés prêts à se rebeller contre lui.

Sans parler de sa fierté qui, à plusieurs reprises, avait été durement éprouvée.

Il savait qu'elle n'avait pas été pleinement satisfaite lors de leurs ébats amoureux. Pressé par le temps, il s'était contenté de la déflorer, et n'avait pas su lui donner le plaisir qu'elle était en droit d'attendre. Ainsi, il avait gâché sa première expérience avec son mari. Un mari qui, pourtant, avait déjà une longue expérience des femmes…

Malgré la façon dont elle l'avait défié, devant ses hommes, il avait passé la journée à osciller entre la fureur et le désir qui embrasaient ses reins, chaque fois qu'il pensait à elle. Entre les deux, il parcourait toute la gamme des sentiments qu'un homme peut éprouver dans cette situation : fierté, honte, peur du ridicule. Mais, tout au fond de son cœur, une partie de lui-même souhaitait plus que tout dissiper la peur et la culpabilité qu'il avait vues briller dans ses yeux, et apaiser la profonde douleur qu'elle lui avait révélée sans le vouloir.

Sir Gautier lui avait dit qu'il était toujours plus facile de voir les défauts des autres que les siens. Et de s'en prendre aux autres, au lieu de reconnaître ses erreurs. Le père de Simon, qui avait élevé trois bâtards en plus de son fils légitime, avait été un homme plein de sagesse. Une sagesse qu'il avait tenté d'inculquer aux enfants dont il avait la charge.

Alors qu'il parcourait le camp à grands pas, s'entretenant avec les chevaliers, les archers et les coutiliers qui, bientôt, allaient se battre pour défendre ses droits sur Thaxted, il n'avait pas cessé de penser à Gillian. Par deux fois, il avait dû faire un effort sur lui-même pour ne pas aller la retrouver sous leur tente. Et, à maintes reprises encore, il s'était surpris en train de la regarder, alors qu'elle allait et venait autour de la tente — car elle avait réussi à convaincre Ansel de la laisser sortir. Au début, il avait envisagé de lui ordonner de rentrer sous la tente, pour sa sécurité, mais il y avait renoncé en voyant à quel point elle semblait prendre plaisir à profiter du soleil et de la brise fraîche et vivifiante.

Pendant toute la journée, il avait mis au point tous les détails de l'attaque du lendemain, et la nuit était tombée lorsqu'il se décida enfin à rejoindre sa tente.

Un autre soldat avait remplacé Ansel. En le voyant approcher, l'homme d'armes l'arrêta et le mit en garde à voix basse.

— Lady Thaxted a demandé à parler au père Henry, messire, et Ansel n'a trouvé aucune raison valable pour lui refuser cette requête. Il est arrivé il y a quelques minutes à peine, après avoir fini de confesser les hommes qui désiraient être en paix avec Dieu avant le combat.

Après avoir confié son heaume et ses armes au garde, Brice attendit en silence, tentant de percevoir, sans la moindre vergogne, la conversation qui se déroulait à l'intérieur de la tente entre sa femme et le chapelain. Il n'avait pas cru un seul instant qu'elle ait voulu voir le vieux prêtre uniquement pour se confesser. Et s'il en croyait les mots qu'il surprenait de temps à autre, ce n'était pas de ses péchés ou de ses défauts à elle qu'ils parlaient, mais des siens.

Les sourcils froncés, il souleva le battant de toile et pénétra dans la tente, mettant immédiatement un terme à leur conversation.

— Entrez, messire, et joignez-vous à nous, dit le père Henry en se levant du tabouret sur lequel il était assis.

Le vieux prêtre fit un pas de côté, afin de laisser Brice s'approcher de sa femme.

— Nous parlions de vous, justement.

Brice vit les joues de Gillian s'enflammer et une lueur coupable briller dans ses yeux turquoise, confirmant ainsi ses soupçons et l'aveu implicite du père Henry. Avec son voile tiré sur le front et autour de son visage, peut-être par respect pour le chapelain — il n'aurait su le dire —, il avait du mal à distinguer son expression.

— Vous parliez de moi, mon père ? Qu'avez-vous donc dit à ma femme à mon sujet ?

Avant que le prêtre ait eu le loisir de répondre, Gillian se leva de son tabouret et répondit à sa place.

— Messire, j'ai demandé à parler au père Henry, car je ne me souvenais pas bien de notre mariage et je désirais qu'il me confirme certains détails de notre contrat.

Brice remarqua qu'elle n'avait croisé que brièvement son regard et qu'elle avait ensuite gardé les yeux obstinément baissés.

— A-t-il été en mesure de répondre à vos questions, madame ?

— Oui, messire, répondit-elle à voix basse.

Le père Henry intervint, visiblement embarrassé, lui aussi.

— En s'adressant à moi, lady Gillian n'avait aucunement l'intention de vous manquer de respect, messire.

Brice fronça les sourcils. Apparemment, ils craignaient l'un et l'autre sa réaction. Pour Gillian, il pouvait le comprendre, après les propos véhéments qu'elle avait tenus devant ses hommes, mais concernant le père Henry, c'était tout à fait absurde : il ne l'avait jamais menacé et lui avait toujours montré le plus grand respect.

— Pour ma part, le fait qu'elle ait demandé à vous parler ne m'a en rien contrarié. Même si j'avais espéré qu'elle voulait seulement vous voir pour confesser ses péchés et s'en repentir…

Tout en parlant, il sentit un sourire incurver ses lèvres et dut faire un effort pour terminer sa phrase sans éclater de rire.

Gillian avait légèrement redressé la tête, juste assez pour qu'il puisse voir briller une lueur de colère dans le bleu turquoise de ses yeux. Une lueur qui commençait à lui être familière.

— Quand j'étais à Thaxted, messire, je me confessais régulièrement. Mais après le départ de notre chapelain, il n'y a plus eu personne pour entendre mes confessions.

Elle n'avait pas élevé le ton, mais elle bouillait intérieurement. Il le sentit au léger tremblement de sa voix.

A cet instant, il se rendit compte qu'il préférait cent

fois cette femme volontaire et coléreuse à une femme soumise et docile. La furie qui l'avait assommé à celle qui s'était humiliée devant lui, après son accès de fureur.

— Avez-vous déjà dîné, mon père ? Vous aimeriez peut-être vous joindre à nous et partager notre repas ?

Au même instant, Ernaut entra, les bras chargés d'un plateau sur lequel étaient disposés des viandes froides, du fromage et du pain.

Avant de répondre, le chapelain regarda Gillian, l'air incertain, puis tourna de nouveau les yeux vers Brice.

Dès qu'il était entré dans la tente, un torrent de lave s'était mis à couler dans les veines de Brice, comme la première fois où son regard s'était posé sur les courbes délicieuses de sa femme. L'homme d'Eglise l'avait-il remarqué ? Avait-il deviné qu'il n'avait qu'une seule envie, prendre Gillian dans ses bras et lui faire l'amour toute la nuit ?

Le père Henry s'éclaircit la gorge et secoua la tête.

— Je vous remercie de votre hospitalité, messire, mais le jeune Selwyn, mon écuyer, est en train de préparer mon repas.

Il soulevait déjà le battant de toile de la porte ; mais, avant de sortir, il se retourna vers Brice.

— Si vous le voulez bien, je pourrais tenir compagnie à votre femme… demain, suggéra-t-il, en jetant un coup d'œil inquiet à Gillian.

— J'aimerais beaucoup avoir votre compagnie, mon père, répondit Gillian, sans laisser à Brice le temps de répondre ; mais, pendant la bataille, votre présence sera plus utile ailleurs.

Auprès des blessés et des mourants, se dit Brice en son for intérieur. Ils se tournèrent vers lui, attendant sa réponse. Il acquiesça.

— Je veux bien autoriser lady Gillian à vous aider demain dans votre travail, mon père. Elle n'est pas du genre à attendre sans rien faire, quand des gens ont besoin d'être soignés et réconfortés.

— Bien, acquiesça le père Henry. Alors, je vais vous quitter tous les deux, mais, auparavant, je vous donne ma bénédiction.

Il baissa la tête et marmonna quelques mots en latin, puis fit un signe de croix et sortit de la tente, laissant Brice seul face à sa femme.

Quand le battant de toile fut retombé, Brice fit signe à Gillian de s'asseoir et de partager avec lui le repas déposé par Ernaut sur la petite table basse.

Sans le quitter des yeux, elle s'assit, et attendit qu'il commence. Brice versa de la bière dans un gobelet et le lui tendit.

Ils mangèrent en silence, mais, à chaque instant, la tension grandissait un peu plus entre eux. Quand ils eurent fini de boire et de manger, Brice appela Ernaut pour qu'il débarrasse le plateau et l'aide à retirer sa cotte de mailles.

Une fois le jeune garçon parti, Brice enleva la tunique et les braies qu'il portait sous sa cotte de mailles, et les suspendit dans un coin de la tente, afin de les faire sécher. Puis, il fit face à Gillian, croyant qu'elle lui tournait le dos, pour ne pas le voir se déshabiller. Il faillit sourire en voyant qu'elle avait recouvré toute la maîtrise d'elle-même et, pendant une seconde ou deux, il soutint son regard.

Après avoir enlevé sa chemise, il dénoua l'attache de la bande de tissu qu'il portait autour des reins et défit ses jambières. Puis il tourna le dos à Gillian et commença à faire sa toilette. A part leur respiration, il n'y avait aucun bruit dans la tente.

Il jeta un coup d'œil par-dessus son épaule. Elle avait détourné la tête, finalement. Par pudeur ? Par timidité ? Pour ne pas avoir l'air aussi éhontée qu'une ribaude ?

Il finit de se laver, se pencha et prit une serviette. En la nouant autour de sa taille, il remarqua qu'elle avait les joues en feu. Quand elle se tourna vers lui, ses yeux s'écarquillèrent et sa bouche s'ouvrit, mais aucun son ne franchit le seuil de ses lèvres. Des lèvres auxquelles il avait rêvé toute la journée…

En baissant les yeux, il comprit la raison de son émoi. Malgré la serviette, la réaction de son corps à la présence de la jeune femme était par trop évidente…

Chapitre 8

Si elle n'avait pas été assise, Gillian aurait sans doute défailli. Elle sentit ses joues s'enflammer et se passa la main nerveusement sur le visage. Il s'était déshabillé si vite qu'elle n'avait pas eu le temps de protester. Il devait avoir l'habitude d'enlever tout son attirail de soldat et de faire sa toilette avant de se coucher. Il n'avait même pas eu l'air gêné par sa présence. Comme si c'était là une chose toute naturelle…

Pour lui, peut-être, mais pas pour elle.

En le voyant presque nu, son corps avait immédiatement réagi. Sa bouche était devenue sèche, et elle avait eu du mal à respirer. Puis, elle avait senti des gouttes de sueur perler le long de son cou, tandis que le bout de ses seins se tendait douloureusement. Un frisson la parcourut, jusque dans la partie la plus intime de sa féminité.

En sentant une moiteur envahir la jonction de ses cuisses, elle se leva brusquement, et dut se retenir de ne pas s'enfuir en courant.

Elle aurait voulu mettre un linge mouillé sur son visage, pour rafraîchir ses joues, mais il avait utilisé le seul qui se trouvait dans la tente.

Après avoir noué une serviette autour de sa taille — une serviette qui ne dissimulait qu'imparfaitement ses attributs virils —, il prit la cuvette et sortit la donner à Ernaut, avant de lui livrer ses instructions à voix basse. Puis il rentra dans la tente et s'adressa à elle d'une voix calme et posée. De nouveau, comme si c'était tout naturel, comme s'il n'y avait aucune tension entre eux.

— Ernaut va vous apporter un broc d'eau fraîche pour votre toilette, madame. Avez-vous besoin d'autre chose avant de vous coucher ?

Etait-ce l'intonation aimable et charmeuse de sa voix ? La vision de son corps musclé et presque nu ? Ou bien l'attrait totalement inconvenant qu'elle éprouvait pour les obligations charnelles de leur mariage ?

Quelle qu'en soit la raison, elle éprouva une brusque envie d'ouvrir son manteau et de dénouer les attaches de son corsage.

Non sans mal, elle parvint à résister à la tentation.

— Merci, mais je n'ai besoin de rien d'autre, réussit-elle à murmurer, les mains crispées sur les bords de son manteau.

Il frissonna, et elle vit qu'il avait la chair de poule.

— Ne fait-il donc jamais chaud, dans ce pays ? questionna-t-il en se frottant les bras. Avec un froid pareil, je ne sais pas comment un homme normal parvient encore à ban…

Il rit et fronça les sourcils, comme s'il cherchait un mot moins trivial pour exprimer ce qu'il voulait dire.

— J'ai déjà passé un hiver ici, et je commence à regretter la Bretagne. Là-bas, au moins, le froid ne dure jamais plus de quelques jours et, quand il pleut, ce sont de petites bruines qui vous rafraîchissent, sans vous glacer les os.

— Peut-être devriez-vous vous habiller, messire ? suggéra-t-elle, acceptant le broc qu'Ernaut lui tendait.

En voyant le jeune écuyer rougir et alors que le silence envahissait la tente, elle se rendit compte de l'erreur qu'elle avait commise. Visiblement, Brice n'avait aucunement l'intention de se rhabiller. Ernaut toussa deux ou trois fois et se retira sans avoir croisé son regard.

Brice ne dit rien, lui non plus. Il vérifia son attirail de guerre, portant une attention particulière à son épée et à sa dague — en prévision de la bataille du lendemain, sans doute —, puis il se dirigea vers le tas de peaux et de couvertures qui faisait office de lit. Lorsqu'elle osa jeter un coup d'œil dans sa direction, elle eut l'impression qu'il avait oublié sa présence.

Mais quand elle eut terminé sa toilette et fut prête à se coucher, elle vit qu'il surveillait chacun de ses mouvements, couché sur le dos et les bras croisés derrière la tête. Il avait jeté sur le sol la serviette dont il s'était servi pour dissimuler ses parties intimes, ce qui signifiait qu'il était nu sous ses couvertures.

Gillian attendit qu'il lui dise où elle devait aller dormir, ou ce qu'il attendait d'elle, mais il n'en fit rien. Finalement, comme le silence se prolongeait, elle prit son courage à deux mains et se décida à parler.

— Qu'attendez-vous de moi, messire ? murmura-t-elle d'une voix mal assurée.

Il sourit. Un sourire qui releva le coin de ses lèvres et le fit paraître plus jeune, moins terrifiant — mais pas moins attirant. Il souleva les couvertures et l'invita à le rejoindre.

— Venez vous coucher.

— Je ne suis pas prête à dormir.

Jamais, même, elle n'avait eu aussi peu envie de dormir. La vision de sa peau nue, et le souvenir de la façon dont il l'avait caressée et embrassée sous les couvertures, ce matin et la nuit précédente, l'envahirent et mirent son corps en émoi.

— Venez vous coucher, répéta-t-il d'une voix douce et cajoleuse.

Il continuait de sourire. Un sourire malicieux, terriblement séduisant.

Gillian tenta de résister à la tentation. Son esprit ne voulait pas céder, mais la vague de chaleur qui menaçait de la submerger ne pouvait lui laisser aucun doute quant aux désirs qui tenaillaient son corps.

Il souleva un peu plus les couvertures, ce qui ajouta encore à son émoi.

— Je ne sais pas ce que vous attendez de moi, répéta-t-elle, perdant un peu plus à chaque seconde de sa confiance en elle.

Une seule journée avait suffi à bouleverser sa vie et, une fois de plus, avec une soudaineté qui la surprit, des larmes menacèrent d'envahir ses yeux.

Il s'assit et enveloppa ses genoux de ses bras.

— Il est tard, et j'ai seulement envie d'avoir un peu de réconfort, dans les bras de ma femme.

Elle scruta son visage, mais son expression ne trahit rien de ses pensées.

— Si je survis à la bataille qui m'attend demain, je suis sûr que nous trouverons le moyen de nous entendre, tous les deux.

Bien qu'elle eût perdu sa virginité, Gillian ne savait pas comment approcher cet homme qui était désormais son mari. Ne s'étant pas déshabillée, et portant toujours son manteau serré autour de son corps, elle n'arrivait pas à imaginer ce qu'il attendait d'elle. Les maris se contentaient-ils simplement de trousser les jupes de leurs femmes, comme ils le faisaient avec une ribaude ou une fille de ferme ? Ne devaient-ils pas se conduire autrement avec une épouse légitime ?

— Enlevez votre manteau et venez me rejoindre, madame, insista-t-il d'une voix tellement rauque tellement chargée de désir qu'elle sentit le bout de ses seins durcir. Ou bien, est-ce votre habitude de coucher tout habillée ?

A vrai dire, il lui était souvent arrivé de dormir en mettant sur elle le plus de vêtements possible, pour ne pas avoir froid, ou pour se sentir plus en sécurité.

— Non, pas avec mon manteau, du moins, répondit-elle en rougissant.

Il fronça les sourcils, mais elle secoua la tête avant qu'il ait eu le temps de lui demander si elle avait l'habitude de garder sa robe pour dormir.

— Le reste non plus, messire.

— Brice, l'interrompit-il en se laissant aller de nouveau en arrière et en ouvrant les couvertures. Appelez-moi par mon prénom, quand vous venez me rejoindre dans mon lit.

Rassemblant tout son courage, Gillian ferma les yeux et, ouvrant son manteau, le laissa tomber à ses pieds. Son voile suivit le même chemin. Puis, avant qu'elle ait eu le temps de se reprendre, elle fit passer sa robe par-dessus sa tête et l'envoya rejoindre ses autres vêtements. Elle était nue, hormis ses chausses et ses chaussures.

Aussitôt, le froid la saisit et elle frissonna. Elle avait la chair de poule et, comme lui un peu plus tôt, elle se frotta les bras pour essayer de les réchauffer.

— Venez, madame, l'invita-t-il de nouveau. Vous allez prendre mal, si vous restez ainsi.

Elle capitula, à cause du froid glacial qui régnait dans la tente, ou à cause de la chaleur de son invitation, elle n'aurait su le dire. Elle s'agenouilla sur le bord du lit et, en un instant, elle se retrouva au chaud contre lui. Il l'enlaça de ses bras puissants, après avoir rabattu les couvertures de laine au-dessus de leurs corps.

Feignant une bravoure qu'elle ne ressentait guère, elle tenta d'apaiser la tension qui s'était instaurée entre eux.

— Et vous, vous devriez m'appeler Gillian quand je suis dans votre lit.

Il recula la tête et la regarda, comme s'il n'arrivait pas à en croire ses oreilles.

— Vous avez raison, Gillian, acquiesça-t-il.

Puis, il se pencha de nouveau vers elle et sa bouche effleura ses lèvres. Aussitôt, elle oublia tout le reste, ses angoisses, ses protestations, et presque même de respirer.

Brice poussa un soupir de satisfaction.

La jeune fille apeurée s'était métamorphosée devant ses yeux en une femme hardie et pleine d'assurance. Lorsqu'il s'était déshabillé et avait fait sa toilette devant elle, elle s'était troublée et avait rougi comme une écolière. Mais ensuite, quand il lui avait laissé le temps de se reprendre, elle avait eu l'air de se détendre un peu et d'accepter ce qui s'était passé entre eux. Il avait été touché quand elle lui avait avoué qu'elle ne savait pas ce qu'il attendait d'elle, car cela révélait une vulnérabilité qu'elle avait l'habitude de dissimuler soigneusement.

Maintenant, tandis qu'il dévorait sa bouche et la caressait comme il en avait rêvé pendant toute la journée, il savait qu'il devait — non, qu'il voulait lui donner tout le plaisir qu'un homme peut donner à une femme. Un plaisir qu'il n'avait pas su lui donner la nuit précédente. Il voulait qu'elle s'en souvienne à jamais, comme si c'était leur dernière nuit ensemble.

Elle écarta les jambes pour l'accueillir, mais ses bras restèrent le long de son corps, comme si elle n'osait pas le toucher. Aussi, il lui prit la main et la posa sur sa taille.

Alors qu'il explorait avec sa langue les profondeurs moites et tièdes de sa bouche, il sentit l'autre main de la jeune femme glisser sur sa hanche et sur son ventre. Arrachant ses lèvres aux siennes, il traça un sillon de baisers sur son cou et sur son épaule. Quand il la sentit se blottir contre lui, le bassin au contact de son membre viril, il posa sa main sur son ventre délicat.

Cette nuit, il avait décidé de prendre tout son temps. Il lui donnerait du plaisir avant de chercher le sien, même si, pour cela, il devait mourir de frustration. Les réactions de Gillian à ses baisers et à ses caresses ne l'aidaient guère à tenir la promesse qu'il s'était faite, pas plus que le sang qui affluait dans ses veines, ni le désir que le simple contact de son corps si doux et féminin faisaient naître dans ses reins. Son membre viril était tendu à se rompre, maintenant, et il frottait contre sa hanche, un frottement qui lui procurait un plaisir indicible. Pas aussi indicible, cependant, que ne le seraient les caresses de sa douce main, ni les contractions intimes et délicieuses, quand il la pénétrerait. Mais, pour le moment, il devrait s'en contenter.

Comme il avait découvert que les seins de Gillian étaient très sensibles, il se pencha sur elle et les embrassa l'un après l'autre. Puis il titilla et mordilla les tétons, jusqu'à ce qu'ils deviennent durs et vibrants de désir. Les soupirs et la respiration saccadée de la jeune femme l'incitèrent à poursuivre, tout comme ses mains, qui maintenaient sa tête sur sa poitrine. Il obéit, en souriant intérieurement et en prodiguant ses baisers sans compter.

Quand il la sentit se cambrer et se frotter contre la main qui était posée sur son ventre, il dut de nouveau faire un effort pour ne pas perdre la maîtrise de lui-même.

Son plaisir d'abord…

Il avait beau se le répéter, sa promesse était de plus en plus difficile à tenir.

Glissant sa main entre ses cuisses, il effleura de ses doigts les poils doux et frisés sous lesquels se dissimulait le nid tiède et moite de sa féminité. Elle serra les cuisses nerveusement, mais, au fur et à mesure qu'il la caressait, doucement, d'abord, puis de plus en plus vite, ses jambes s'entrouvrirent, et il insinua ses doigts à l'intérieur.

Bientôt, elle se mit à trembler et à vibrer sous ses baisers et sous les caresses de sa main. Des caresses et des baisers qui lui arrachèrent de petits cris. La sentant sur le point de jouir, et sachant que c'était une expérience nouvelle pour elle, il abandonna ses seins brièvement, afin de l'encourager.

— Détends-toi, Gillian, murmura-t-il dans un souffle, contre ses lèvres, tout en poursuivant le mouvement de va-et-vient avec sa main. Laisse-toi aller…

Quand il sentit les premières contractions sur son doigt, il entrouvrit les lèvres et toucha son petit bouton. Sa réaction fut immédiate. Elle s'agrippa à ses épaules et se cambra, tandis que, vague après vague, un plaisir indicible secouait son corps. Il continua, de plus en plus vite, en la pénétrant profondément avec ses doigts, jusqu'à ce que les vibrations de son corps deviennent moins intenses, tandis qu'un gémissement rauque s'échappait de sa gorge. Puis, elle se détendit et rouvrit les yeux. Des yeux qui le regardèrent avec un mélange de surprise et de confusion.

— Que m'est-il arrivé ? demanda-t-elle dans un murmure.

La respiration encore courte et saccadée, elle repoussa une mèche de cheveux qui s'était égarée sur son front et ses yeux.

— Tu as joui, répondit-il doucement. Est-ce la première fois ?

Même si la veille elle était encore vierge, Brice savait qu'une femme pouvait connaître les plaisirs de la chair sans, pour cela, devoir perdre sa virginité. Il avait donné ainsi maintes fois du plaisir à des femmes qui l'avaient accueilli dans leur lit, mais qui ne voulaient pas que leurs ébats amoureux aient des suites préjudiciables.

Le corps de Gillian trembla de nouveau, tandis qu'une dernière vague de plaisir la parcourait, et il sentit son membre viril se tendre. Elle le remarqua, car elle eut un haut-le-corps lorsqu'il bougea contre sa hanche.

— Vous… Vous n'avez pas…, bredouilla-t-elle en rougissant.

— Non, pas encore, répondit-il en serrant les dents pour résister à son envie de la basculer en arrière et de la pénétrer.

— Pourquoi ? Je… je croyais que vous aviez envie de… de réconfort, avant la bataille de demain.

Il roula sur le côté et ferma les yeux. Tenter de résister à la tentation était une véritable torture, surtout quand il sentait près de lui la chaleur de son corps et les battements désordonnés de son cœur. Elle s'approcha de lui et lui fit face, lui faisant immédiatement oublier ce qu'il avait voulu lui dire.

— Vous avez besoin d'aide ? Vous avez peut-être de la peine à recommencer aussi tôt ce que… vous avez fait ce matin ? demanda-t-elle dans un souffle.

Au début, il crut qu'elle plaisantait, mais, à la lueur grave et inquiète qui brillait dans ses yeux, il se rendit compte qu'elle était sérieuse.

— Que dois-je faire pour vous aider ?

Il était à la fois au paradis et en enfer, car, décidément, sa jeune épouse était une terrible tentatrice, qui ne connaissait pas son pouvoir de séduction. Plus tard, il remercierait le ciel d'avoir une femme aussi ingénue et naïve, mais, pour le moment, il ne savait plus quoi dire, et il n'avait plus qu'une seule envie : monter sur son corps nu, s'enfoncer en elle d'un seul coup et oublier tout ce que l'aube qui allait se lever signifiait pour elle et pour lui.

— Caresse-moi.

Ce fut tout ce qu'il réussit à dire.

Il ferma les yeux et cessa de respirer, attendant de sentir le contact de sa main. Une attente qui le remplit d'une joie inhabituelle. Lorsque ses doigts effleurèrent ses tétons, il ne put s'empêcher de frissonner.

— Je vous ai fait mal ? murmura-t-elle.

Il remarqua qu'elle poursuivait sa caresse, faisant glisser ses doigts sur son torse pour aller toucher l'autre téton.

— Non, murmura-t-il d'une voix rauque.

Il avait envie qu'elle touche une autre partie de lui, tout en priant intérieurement pour qu'elle n'en fasse rien.

Puis, ses doigts descendirent sur sa hanche et sur son ventre. Ils s'enroulèrent sur ses longs poils bouclés, mais s'arrêtèrent avant d'avoir touché son membre. Il réagit comme si elle l'avait touché, et ne put empêcher ses reins de se cambrer. Une fois encore, ses doigts évitèrent le contact et glissèrent le long de sa cuisse.

Incapable de résister plus longtemps à la tentation, il se servit de sa main libre pour saisir la sienne et la placer à l'endroit où il avait envie. Les yeux de Gillian s'élargirent et elle ouvrit la bouche, de manière fort provocante, tout en encerclant son membre avec ses doigts. Quand elle se mit à faire aller et venir sa main, ce fut à son tour de rester bouche bée.

Juste au moment où il la croyait capable de le faire

jouir de cette façon, malgré son manque d'expérience et la gaucherie de ses mouvements, elle lâcha son membre. A cet instant, il faillit la supplier de continuer, et dut faire un effort surhumain pour contenir les envies qui lui tenaillaient les reins.

— Vous avez l'air d'avoir mal…

Elle avait lâché son membre, mais elle continuait de faire glisser sa main sur sa peau, le long de ses cuisses, sur son ventre, sur son torse. Des caresses lentes et langoureuses, qui ne firent rien pour apaiser le torrent de lave qui coulait dans ses veines. Elle n'avait sans doute même pas conscience du maelström de sensations qu'elle faisait naître en lui et qui, à chaque instant, menaçait de lui faire perdre sa maîtrise de lui-même.

Un grognement sourd s'échappa de la gorge de Brice.

— J'ai envie de vous, Gillian… Maintenant.

Un sourire à la fois angélique et ensorcelant illumina les yeux et le visage de Gillian. Un sourire qui resterait à jamais gravé dans sa mémoire.

— Prenez-moi, alors, messire… Brice, corrigea-t-elle dans un murmure.

Il devait aimer la hardiesse chez les femmes, car il rit, avant de l'embrasser avec une telle passion qu'elle en fut remuée dans tout son être. Immédiatement, une vague de désir l'envahit et la submergea. Maintenant qu'il lui avait fait connaître le plaisir, son corps avait envie qu'il recommence à lui prodiguer ses caresses, même si cela voulait dire subir aussi l'autre partie de leurs ébats amoureux, celle qui ne lui avait pas apporté la satisfaction qu'elle avait espérée. Et, tout en sachant qu'au matin elle devrait faire face à tous les problèmes suscités par leur situation, elle décida que cette nuit leur appartiendrait… totalement.

Quand il abandonna sa bouche et souleva sa jambe au-dessus de sa hanche, elle retint sa respiration. L'air froid de la tente s'insinua entre ses jambes, mais il n'attendit pas longtemps pour lui montrer une autre façon de la faire jouir. Bientôt, elle ne put empêcher son corps de se cambrer pour mieux accueillir les caresses de ses doigts et de… sa langue ! Elle était en feu ! Elle tenta de nouveau de prendre son membre dans sa main, mais il l'en empêcha et guida sa main sur sa cuisse. Instinctivement, elle s'agrippa à lui, avec une telle force qu'elle se dit, non sans une pointe de culpabilité, qu'il aurait des marques de griffures le lendemain.

Quand il la retourna sur le dos et se positionna entre ses jambes, elle le regarda et se laissa envahir par les vagues de plaisir qui faisaient vibrer tout son corps. Il rejeta la tête en arrière et se prépara à la pénétrer, une pénétration qui, visiblement, était plus agréable pour un homme que pour une femme. Fermant les yeux, elle essaya de ne penser qu'au plaisir qu'il venait de lui donner, car elle craignait d'avoir mal, comme la fois précédente.

Puis, son membre s'enfonça en elle et, pendant une seconde ou deux, elle fut incapable de respirer, de bouger ou, même, de penser.

Mais, au lieu de la douleur qu'elle avait eu peur de ressentir, elle éprouva seulement une sensation de plénitude, pendant qu'il allait et venait en elle, lentement, d'abord, afin qu'elle s'habitue à lui.

Peu à peu, son corps se mit de nouveau à vibrer, et, bientôt, ses reins répondirent à chacun de ses coups de boutoir. Il guida ses jambes autour de sa taille et, tout son poids portant sur ses bras, il se pencha sur elle, si près que les poils de son torse frôlaient et chatouillaient ses seins.

Et c'était merveilleux.

— C'est mieux, cette fois-ci ? questionna-t-il en s'arrêtant brièvement, avant de plonger encore plus profondément en elle.

— Oui, murmura-t-elle.

Sur le moment, elle ne trouva rien d'autre à dire.

Elle n'avait pas besoin de mots pour exprimer ce qu'elle ressentait, car son cœur s'était mis à battre si vite qu'il résonnait dans ses tempes et dans ses oreilles. Au plus profond d'elle-même, ses muscles se contractaient autour du membre viril de Brice, comme s'ils voulaient le retenir, le garder en elle. Des gouttes de sueur perlaient le long de son cou, et elle ne parvenait plus à former une pensée cohérente.

C'était trop bon. Trop…

De petits cris inarticulés s'échappèrent de ses lèvres, et elle ferma les yeux pour mieux savourer les plaisirs qui faisaient vibrer son corps, à chaque mouvement de va-et-vient, à chaque baiser, à chaque caresse…

Elle l'entendit lui dire quelque chose à l'oreille, mais son esprit et son corps n'étaient plus tendus que vers un seul but : parvenir de nouveau à ce paroxysme de jouissance, qu'elle avait atteint seule la première fois et qu'elle était sur le point d'atteindre avec lui maintenant. Ses bras agrippés à son torse puissant, ses jambes autour de ses hanches, elle avait l'impression de ne faire plus qu'un avec lui, tandis que son membre s'enfonçait en elle et se retirait en faisant jaillir dans son intimité un véritable feu d'artifice.

Puis, soudain, ce fut l'apothéose. Un ultime coup de boutoir, et son membre se mit à vibrer.

— Oh oui… Brice… Oui… Je jouis…

Jamais elle n'aurait cru pouvoir un jour éprouver un plaisir aussi intense.

Les yeux fermés et les bras tremblants, il resta immobile, tandis que sa semence se répandait en elle. Puis, il rouvrit les yeux et son regard plongea dans le sien.

— Ça va ?

Gillian ne sut que répondre, car son cœur battait à se rompre, et son corps continuait à vibrer de plaisir. Elle inspira profondément, puis soupira.

— Je ne sais pas, avoua-t-elle.

Il rit et, après avoir déposé un baiser sur ses lèvres, il se retira et bascula sur le côté.

— C'était mieux que ce matin, je suppose, dit-il avec une intonation de triomphe dans la voix.

Une intonation typiquement masculine, que toutes les femmes comprennent et pardonnent, quand un homme a su combler leurs désirs les plus secrets.

Elle se blottit contre lui et il l'enlaça.

Jamais elle ne s'était sentie tellement bien, tellement en sécurité.

Brice ferma de nouveau les yeux. Maintenant, il pouvait mourir. Il n'en avait cure.

Chapitre 9

Gillian se réveilla en sursaut. Pendant une minute ou deux, elle ne parvint pas à se souvenir de l'endroit où elle se trouvait, puis une sensation de tiraillement, à un endroit de son corps auquel elle n'avait guère prêté attention jusqu'alors, le lui rappela.

Elle était couchée dans le lit de son mari.

Un chevalier breton, qui avait reçu mission de prendre Thaxted et de le tenir, après en avoir chassé son frère.

Un chevalier bâtard venu pour l'épouser, sur ordre de son suzerain, le duc de Normandie, roi d'Angleterre depuis son sacre à Westminster.

Un homme qui lui avait donné un plaisir tel qu'elle en avait eu le souffle coupé et s'était avérée incapable de réfléchir.

Presque incapable... Car, en songeant à tout ce qui s'était passé entre eux depuis qu'elle l'avait rejoint dans son lit, elle se dit qu'elle n'aurait jamais pu imaginer autant de façons de donner ou de recevoir du plaisir. La première fois, certes, leurs ébats n'avaient rien eu de spécial, mais, ensuite, il n'avait pas cessé de la surprendre. Une fois, même, il l'avait pénétrée par-derrière, en lui caressant les seins et la partie la plus intime de son corps, tout en allant et venant en elle.

Et la dernière fois… Elle ferma les yeux en se souvenant de ses coups de boutoir, si rapides et si puissants qu'elle avait failli défaillir de plaisir. Ensuite, ils s'étaient endormis dans les bras l'un de l'autre, épuisés et le corps rompu, mais pleinement satisfaits.

Dehors, elle entendait les bruits du camp qui se préparait à la bataille.

Elle se retourna pour regarder son mari, en se demandant comment il l'accueillerait, lui parlerait ou la regarderait, après les moments intimes qu'ils avaient partagés ; mais la place à côté d'elle était vide.

Elle enveloppa le haut de son corps d'une couverture, se redressa et regarda autour d'elle. Ses vêtements étaient posés en tas sur le sol, mais ceux de Brice avaient disparu. Elle resta perplexe quelques instants, puis elle enfila sa chemise et sa robe, avant que quelqu'un n'entre et ne la trouve toute nue. Ensuite, elle mit son voile et son manteau, et souleva le battant en toile de la porte.

Le camp était déjà presque désert.

Avait-elle dormi si longtemps que la bataille était déjà terminée ? Sûrement pas ! Visiblement, Brice s'était dit qu'elle était en sécurité dans sa tente, et l'avait quittée sans la réveiller ; mais, s'il y avait eu une bataille, elle l'aurait entendue. En se souvenant qu'il lui avait suggéré de rester avec le père Henry, pendant les combats, elle partit à sa recherche. La veille, en se promenant au milieu des tentes, elle avait appris que celle du chapelain se trouvait à l'extrémité est du camp et, en se renseignant auprès des serviteurs qui étaient toujours là, elle n'eut aucune peine à trouver son chemin.

Elle n'avait aucune expérience de la guerre, et ne s'était jamais trouvée aussi près d'une bataille ; mais elle n'arrivait pas à croire qu'un tel déchaînement de violence puisse avoir lieu avec si peu de bruit. Puis, elle se rendit compte que ce silence, aussi étrange qu'irréel, s'étendait jusqu'aux murs de Thaxted. Mettant sa main en visière pour protéger ses yeux du soleil, elle regarda en direction du château, et vit des soldats en ligne, l'arme au pied, tout autour de la forteresse de ses parents. Sans s'en rendre compte, elle se dirigea vers eux, jusqu'au moment où elle fut interpellée par le chapelain, à la recherche duquel elle était partie.

Il lui prit le bras et la tira en arrière.

— Venez avec moi, madame. C'est trop dangereux pour vous, là-bas.

— La bataille a-t-elle commencé, mon père ? demanda-t-elle, en refusant, en son for intérieur, d'être tenue à l'écart, alors que tant de gens qu'elle connaissait se trouvaient au front, risquant à chaque instant d'être blessés ou tués.

— Non, madame, répondit-il en hochant la tête. Votre frère et messire Brice sont en train de parlementer.

— A mon sujet ? Au sujet de mes terres ?

Avant même qu'il ait eu le temps de répondre, elle se rendit compte de son erreur. Thaxted ne lui appartenait plus, et elle n'avait plus aucun droit désormais sur l'héritage de son père. Elle appartenait corps et biens à l'homme qu'elle avait épousé. Les Normands avaient une conception différente des droits et de la place des femmes — différente de celle des Saxons d'Angleterre, des Ecossais et des Gallois, ou même des Danois, qui, il y avait peu de temps encore, dominaient l'est du pays. Pour un Normand, l'homme possédait tout. La femme n'avait aucun droit et restait sa vie entière assujettie, d'abord à son père, puis à son mari.

Mais, afin de parvenir à ses fins et d'étouffer toutes

velléités de rébellion, le duc de Normandie avait fait semblant de respecter les volontés testamentaires de son père, en reconnaissant ses droits sur Thaxted, avant de la donner en mariage à l'un de ses vassaux qui, par conséquent, en prendrait le contrôle et l'occuperait en son nom.

— Ils essaient de trouver une solution pacifique à cette confrontation, madame. Afin d'éviter des pertes en vies humaines.

Visiblement, si elle en jugeait à son ton apaisant et au choix de ses mots, le père Henry avait souvent eu l'occasion de négocier des compromis entre seigneurs ennemis.

— N'ai-je donc aucun rôle à jouer dans ces négociations ? s'enquit-elle, les sourcils froncés.

Connaissant son frère, elle savait qu'il n'hésiterait pas à mentir de la façon la plus éhontée. Sans parler des accusations qu'il allait déverser à son encontre et à l'encontre de sa mère. Oremund était prêt à tout pour garder le contrôle de Thaxted. Du moins, le temps de trouver où leur père avait caché l'or qui devait constituer la dot de Gillian. Un trésor, naturellement, dont il ne révélerait jamais l'existence à son mari breton.

— Si, madame, fit une voix grave derrière elle.

Se retournant, elle se trouva face à Brice et à deux de ses capitaines.

Ce n'était pas l'homme qui lui avait murmuré des mots doux à l'oreille, pendant qu'il l'embrassait et caressait les endroits les plus intimes de son corps. Ce n'était pas, non plus, l'homme qui lui avait fait connaître des plaisirs qu'elle n'aurait pas imaginés dans ses rêves les plus fous. C'était… C'était l'homme de guerre, le chevalier prêt à partir une nouvelle fois au combat, pour soutenir ses droits et les droits de son suzerain, le duc de Normandie.

Gillian l'avait déjà vu en cotte de mailles et en armure, le heaume sur la tête et l'épée au côté. Elle l'avait vu aussi à la tête de ses hommes, sur la route, quand elle s'était cachée dans la forêt. Mais, malgré elle, elle ne put s'empêcher de frissonner, et faillit chercher protection derrière le chapelain. Comme si un vieux prêtre timoré pouvait la défendre contre un homme aussi puissant et déterminé !

— Votre frère désire vous parler, afin de s'assurer que vous êtes saine et sauve, dit-il d'une voix calme, mais avec une lueur sombre et ardente au fond des yeux. Il vous a fait rechercher partout et remercie le Tout-Puissant que vous n'ayez pas été blessée pendant votre folle escapade.

Il avait parlé les dents serrées, et elle vit les muscles de sa mâchoire se contracter.

Deux hommes se tenaient à côté de lui, immobiles et silencieux, et Gillian eut l'impression qu'ils étaient là pour l'emmener et la livrer à son frère. Brusquement, elle perdit toute assurance, et eut peur de dire quoi que ce soit à Brice concernant les intentions cachées d'Oremund. Le silence était peut-être plus prudent. Après tout, il y avait peu de temps encore, elle s'interrogeait sur la duplicité éventuelle de son « mari ».

Peut-être bien. Mais la prudence n'avait jamais été la plus grande de ses qualités…

— Et vous le croyez, messire ?

Elle croisa les bras sur sa poitrine, d'un air de défi. Cela risquait de l'irriter, certes, mais il fallait lui faire comprendre jusqu'où pouvaient aller les mensonges de son frère.

— Seriez-vous prêt à préférer sa parole à la mienne ?

Ses yeux étincelaient de colère, et tout, dans son attitude, montrait que sa défiance à l'égard de son frère était sincère. Elle était prête, désormais, à tenir tête au chevalier, avec la même passion que lorsqu'elle s'était abandonnée dans ses bras.

Le moment, cependant, était trop crucial pour que celui-ci puisse se permettre de céder. Brice savait que le frère de Gillian était un menteur invétéré, capable de vendre sa mère au diable pour parvenir à ses fins ; mais il savait aussi que sa position serait amoindrie, s'il montrait la moindre faiblesse vis-à-vis de sa jeune épouse. Elle n'était sa femme que depuis une journée, et il devait faire preuve d'autorité, s'il voulait être respecté et obéi par ses hommes.

— C'est un homme, madame, répondit-il, comme si, pour lui, la parole d'un homme ne pouvait jamais être mise en doute par celle d'une femme.

Le visage de Gillian s'empourpra et, l'espace d'un instant, il crut qu'elle allait exploser de colère, mais, finalement, ses yeux se plissèrent et elle soutint son regard. Afin de couper court à d'autres questions, il lui fit signe de suivre ses hommes.

Le père Henry fit un pas en avant, comme s'il voulait s'interposer entre Gillian et lui. A Taerford, Brice avait vu maintes fois le vieux prêtre servir de médiateur entre son ami Giles et sa femme. Mais aujourd'hui, son intervention ne pourrait que contrecarrer ses plans.

— Vous n'avez aucune raison de vous inquiéter pour la sécurité de lady Gillian, mon père, dit-il d'une voix ferme. Elle est ma femme.

Gillian se retourna brusquement vers lui.

— Ainsi, vous seriez prêt à lutter contre les tentatives de mon frère pour me retirer mes droits ?

Il eut le plus grand mal à ne pas éclater de rire. Mais, malgré l'admiration qu'il éprouvait pour la ténacité et la vivacité d'esprit de Gillian, il ne pouvait le lui montrer ouvertement.

— Vous voulez parler de mes droits, je suppose, madame ?

Il lui prit la main et l'attira vers lui.

— Dois-je vous le rappeler ? Du fait de notre mariage, tous vos droits m'ont été transférés. C'est la loi.

Il crut qu'elle allait résister, taper du pied, mais elle capitula et consentit à l'accompagner. Au moins, elle serait à côté de lui, et il serait en mesure de la protéger, si cela devenait nécessaire. Il soupira de soulagement, et réfléchit à tous les événements qui pouvaient se produire avant la fin de la journée.

Quand il était revenu dans sa tente et l'avait trouvée vide, il avait failli crier pour appeler Gillian. Il s'était levé avant l'aube pour discuter brièvement avec ses capitaines, et avait pensé être de retour avant qu'elle ne se réveille. Au lieu de cela, il avait trouvé son lit vide et sa femme disparue. Sur le moment, il avait d'abord cru qu'elle s'était de nouveau enfuie. Puis il avait réfléchi, et s'était dit qu'il devait y avoir une autre raison à son absence.

Quand il s'était souvenu qu'elle avait dit au père Henry qu'elle l'aiderait à soigner les blessés, il avait compris où elle s'était rendue, et son inquiétude s'était changée en irritation. Comme s'il n'avait pas déjà assez de problèmes, sans devoir à chaque instant surveiller sa femme et s'assurer qu'elle ne courait aucun danger ! Maintenant, il avait envie de la rassurer, mais n'osait pas. C'était une femme intelligente. Elle comprendrait, s'il trouvait le temps de lui parler de tous les problèmes auxquels il était confronté.

Oui, sûrement. Elle comprendrait.

Alors qu'ils marchaient au milieu des tentes, dans le

camp maintenant presque désert, elle retira sa main de la sienne et continua d'avancer, sans un regard vers lui.

Peut-être ne comprendrait-elle pas.

Comme il le lui avait dit la veille, il y aurait beaucoup de choses à mettre au point entre eux, une fois cette journée terminée. Mais ce n'était pas le moment.

Bientôt, ils approchèrent du terrain découvert où ses hommes attendaient, prêts à se lancer à l'assaut des murs de Thaxted. A ce moment, le pas de Gillian devint moins ferme et, à sa grande surprise, elle lui donna de nouveau la main.

— N'y a-t-il pas d'autre moyen ? s'enquit-elle à mi-voix.

— Votre frère m'a dit qu'il me remettrait le château sans combattre, dès qu'il serait sûr que vous êtes saine et sauve et que c'est là votre volonté.

Gillian s'arrêta net, si brusquement qu'il faillit trébucher. Se retournant, il vit qu'elle le regardait fixement, l'air incrédule.

— Allons, ce n'est pas le moment, Gillian, protesta-t-il. La vie de dizaines, de centaines d'hommes peut-être, est en jeu.

— C'est un menteur.

De nouveau, elle croisa les bras sur sa poitrine. Puis elle se pencha en avant et baissa la voix, afin de n'être entendue que de lui.

— C'est un fieffé menteur et un fourbe, une vile crapule indigne de votre confiance.

Etant donné les soupçons qu'il avait, et tous les points qu'il ignorait encore, Brice ne pouvait pas lui révéler ce qu'il avait appris, au sujet de son frère et de ses projets.

— Et vous, vous êtes-vous montrée digne de confiance ? Dites-moi comment ? Etait-ce quand vous avez tout fait pour essayer de m'échapper ? Quand vous m'avez menti sur votre identité ? Ou, peut-être, devrais-je avoir confiance en vous parce que vous m'avez assommé avant de vous enfuir ? Sur lequel de vos actes puis-je me fonder, pour vous accorder ma pleine et entière confiance ?

Elle rougit et détourna les yeux, refusant de croiser son regard. Le début de leur relation avait été plutôt mouvementé, mais Brice croyait fermement que les choses pouvaient s'arranger entre eux — lorsqu'il se serait rendu maître du château et des terres qui lui avaient été dévolues. Giles, non plus, n'avait pas eu la tâche facile, pour conquérir son fief. Un fief qui, comme le sien, était l'un des plus beaux et des plus vastes du royaume, mais également l'un des plus dangereux à prendre et à tenir.

— Venez, dit-il d'une voix radoucie. Votre frère vous attend.

Elle ne répondit rien, et se laissa conduire vers le terrain découvert qui s'étendait entre l'ost de Brice et les murs du château de ses parents. A cheval et armés en guerre, son frère et deux de ses hommes patientaient, immobiles et silencieux. Le drapeau blanc qu'Oremund tenait à la main était la seule raison pour laquelle Brice ne les avait pas déjà fait tailler en pièces.

Ses hommes s'attendaient à un piège, quel qu'il soit, et, visiblement, ils étaient sur leurs gardes. Lucais, Stephen et les autres capitaines étaient prêts à agir, sur un geste de sa part ou au moindre signe de traîtrise. D'une façon ou d'une autre, tout était en place pour que, avant la fin de la journée, il soit réellement le maître de Thaxted.

— Ah ! très chère Gillian ! s'exclama Oremund. Vous êtes saine et sauve !

Il mit pied à terre et lui tendit les bras.

— Venez, laissez-moi vous accueillir comme un frère se doit d'accueillir sa sœur bien-aimée.

Brice remarqua que, malgré son sourire, les yeux d'Oremund étaient restés froids, et que Gillian n'avait pas esquissé le moindre geste pour le rejoindre.

— Lady Gillian reste à côté de moi tant que notre affaire n'est pas réglée, Oremund.

Le seul trait commun entre le frère et la sœur était la couleur de leurs cheveux. Gillian devait donc plus ressembler à sa mère qu'à leur père commun.

— Je vous ai donné ma parole, messire. N'avez-vous donc pas confiance en moi ?

Oremund attendit sa réponse, les sourcils froncés. Brice hésita. A côté de lui, Gillian était tendue. Une tension presque palpable. Il scruta son visage, pour essayer de deviner ce qu'elle pensait. Elle restait figée, les yeux fixés sur son frère.

— Harold, votre roi, avait également donné sa parole au duc de Normandie, Oremund.

Ce n'était pas une dénégation, ni une insulte directe, mais c'était suffisant pour montrer qu'il n'était pas un imbécile, et qu'il n'avait pas l'intention de lui donner toute sa confiance.

Le fils d'Eoforwic le comprit. Il hocha la tête, le visage impassible.

— Ma chère sœur, messire Raedan désire savoir si vous avez consenti à ce mariage de votre plein gré ou si vous y avez été contrainte, dit-il d'une voix mielleuse.

Brice posa la main sur la poignée de son épée. S'il en jugeait au brusque pli de sa bouche, Oremund avait compris qu'à la moindre insulte, il la tirerait de son fourreau ; mais il lui avait juré qu'il laisserait Gillian répondre librement à toutes les questions qu'il lui poserait.

— Je…

Oremund l'interrompit.

— Quelle que soit la décision que vous vous êtes sentie obligée de prendre, et quelles que soient les pressions auxquelles vous avez été soumise, messire Brice m'a donné sa parole qu'il vous rendrait votre liberté, si tel est votre désir.

Gillian leva la tête vers Brice, l'air visiblement surprise. Voyant qu'elle cherchait une confirmation, il hocha la tête brièvement, même s'il n'avait absolument pas l'intention de la laisser lui échapper. Ils pouvaient penser l'un et l'autre ce qu'ils voulaient, elle lui appartenait, corps et âme. Mais, en lui donnant une chance de revenir sur ses promesses, il espérait connaître un peu mieux le fond de ses pensées. Elle le regarda fixement, tandis que son frère tentait de la convaincre, mais ses yeux étaient vides, et il ne put en tirer aucun enseignement.

Oremund, une nouvelle fois, se fit insistant.

— Alors, Gillian, voulez-vous, oui ou non, être délivrée des liens du mariage qui vous unissent à messire Brice ?

Les hommes de Brice s'agitèrent derrière eux. Très peu d'entre eux comprenaient où leur chef voulait en venir, mais pas un seul n'aurait osé contester ses actes. Du moins, pas maintenant, même si les regards noirs de certains de ses capitaines laissaient supposer qu'ils ne s'en priveraient pas, plus tard, lorsqu'ils seraient seuls avec lui.

— Non.

La réponse de Gillian avait été claire et nette, pas du tout celle qu'Oremund attendait. Mais, après tout, il ne l'avait jamais comprise. Gillian doutait également que Brice ait compris sa réaction ; mais rien de ce qu'il avait fait jusqu'alors n'avait pu la terroriser autant que les agissements de son frère. Et même si elle aurait préféré ne pas subir la domination d'un homme, elle savait que les lois du temps étaient ainsi, et qu'elle ne pourrait jamais être complètement libre. Ayant prononcé le serment qui la liait de façon indéfectible à Brice, et ayant pu voir qu'il s'agissait d'un homme d'honneur, même lorsqu'elle l'avait défié physiquement et verbalement, elle avait décidé de lier son destin au sien, pour toujours, et sans arrière-pensée.

— Réfléchissez bien avant de donner votre réponse définitive, ma chère sœur, la mit en garde Oremund, reprenant sa voix mielleuse. C'est le destin de vos gens et de votre famille qui est en jeu dans cette affaire.

Une autre menace, masquée sous la bienveillance. Après les ravages provoqués par l'invasion de Guillaume le Conquérant, et un hiver particulièrement long et froid, Oremund n'avait pas hésité à chasser une grande partie de ses gens, quand il ne les avait pas vendus à d'autres seigneurs. Quant à ceux qui étaient restés au château et au village, il les traitait avec une poigne de fer, et nombre d'entre eux étaient à demi morts de faim et de fatigue. Quant à sa famille ? Gillian ne s'inquiétait pas pour elle, car sa mère était morte depuis deux ans, et son seul et unique oncle était capable de se défendre tout seul.

Pendant quelques instants, elle resta ainsi perdue dans ses pensées, jusqu'au moment où elle se rendit compte qu'on attendait sa réponse.

— Alors, madame ? s'enquit Brice. Quelle est votre réponse ?

Lui rendrait-il vraiment sa liberté, si elle la lui demandait ? Avait-elle mal interprété ce qu'il avait dit et tout ce qu'elle savait de lui ? Elle n'avait pas le temps de réfléchir à tout ce que sa décision impliquait ; mais elle ne changerait pas d'avis, pour des raisons à la fois concrètes et totalement irrationnelles.

— Non, Oremund, répéta-t-elle fermement. Je resterai fidèle aux serments que j'ai prononcés.

Gillian tremblait de tous ses membres, tellement elle était nerveuse ; mais elle ne s'en rendit compte que lorsque Brice se rapprocha et posa les mains sur ses épaules. Aussitôt, elle sentit sa force se diffuser en elle. Une force apaisante, rassurante.

— Bien joué, lui murmura-t-il à l'oreille en l'attirant contre lui. Bien joué.

Avait-il douté de sa réponse ? Avait-il organisé cette confrontation pour justifier son attaque de Thaxted ? Croyait-il vraiment qu'elle aurait pu se donner à lui avec un tel abandon pendant la nuit, et le quitter sans un regret au matin ? Elle sentit intuitivement qu'il y avait beaucoup plus en jeu que ce qu'elle pouvait entendre et observer autour d'elle. Quelque chose de bien plus important que ses propres désirs et aspirations.

Tout au fond d'elle-même, elle était persuadée qu'elle pouvait faire confiance à son mari, et qu'elle était beaucoup plus en sécurité avec lui qu'avec son frère. Un frère qui la considérait comme une bâtarde, et dont elle ne pouvait espérer aucune magnanimité. Mais sa réponse avait-elle suffi à effacer toute la méfiance que le chevalier pouvait encore avoir à son égard ?

Oremund perdit alors la maîtrise de lui-même, et chacun put voir l'homme qu'il était réellement — égoïste, vicieux, agressif. L'homme qu'elle ne connaissait que trop bien, et qui l'avait trop souvent fait souffrir. Grâce à Dieu, des hommes solidement armés se tenaient entre eux, cette fois-ci.

— Sale garce, fille de p… ! hurla-t-il, les traits du visage déformés par la rage.

Il fit un pas vers elle, mais, aussitôt, un mur de soldats en armes s'interposa entre eux, le forçant à reculer.

— Je te ferai payer cette trahison !

Elle avait fait un pas en arrière, de manière instinctive, entre les bras de Brice, qui la serra plus fermement contre lui. Pour la première fois, elle se sentit en sécurité face à la fureur de son frère. Mais elle se méfiait encore, car il ne s'était jamais contenté de l'agonir d'injures. Après, il y avait les coups de pied, les coups de poing. Elle en avait un souvenir par trop cuisant.

Quand il se rendit compte qu'il ne pourrait s'approcher d'elle, il rejoignit son cheval d'un pas rageur, monta en selle et s'éloigna au galop vers le château.

Mais il n'en avait pas fini avec elle. Elle en était certaine.

Elle se retourna pour mettre en garde Brice. Il ignorait à quel point Oremund pouvait être dangereux, quand il était dans un tel état de fureur. Le chevalier la relâcha, et elle vit une expression satisfaite, détendue, se répandre sur son visage. En regardant autour d'elle, elle remarqua que tous ses hommes arboraient la même expression. Comme si la victoire leur était déjà acquise.

— Ce n'est pas terminé, messire ! murmura-t-elle, si bas qu'il fut le seul à l'entendre. Il ne renoncera pas à Thaxted sans se battre. Ce n'était qu'un…

— … un stratagème, madame, la coupa Brice. Je n'ai jamais espéré qu'il me livrerait la place pacifiquement. Ernaut, conduis lady Gillian auprès du père Henry, et assure-toi qu'elle reste avec lui, ordonna-t-il à son jeune écuyer, tout en montant à cheval.

— Messire !

Mais les pensées de Brice étaient déjà accaparées par la bataille à venir. Il avait donné un ordre, et il attendait qu'on l'exécute immédiatement, sans poser de question.

Tandis que les hommes commençaient à rejoindre leurs postes de combat, Gillian se rendit compte qu'elle ne pouvait plus rien faire pour arrêter la bataille, maintenant. Mais, au moins, elle pourrait faire quelque chose pour atténuer les souffrances des blessés.

Ernaut voulut l'entraîner vers l'arrière, mais elle se dégagea et courut vers Brice.

— Messire ! Messire ! cria-t-elle en lui touchant la jambe, pour essayer d'attirer son attention. Messire, il faut que je vous parle !

Il baissa les yeux, les sourcils froncés, et, d'un signe de tête, lui ordonna de s'écarter ; mais elle n'en fit rien.

Elle savait que, si elle lui révélait où se trouvait l'entrée du souterrain, qui passait sous les murs d'enceinte et débouchait près de la forge, il pourrait s'emparer du château beaucoup plus facilement.

En se rendant compte qu'elle refusait d'obéir, le chevalier se pencha vers elle.

— Messire, il y a un autre moyen…

La flèche la frappa avant qu'elle ait eu le temps de finir sa phrase. Sous le choc, elle s'effondra sur le sol. Une douleur atroce lui déchira l'épaule, et sa tête se mit à tourner. Elle sentit son ventre se nouer, tandis que la douleur atteignait une intensité qu'elle n'avait encore jamais connue.

Puis ce fut le chaos autour d'elle. Des cris, des hurlements, alors qu'elle avait l'impression de sombrer dans un puits sans fond. Tout se mêlait — la lumière du soleil, le vent à travers les arbres, Brice ordonnant à ses archers d'enflammer leurs flèches et d'incendier les bâtiments derrière l'enceinte. Les bâtiments où vivaient ses gens, et où étaient parqués les chevaux et les animaux de ferme. Ces chevaux dont son père avait été si fier…

Oh ! Seigneur Dieu, ce n'était pas possible ! Il fallait qu'elle empêche ce carnage. Elle vit Brice s'approcher d'elle, les yeux étincelants et le visage rouge de fureur. A chaque pas, il donnait des ordres. Pas de quartier ! Tuez-les tous ! N'épargnez personne, ni les femmes, ni les enfants !

Il la souleva, comme si elle n'était pas plus lourde qu'un fétu de paille, et commença à l'emporter à l'écart du tumulte.

— Messire…, supplia-t-elle d'une voix presque éteinte.

— Chut, Gillian, murmura-t-il contre son front. Le père Henry va vous soigner.

— Brice ! Arrêtez !

Il obéit. Gillian sentit sa vision se brouiller. La manche de sa robe était pleine de sang, maintenant, et elle ne sentait plus son bras, comme s'il était paralysé. Elle cligna des yeux pour tenter de voir le visage de son mari, mais ne discerna qu'une masse informe. Vite ! Il ne lui restait plus que quelques instants avant de perdre connaissance.

— Brice, je peux vous indiquer un moyen d'entrer dans le château. Il n'est pas nécessaire de le brûler. Je vous en supplie, messire… Seul mon frère est coupable. Trop d'innocents vont périr… Je ne veux pas…

Il ne dit rien, mais elle poursuivit, faisant un effort surhumain pour lui indiquer l'entrée du souterrain, avant de sombrer dans le néant.

— A cent pas du mur nord… Un bosquet d'arbres… Au milieu une grande pierre…

Elle secoua la tête, afin de chasser les ombres qui envahissaient son esprit.

— … la soulever… souterrain… débouche à l'intérieur de l'enceinte, derrière la forge… promettez-moi d'épargner…

Elle n’entendit pas sa réponse, mais le cri qu’il poussa résonna dans sa tête, et elle se laissa aller contre son torse. Puis la lumière du jour s’éteignit, et tout devint noir autour d’elle.

Chapitre 10

Brice la vit s'évanouir. En un sens, cela valait mieux pour elle. La flèche lui avait transpercé le haut de l'épaule, et s'était probablement fichée dans le muscle. A première vue, la blessure ne devrait pas être trop grave, mais cela confirmait à quel point son frère était un être vil et méprisable.

Tirer dans le dos de sa propre sœur !

Oremund était descendu plus bas que tous les hommes qu'il avait jamais connus. Ses flots d'injures et, pour finir, ce coup en traître, pour la punir de lui avoir résisté. Maintenant, Brice ne doutait plus qu'il aurait pu tuer Gillian — et l'aurait déjà fait, si elle n'avait pas eu de la valeur à ses yeux. Oh ! certes, le fait qu'elle soit sa demi-sœur n'avait aucune importance à ses yeux ; mais il voulait s'emparer du pouvoir, et il aimait l'argent. Sans cela, sa sœur bâtarde aurait déjà suivi son père et sa mère dans la mort. Sans tambour ni trompette. Donc, Gillian possédait quelque chose qu'Oremund voulait s'approprier… Quelque chose qu'elle avait emporté dans sa fuite. Et, comme elle n'avait rien pris avec elle, hormis ses vêtements, ce devait être une information qu'elle seule détenait, et qu'il voulait lui arracher.

Il la serra contre lui et marcha rapidement à travers les

lignes, en direction du camp, où la nouvelle de sa blessure était déjà arrivée. Deux des hommes qui étaient chargés de secourir les blessés le dirigèrent vers une paillasse, où il la déposa sur le flanc, pour éviter qu'elle ne repose sur son épaule. Le père Henry le rejoignit en courant et s'agenouilla à côté d'elle.

— Comment cela est-il arrivé ? demanda-t-il, tout en commençant à examiner la blessure.

— Cela devait être le plan d'Oremund dès le début, je suppose. D'abord l'intimider, lui faire peur. Puis la punir, au cas où elle résisterait.

Quand ils avaient fait l'amour, il avait senti les cicatrices sur ses mollets, ses fesses et son dos. Il savait que des marques de ce genre ne pouvaient avoir qu'une seule cause : des coups de fouet nombreux et fréquents. Dieu du ciel ! Que n'avait-elle pas enduré, quand elle vivait sous la coupe de son frère ? Il ne s'étonnait plus, maintenant, qu'elle ait cherché plusieurs fois à fuir.

Dès que la blessure de Gillian eut été nettoyée et pansée, il retourna auprès de ses hommes. Elle lui avait offert un moyen de prendre le château sans le détruire, en épargnant la plupart des gens qui se trouvaient à l'intérieur. La vie d'Oremund et de ses partisans ne lui importait guère, mais il préférait épargner les domestiques et les manants qu'il maintenait sous sa férule. Vivants, ils lui seraient plus utiles que morts ou estropiés.

Quand il exposa son nouveau plan d'attaque, ses hommes firent grise mine, frustrés de ne pouvoir massacrer à leur aise. Lorsque l'excitation de la bataille commençait à échauffer le sang de ses soldats, ils n'avaient plus qu'une envie : en découdre, l'épée à la main. Il serait difficile de les calmer. Il sentait lui-même le sang bouillonner dans ses veines, mais c'était surtout parce qu'il était furieux que Gillian ait été blessée. Il n'aurait jamais dû la laisser s'approcher aussi près d'Oremund. S'il avait ignoré la tentative de conciliation fallacieuse de ce fourbe et mis en œuvre son propre plan, elle n'aurait jamais été à portée de flèche de Thaxted. Son imprudence aurait pu coûter la vie de la jeune femme. Elle risquait encore de mourir, si la plaie venait à s'infecter ou tardait à se cicatriser.

Lucais et Ansel ne se montraient pas du tout favorables à son nouveau plan, mais Stephen et Richier, des soldats chevronnés, l'approuvèrent immédiatement. Ils se proposèrent tous les deux pour faire partie du petit groupe qui s'introduirait dans le château par le souterrain. Les hommes désignés partirent en reconnaissance vers le bosquet, tandis que Brice se chargeait de préparer une diversion, afin d'attirer le plus possible de défenseurs sur le côté opposé du château.

Laisser passer un peu de temps avant de donner l'assaut était une bonne stratégie. Ses hommes connaissaient son plan, mais les défenseurs s'attendaient sans doute à une attaque immédiate, destinée à les punir de la traîtrise d'Oremund. Les faire patienter était une bonne chose. Certains d'entre eux réfléchiraient et seraient plus enclins à abandonner les armes, surtout quand ils se verraient attaqués par l'arrière. Grâce à Gillian, de nombreuses vies pourraient être sauvées : se jeter tête baissée dans une bataille, la fureur au ventre, était toujours dangereux. La guerre était une chose grave, et il valait mieux garder la tête froide, si l'on voulait rester en vie.

L'assaut se déroula comme l'avait prévu Brice, grâce à la combativité acquise par son ost, dans les nombreux combats qu'il avait livrés, contre les ennemis les plus divers.

Il avait entraîné ses hommes et s'était battu avec eux en Bretagne, en Normandie et, maintenant, en Angleterre. Des hommes qu'il avait recrutés lui-même, pour la plupart, et en qui il avait pleine et entière confiance.

La seule chose qui lui manquait était la présence de ses deux amis les plus proches. La dernière missive de Giles lui promettait son arrivée dès que lady Fayth aurait accouché. Quant à Soren, les nouvelles qu'il avait de lui étaient à la fois rassurantes et affligeantes. Il se remettait lentement des blessures qu'il avait reçues à Hastings, mais ce n'était plus le même homme. Le « beau bâtard », qui ne comptait plus ses conquêtes féminines, avait été grièvement touché au visage, et, si son apparence avait été affectée, il avait été encore plus touché sur le plan moral. Il broyait du noir et n'avait plus qu'une seule idée en tête : se venger, en exterminant la famille du seigneur saxon qui l'avait traîtreusement assailli, par-derrière, alors que la bataille de Hastings était terminée, et que tous les hommes de Harold fuyaient ou rendaient leurs armes.

Comme Brice s'y était attendu, ses hommes avaient combattu avec courage, mais sans acharnement ni cruauté, et, en moins de deux heures, Thaxted avait été pris. Son seul regret était qu'Oremund et son âme damnée, Raedan, aient réussi à s'échapper avec une poignée de leurs hommes, en se frayant un chemin sanglant à travers le point faible de son dispositif destiné à encercler le château. Ils s'étaient réfugiés dans la forêt et, comme ils la connaissaient beaucoup mieux que lui, il savait qu'il n'en avait pas fini avec eux. Submergé par le nombre et la force des attaquants, et démoralisé par la fuite de son seigneur, le reste de la garnison avait mis bas les armes et crié merci.

*
* *

A la tombée de la nuit, le château avait été débarrassé des cadavres et méticuleusement fouillé. Tous les objets de valeur avaient été mis à l'abri, et un décompte soigneux de toutes les provisions avait été effectué, afin que Brice puisse établir un plan de rationnement qui lui permettrait de tenir Thaxted pendant les mois à venir, comme le nouveau roi d'Angleterre le lui avait ordonné. Les blessés avaient été soignés et les morts enterrés religieusement. Après avoir paré aux choses essentielles et posté des gardes sur les tours et chemins environnants, Brice put enfin prendre le temps de penser à Gillian.

Pendant toute la journée, il avait été tenu au courant de son état, aussi savait-il que la flèche avait été retirée, que la jeune femme avait perdu une quantité considérable de sang, et qu'elle n'avait pas repris connaissance. Elle avait été transportée dans sa tente, afin d'être tenue à l'écart du tumulte, et était soignée par l'une des femmes du camp. Sur le moment, il n'avait pu qu'écouter ce qu'on lui disait et le garder dans un coin de son esprit, car il devait se concentrer sur la bataille.

Maintenant, cependant, tout danger était écarté et, si elle était en état d'être déplacée, il avait l'intention de la transporter au château, où elle pourrait être installée plus confortablement, dans un vrai lit, et à l'abri du froid. Sa chambre avait été remise en ordre après la fouille, et un grand feu avait été allumé dans la cheminée.

Ernaut montait la garde devant la tente. Il l'accueillit, la mine renfrognée. Le jeune garçon n'était pas content d'avoir été relégué à l'arrière, quand la bataille avait commencé. Brice comprenait sa mauvaise humeur, car il avait éprouvé les mêmes frustrations à son âge. Du haut de ses quatorze ans, Ernaut se croyait capable de participer à un assaut, et avait hâte d'acquérir le statut d'homme que lui conférerait ce premier fait d'armes.

— Comment va-t-elle ? questionna Brice.

— Elle dort toujours, messire, répondit Ernaut en soulevant le battant de toile.

Brice se pencha vers lui et baissa la voix.

— Dorénavant, je te charge de protéger lady Gillian, Ernaut. Comme tu as pu le voir, je ne peux même pas faire confiance à sa famille. Mais j'ai confiance en toi, et je sais que tu en es capable.

Immédiatement, une lueur de fierté se mit à briller dans les yeux du jeune écuyer, effaçant toute la frustration qu'il avait pu ressentir.

— Tu ne failliras pas à ton devoir, j'en suis sûr.

— Vous pouvez compter sur moi, messire, acquiesça-t-il en redressant fièrement le menton.

Brice baissa la tête pour entrer dans la tente et trouva Gillian couchée sous les couvertures de son lit de fortune. La femme qui la veillait se leva et le salua respectueusement.

— Elle dort ? s'enquit-il en s'accroupissant pour regarder Gillian de plus près.

— Oui, messire. Elle ne s'est pas réveillée depuis qu'elle a été…

Il se pencha et chassa une mèche de cheveux du front de Gillian. Son visage était pâle. Affreusement pâle. Soulevant un coin des couvertures, il vit que le haut de sa robe avait été coupé, et que son épaule était enveloppée dans un épais bandage. Il était taché de sang, ce qui signifiait que l'hémorragie n'était pas complètement arrêtée.

— Est-il possible de la transporter ? demanda-t-il d'une voix hésitante.

Il n'avait qu'une expérience rudimentaire des blessés et des soins qu'il fallait leur apporter. Au cours des batailles qu'il avait livrées, il avait été maintes fois touché dans sa chair, mais jamais gravement, et il s'était toujours débrouillé pour se panser tout seul. Là, c'était beaucoup plus grave… et il s'agissait d'une femme, pas d'un soldat robuste et aguerri.

— Il y a de l'orage dans l'air, et je pense qu'elle serait plus à l'abri à l'intérieur du château.

La femme hocha la tête.

— Dans la mesure où vous la porterez doucement, sans à-coups, cela ne devrait pas aggraver les saignements. Et, comme vous l'avez dit, messire, le ciel est menaçant. Si vous le permettez, je vais la préparer, proposa-t-elle en s'approchant du lit.

Brice se redressa et recula, afin de la laisser agir. Puis, tandis qu'elle s'affairait, il appela Ernaut et lui ordonna de rassembler ses affaires et de les porter au château également.

Lorsque la femme eut vérifié que le pansement n'était pas défait et qu'elle eut serré les pans du manteau de Gillian, afin qu'elle ne prenne pas froid, il s'accroupit à côté d'elle et glissa ses bras sous son corps, du côté opposé à la blessure. Puis, il la souleva et quitta la tente.

— Comment t'appelles-tu ? demanda-t-il à la femme qui avait soigné Gillian.

— Leoma, messire, répondit-elle en marchant à côté de lui à travers le camp.

— Et ton mari ?

A part deux ou trois ribaudes, toutes les femmes qui suivaient son ost étaient soit mariées, soit à la recherche d'un mari.

— C'est Danyel, messire.

Un homme solide et brave. Brice l'avait connu en Bretagne. Il avait servi sous sa bannière, avant d'offrir ses services à Giles. Et il faisait partie maintenant des renforts que Giles lui avait envoyés.

— Accepteras-tu de venir au château et de servir ma femme ? Elle aura besoin de quelqu'un pour l'aider, quand elle sera remise de sa blessure.

— Oui, messire.

— Bien.

Brice continua de marcher en silence, prenant bien garde à ne pas trébucher. Lorsqu'il arriva dans la chambre qu'il avait fait préparer pour Gillian, il la déposa sur le lit, le plus doucement possible.

— Je vais aller prévenir Danyel que tu es ici, dit-il à Leoma. Reste avec elle jusqu'à mon retour.

S'il ne s'interrogeait pas sur ses actes, c'était parce qu'il était certain de traiter avec suffisamment de sollicitude la femme qui était désormais son épouse — ni plus ni moins. Il devait veiller à son confort et la faire soigner convenablement. C'était une responsabilité à laquelle aucun époux ne pouvait se soustraire. On lui avait raconté beaucoup de choses au sujet de Gillian, pendant qu'il était en chemin pour venir prendre possession de son fief, et il avait laissé vagabonder son imagination. Rien ne l'avait préparé à la femme qu'elle était réellement.

Il avait cru qu'elle s'était enfuie de Thaxted sur un coup de tête, ou par caprice, parce qu'elle refusait de se soumettre à l'autorité légitime de son frère. Les raisons de sa fuite étaient en fait fort différentes. Il avait pensé qu'il s'agissait d'une fille futile et écervelée, se comportant de manière impulsive, au gré de ses lubies, alors que chacun de ses actes était mûrement pesé et réfléchi. Pis encore, il avait été persuadé qu'elle ne se sentait en rien responsable de ses gens, alors qu'elle avait cherché à les protéger au péril de sa vie — et même quand, blessée, elle luttait pour ne pas perdre connaissance.

Aussi, après être revenu dans la chambre et avoir autorisé Leoma à retourner auprès de son mari, Brice resta plongé dans ses pensées. Il y avait encore tellement de choses qui lui échappaient. Tellement de dangers à évaluer. D'ennemis à combattre. Son corps était las et ne demandait qu'à dormir, mais sa tête était emplie de questions sans réponses. Des questions qui, pour la plupart, concernaient, d'une façon ou d'une autre, la femme qui gisait inconsciente dans le lit.

Aussi, quand elle se retourna dans son lit au milieu de la nuit, saisie de fièvre, il pria avec ferveur pour qu'elle ne meure pas. Il voulait avoir une chance de mieux la connaître, sans se rendre compte qu'il s'inquiétait pour elle beaucoup plus qu'il ne l'aurait voulu.

Gillian serrait les dents pour ne pas crier.

Rien ne faisait plus plaisir à son frère que lorsqu'il voyait que ses coups lui faisaient mal et la terrorisaient : elle avait appris depuis longtemps à les subir stoïquement et sans rien dire, pour éviter qu'il ne frappe encore plus fort.

Surtout, ne pas supplier, ne pas crier grâce.

Maintenant, elle avait mal dans les mâchoires, à force de les serrer et de retenir les hurlements de douleur qui jaillissaient de sa gorge.

Elle était en feu. Sa peau la brûlait, et un brasier

ardent l'envahissait inexorablement. Elle avait envie de demander à boire, au moins un peu d'eau, pour éteindre les flammes qui la dévoraient, mais elle n'osait ouvrir la bouche. Si elle manifestait la moindre faiblesse, il s'en servirait contre elle, plus tard. Lorsque la fièvre devint trop intolérable, elle ne put s'empêcher de gémir, malgré sa volonté de résister. La douleur était trop intense.

Elle tenta d'ouvrir les yeux, afin de voir quel châtiment il lui infligeait, mais ses paupières étaient trop lourdes. Puis, elle sentit un linge frais et humide sur son visage. Le linge descendit le long de ses joues, de son cou, et les flammes s'éloignèrent. Un murmure, émis par une voix douce et gentille, accompagnait la fraîcheur du linge, et Gillian se dit qu'elle n'allait peut-être pas mourir, finalement.

Mais, presque aussitôt, la sensation d'apaisement disparut, et la douleur revint, lancinante, atroce. A un moment, elle fut si forte qu'elle se mit à crier.

Elle en avait assez d'avoir peur. Assez d'avoir mal. Assez de cette torture. Assez… de tout.

Lorsqu'elle reprit connaissance, elle entendit quelqu'un aller et venir dans la pénombre, à côté d'elle. La fièvre avait disparu, mais la douleur était toujours là. Maintenant, cependant, elle semblait s'être fixée sur son épaule et son bras gauche. Même sans la torture de la fièvre, elle était incapable de bouger. C'était comme si toute sa force l'avait abandonnée, la laissant aussi faible et impuissante qu'un nouveau-né.

Elle réussit finalement à ouvrir les yeux et regarda autour d'elle. Elle était couchée dans son propre lit, dans sa chambre, à Thaxted ! Avait-elle rêvé les tortures et les épreuves des derniers jours ? Une maladie avait-elle troublé son esprit, au point de lui faire croire qu'elle s'était enfuie, qu'elle avait été capturée par un seigneur normand, et qu'il l'avait épousée ?

Elle essaya de lever la tête, mais les muscles de son cou refusèrent de lui obéir.

— Etes-vous réveillée, madame ?

Une voix grave, qu'elle reconnut immédiatement. Quand il s'approcha, elle découvrit un Brice très différent de celui qui l'avait capturée et lui avait fait connaître des plaisirs dont elle ne soupçonnait même pas l'existence. Son visage n'était pas rasé, il avait des cernes sous les yeux, et il donnait l'impression de ne pas avoir dormi depuis plusieurs jours. Elle tenta de lui répondre, mais les mots restèrent coincés au fond de sa gorge, et une quinte de toux la secoua.

— Là, là…, murmura-t-il, en glissant une main sous sa tête et en la soulevant légèrement. Buvez un peu avant d'essayer de parler.

Il lui donna de la bière additionnée d'eau. Le goût était agréable, et sa fraîcheur fit merveille sur sa gorge asséchée. Elle but plusieurs gorgées, et elle en aurait bu plus encore, mais il éloigna le gobelet de ses lèvres, et elle n'eut pas la force d'en redemander.

— Doucement…

Il y avait une intonation amusée dans sa voix, et son accent chantant sonnait agréablement à son oreille.

— Il y en aura d'autres, si vous gardez dans votre estomac ce que vous avez bu.

— Que s'est-il passé ? Comment suis-je arrivée dans mon propre lit ?

Gillian regarda autour d'elle, afin de s'assurer qu'elle ne rêvait pas.

— Mon frère ?

Brice approcha une chaise de son lit et s'y assit à califourchon, face à elle.

— Votre frère s'est enfui pendant que nous donnions l'assaut.

Il s'interrompit et scruta son visage, puis décida de satisfaire sa curiosité.

— Vous avez reçu une flèche dans l'épaule. Tirée par lui ou par l'un de ses archers. Grâce à vos indications, mes hommes se sont introduits dans le château par le souterrain, et nous avons pu neutraliser la garnison sans trop de pertes. Pendant ce temps, votre blessure a été pansée et, comme vous ne saigniez plus — enfin, pas trop —, je vous ai amenée ici, afin que vous soyez installée plus confortablement.

— Combien de temps, messire ? Combien de temps suis-je restée inconsciente ?

— C'est le quatrième jour depuis que vous avez été blessée, répondit-il d'une voix empreinte de lassitude. La fièvre vous a prise la première nuit, et vous avez déliré pendant trois jours et trois nuits.

Ses yeux plongèrent dans les siens.

— Elle vous a quittée ce matin.

Elle tenta de s'asseoir, mais, de nouveau, son corps refusa de lui obéir, et une douleur atroce lui transperça l'épaule et le bras. Elle retint sa respiration et ferma les yeux.

— Et vous êtes resté à côté de moi tout ce temps ? s'enquit-elle, lorsque la douleur se fut un peu apaisée.

Il se tortilla avec embarras sur sa chaise, puis haussa les épaules et hocha la tête.

— Pendant la nuit, au moins, répondit-il. Le jour, c'est Leoma qui s'est occupée de vous.

— Leoma ?

Ce nom ne lui disait rien. Après la mort de sa vieille nourrice, Oremund ne lui avait jamais permis d'avoir une chambrière attitrée, une femme sur la loyauté de qui elle pourrait compter. De temps à autre, il lui envoyait l'une des créatures débauchées qui partageaient son lit — avec mission, sans doute, de l'espionner et de lui arracher ses secrets.

Non, même au village, elle ne connaissait aucune Leoma. Pourtant, c'était un prénom saxon…

— Elle est mariée à l'un de mes hommes. C'est la fille d'un paysan de Taerford. Elle a pansé votre blessure et vous a soignée pendant que je vaquais à mes occupations.

Il se leva et, s'approchant de la cheminée, où un chaudron fumait, accroché au-dessus du feu, saisit un bol de bois, se pencha et le remplit à l'aide d'une louche. Puis il revint vers elle et, après avoir posé le bol sur la table de chevet, l'aida à s'asseoir dans son lit. Gillian grimaça et dut faire un effort pour rester assise, car son corps n'avait qu'une seule envie, se laisser aller sur le matelas de laine doux et moelleux. Quand elle réussit à demeurer assise sans son aide, Brice approcha le bol de ses lèvres.

— C'est du bouillon de bœuf, pour vous redonner des forces, dit-il en inclinant le bol. Leoma m'a dit que je devrais m'efforcer de vous le faire boire quand vous vous réveilleriez.

Elle but plusieurs gorgées, et sentit le breuvage tiède et parfumé emplir son estomac et réchauffer son corps.

— Où avez-vous dormi ? s'enquit-elle, tout en reprenant son souffle.

— Là, répondit-il en lui montrant la chaise.

Elle sut immédiatement que ce n'était pas vrai. Les cernes sous ses yeux prouvaient à l'évidence qu'il n'avait que très peu dormi, depuis qu'elle avait été blessée. Elle but encore plusieurs gorgées de bouillon, puis lui fit signe que c'était suffisant pour l'instant.

— Quelle heure est-il, messire ?

Il alla à la fenêtre et tira le rideau de cuir. Le tonnerre grondait dans le ciel, et des éclairs illuminèrent la chambre. Des rafales de vent et de pluie fouettaient les murs du logis seigneurial.

— La nuit vient de tomber, je suppose, mais il n'est pas facile de savoir quelle heure il est exactement, car les orages n'ont pas cessé depuis trois jours.

Gillian fut convaincue qu'il ne voulait pas quitter son chevet. Mais il ne pouvait continuer ainsi. Il finirait complètement épuisé et tomberait malade.

— Vous devez vous reposer, messire, si vous voulez être en état de défendre Thaxted lorsque Oremund reviendra.

Il la regarda fixement, l'air étonné, puis secoua la tête.

— Il est parti, Gillian. Mes hommes ont fouillé la forêt et les environs, sans trouver nulle trace de lui, à plusieurs lieues à la ronde.

— Il est parti… pour le moment. Il reviendra quand il aura enrôlé suffisamment d'hommes pour vous reprendre Thaxted par la force. N'en doutez pas, messire. Il n'est pas du genre à abandonner facilement quelque chose dont il a envie.

Puis, aussi brusquement qu'elle s'était réveillée, elle sentit le sommeil l'envahir de nouveau. Ses paupières devinrent lourdes, terriblement lourdes, tandis que son esprit luttait péniblement pour trouver une raison plausible à lui donner — sans, pour autant, lui révéler la véritable raison pour laquelle Oremund tenait tant à elle et à Thaxted.

— Laissez-moi vous aider, dit-il avant qu'elle ait eu le

temps de le lui demander. Vous n'êtes pas encore remise et vous avez besoin de beaucoup dormir, si vous voulez guérir rapidement.

Il l'aida à s'allonger, en touchant le moins possible son épaule et son bras blessés.

— Là, doucement... Surtout, ne faites pas de mouvements brusques.

Quand elle ne bougeait pas et suivait ses instructions, son bras et son épaule ne lui faisaient plus autant mal.

Il fit un pas en arrière, mais elle le retint en lui prenant la main.

— Je vous en prie, messire, murmura-t-elle avec difficulté. Occupez-vous un peu de vous-même, et reposez-vous. Vous en avez besoin.

Sa main glissa de la sienne, et elle laissa aller sa tête sur l'oreiller, les yeux fermés.

— Je vous en prie...

Elle ne sut s'il avait suivi son conseil, mais, quand elle se réveilla de nouveau, au milieu de la nuit, il n'était plus là. Une chandelle était allumée et dispensait un peu de lumière, mais la chambre était vide. La porte donnant sur le couloir était ouverte, et Ernaut montait la garde, assis sur un tabouret.

Elle se rendormit et, quand elle rouvrit les yeux, c'était le matin. Assise sur la chaise qu'avait occupée Brice, Leoma raccommodait une tunique. Les rideaux de cuir avaient été tirés, et la lumière du soleil inondait la pièce. Gillian se sentait mieux. Elle put rester assise plus longtemps, et réussit à boire de nouveau du bouillon et à manger un peu de viande, coupée en petits morceaux.

Quelques jours plus tard, elle fut assez forte pour se lever et s'habiller, avec l'aide de Leoma. Son mari lui rendait visite régulièrement, mais ne restait chaque fois que quelques minutes, et n'abordait jamais aucun sujet important avec elle. Au fur et à mesure qu'elle reprenait des forces, les questions se bousculaient dans son esprit, au sujet de son mari et au sujet de ses gens, mais il ne lui laissait pas le temps de les lui poser. Toutes ses tentatives pour attirer son attention échouaient. Elle aurait voulu sortir de sa chambre, descendre dans la grande salle et dans la cour, mais, chaque fois, Ernaut et Leoma l'en empêchaient.

Pis encore, personne ne voulait lui donner de détails sur la bataille et sur le nombre de morts et de blessés. Elle ne savait pas non plus qui était resté dans le château, après le départ de son frère, et ignorait le nom de ceux qui l'avaient suivi. Et personne n'avait accepté de lui dire quels étaient les plans de Brice pour défendre Thaxted, au cas où son frère reviendrait.

Finalement, au bout d'une semaine, elle était d'une humeur tellement exécrable qu'elle rabrouait tous ceux qui venaient la voir. Il était grand temps qu'elle quitte sa chambre. Elle profita d'un moment d'absence de Leoma pour en sortir par un passage secret, qu'elle était seule à connaître.

Elle avait besoin de savoir comment allaient ses gens, et quels travaux avaient été entrepris pour améliorer les défenses de Thaxted. Si personne ne voulait rien lui dire, elle irait se renseigner par elle-même.

Chapitre 11

Gillian découvrit rapidement qu'elle n'était pas aussi bien remise qu'elle le croyait. Il lui fallut un temps infini pour descendre le petit escalier en colimaçon taillé dans le mur en pierre du logis seigneurial. Avec son épaule blessée et son bras en écharpe, chaque pas lui demandait un effort surhumain. Puis, quand elle parvint enfin en bas des marches, il lui fallut encore quelques secondes pour reprendre son souffle, avant d'entrebâiller la plaque de métal dissimulant l'entrée du passage secret. Jetant un coup d'œil dans la forge, elle s'assura qu'il n'y avait personne sur les lieux avant de quitter le passage secret.

Haefen, le forgeron, n'était pas là. C'était l'un des seuls hommes avec qui elle se sentait en sécurité, car il avait épousé sa tante, sœur de sa mère. Elle était sûre qu'Oremund l'avait emmené avec lui — en temps de guerre, aucun seigneur ne pouvait se passer de forgeron. Deux autres raisons avaient poussé son père à construire un passage secret entre la chambre de Gillian et la forge : Haefen était d'une loyauté sans faille, et c'était un homme grand et robuste, capable de les protéger, elle et sa mère, en cas de nécessité. Le feu était allumé, mais il n'y avait aucun signe de sa présence.

Seigneur Dieu ! Les hommes de Brice l'avaient-ils

tué, quand ils s'étaient introduits dans le château par le souterrain, qui menait également à la forge ? Elle sortit de l'ombre et se mit à sa recherche. A part Oremund, il était son seul parent proche. Avait-elle provoqué sa mort, en essayant de sauver des vies ?

Elle s'avança vers l'entrée de la forge et jeta un coup d'œil dans la cour.

Il n'y avait aucun signe du forgeron, mais la cour était pleine d'activité. Des hommes charriaient de grosses pierres pour réparer les zones endommagées du mur d'enceinte, débitaient des troncs d'arbres en planches ou travaillaient à remettre en état les granges et les écuries.

Comme Brice n'était nulle part visible lui non plus, elle s'enhardit et fit quelques pas dans la cour, en longeant les murs, afin de ne pas se faire trop remarquer. Aucun de ses gens ne semblait avoir été maltraité. Ils n'étaient pas enchaînés et travaillaient aux côtés des envahisseurs normands et bretons. Néanmoins, ils arboraient pour la plupart une mine renfrognée, et accomplissaient leur besogne sans le moindre enthousiasme — ce qui n'était guère étonnant : aucun peuple vaincu n'accepte volontiers sa défaite. S'ils avaient eu la même attitude avec Oremund, celui-ci les aurait fait fouetter ; mais les nouveaux conquérants n'y prenaient même pas garde, et ne faisaient rien pour les contraindre à se montrer plus zélés.

Gillian réussit à se frayer un chemin sans être vue jusqu'à l'endroit où les chevaux étaient parqués, en attendant que les écuries soient réparées. L'enclos occupait une partie de la cour d'honneur. C'est là qu'elle trouva Haefen, occupé à ferrer un destrier. Se glissant sous la clôture, elle l'appela. Il avait l'air en bonne santé, et elle sentit des larmes de bonheur envahir ses yeux.

Il était vivant ! Jamais elle ne s'était sentie aussi soulagée.

Posant ses outils, il la rejoignit et la serra dans ses bras herculéens.

— Gillian… Ma petite poupée…

Il lui faisait mal à l'épaule et au bras, en l'étreignant aussi fort contre lui, mais c'était tellement bon, tellement réconfortant de le savoir en vie qu'elle en oublia sa blessure.

— Mon oncle, je suis si heureuse que vous soyez vivant, murmura-t-elle d'une voix tremblante d'émotion. Je… j'ai eu tellement peur que vous ayez été tué dans la bataille…

Elle avait pleinement confiance dans la loyauté de Haefen, mais elle ne se sentait pas encore assez forte pour lui avouer que c'était elle qui avait révélé l'entrée secrète du souterrain à leurs ennemis.

Il la lâcha et elle lui prit la main, pour ne pas perdre l'équilibre.

— Moi aussi, je suis heureux de te revoir en vie et en bonne santé. J'avais entendu parler des projets de ton frère, et j'ai préféré ne pas participer à la bataille. D'autant plus qu'en voyant l'ost du nouveau seigneur, j'ai compris que Thaxted serait pris, et qu'il ne servirait à rien de livrer un combat perdu d'avance.

Il se pencha en arrière et l'examina de la tête aux pieds.

— Ton frère nous avait dit que tu étais morte, et qu'il était le seul à pouvoir nous protéger contre ces Normands.

Il secoua la tête et sourit.

— J'aurais dû savoir que tu étais trop rebelle et têtue pour mourir.

Gillian ne put réprimer ses larmes. Elle les essuya d'un revers de la main.

— Et les autres ? Combien sont morts ? Combien sont blessés ?

— Pas beaucoup. La plupart de ceux qui sont morts

étaient des mercenaires qu'Oremund avait enrôlés avant de venir à Thaxted. Après ta disparition, il a fait tuer quelques-uns de nos gens qui avaient voulu, eux aussi, s'échapper. La plupart des autres sont encore ici, ou quelque part dans la forêt, attendant de voir quel seigneur serait le maître du château.

Gillian hocha la tête. Ils savaient l'un et l'autre qu'Oremund n'abandonnerait pas Thaxted aussi facilement.

Son oncle la devança, avant qu'elle ait pu poser une autre question.

— As-tu confiance en ce Normand ?

Elle hésita.

— Je ne sais pas…

En réfléchissant à ce qu'il avait fait, à ce qu'elle savait de lui et à la façon dont elle avait fini par accepter leur mariage, elle se rendit compte qu'elle n'avait plus aucune méfiance à son égard.

— Pourquoi me demandes-tu cela ?

— Parce qu'il vient vers nous et qu'il a l'air de vouloir t'étrangler, répondit son oncle en se plaçant devant elle, prêt à la protéger. Ces derniers temps, on dirait que tu as le chic pour rendre les gens fous furieux.

Il y avait du vrai dans son commentaire. Elle irritait beaucoup de gens, certes ; mais seulement ceux qui tentaient de lui imposer leur volonté.

Se penchant de côté, elle jeta un coup d'œil à Brice et vit que son visage était rouge de fureur. Il marchait vers eux d'un pas rapide, en jurant, ce qui ne présageait rien de bon pour elle ni pour son oncle.

Elle n'avait pas peur pour elle-même, mais elle ne savait quelle serait la réaction de Brice si son oncle osait le défier. Elle tenta de contourner Haefen avant que son mari ne les rejoigne.

*
* *

Lorsqu'il l'avait aperçue, depuis la tour de guet, Brice s'était dit qu'il allait devoir l'attacher à son lit, comme ses hommes avaient dû le faire dans sa tente, lorsqu'elle était prisonnière, s'il voulait qu'elle reste là où il lui avait ordonné de rester. En parcourant la cour des yeux, il ne vit aucun signe d'Ernaut ni de Leoma, les deux personnes chargées de la suivre partout où elle allait, quand il n'était pas là. Il descendit en courant l'escalier de la tour, et il se trouvait déjà presque à mi-chemin quand il se rendit compte de ce qu'il faisait, et ralentit le pas. Lucais, qu'il avait quitté au beau milieu d'une phrase, l'avait suivi, ainsi que plusieurs hommes d'armes. Il atteignit l'enclos qui servait, provisoirement, au parcage des chevaux.

Les éclats de rire narquois de Lucais, à chacun des jurons qu'il prononçait, ne firent rien pour apaiser sa colère, surtout quand il vit le forgeron prendre Gillian dans ses bras. Sa femme avait l'air de trouver cette étreinte normale — pour ne pas dire agréable ! Se laisser embrasser ainsi en public, par un autre homme ! Voilà qui était trop. Il ne pouvait laisser passer un tel affront sans réagir. Il s'empara machinalement de son épée. Le forgeron dut sentir le danger, car il se plaça devant Gillian, comme s'il voulait la protéger.

Mais en entendant Brice jurer, sa femme contourna le forgeron. Il la maudit intérieurement. Sa blessure n'était pas encore totalement cicatrisée, elle avait de la peine à tenir debout, il la menaçait avec son épée ; et, malgré cela, elle était prête à lui tenir tête et à l'empêcher de tailler en pièces le maraud qui avait osé la prendre dans ses bras !

Il s'arrêta à quelques pas d'elle et baissa son épée.

— Ne restez-vous donc jamais là où on vous l'a

ordonné, madame ? questionna-t-il sans attendre vraiment de réponse.

Lorsqu'elle ouvrit la bouche pour se défendre, il lui décocha un regard meurtrier.

Il était content de la voir debout, sans personne pour la soutenir, mais, s'il en jugeait à la pâleur de ses joues et à sa respiration saccadée, elle n'était pas encore assez forte pour se promener toute seule dans la cour.

Qui plus est, pour se laisser embrasser par un autre homme !

— Son défunt père lui faisait souvent le même reproche, répondit le forgeron à sa place.

— Qui es-tu ? demanda Brice, les sourcils froncés.

A vrai dire, c'était une autre question qu'il avait eue au bout de la langue, mais elle aurait laissé transparaître sa jalousie : « Qui es-tu pour avoir l'audace de te montrer aussi familier avec ma femme ? »

Le forgeron avait toujours le bras autour de la taille de Gillian, ce qui ne pouvait qu'exacerber un peu plus sa jalousie.

Cette fois, ce fut Gillian qui lui répondit.

— Haefen est mon oncle, messire.

Les yeux de Brice s'étrécirent. Il n'avait même pas imaginé qu'il puisse y avoir un lien de parenté entre le forgeron, un simple manant, et la fille de l'ancien châtelain de Thaxted.

— Vous m'aviez dit que vous n'aviez plus aucune famille, madame. D'où vous vient alors cet oncle providentiel, tombé du ciel comme par miracle ?

Il était d'autant plus soupçonneux qu'il ne voyait aucune ressemblance entre Gillian et le forgeron.

— Nous n'avons pas de lien de parenté direct, messire,

répondit Haefen. Je suis le mari de la sœur de sa mère. Son oncle par alliance.

Un simple forgeron ne pouvait guère rivaliser avec le nouveau seigneur de Thaxted, un chevalier rompu à tous les combats ; mais c'était un homme solide et fier, qui, contrairement à beaucoup d'autres, n'avait pas l'habitude de courber la tête devant quiconque, aussi haut placé soit-il.

— Pour quelle raison avez-vous quitté votre chambre, madame, alors que vous êtes censée vous reposer et vous remettre de votre blessure ?

Maintenant qu'il connaissait leur lien de parenté, le forgeron ne constituait plus une menace. Néanmoins, c'était la première personne vers laquelle elle s'était dirigée — un oncle dont elle ne lui avait même pas mentionné l'existence ! Une omission qui ne pouvait qu'éveiller sa méfiance.

— Je voulais seulement m'assurer qu'il était encore en vie, répondit-elle d'une voix chevrotante.

Son visage était très pâle et, visiblement, elle avait du mal à tenir debout.

— Retournez à votre chambre, ordonna-t-il. Nous parlerons de tout cela plus tard.

— Je ne peux pas, messire…

Il fronça de nouveau les sourcils.

Etait-ce un nouveau défi ? Refusait-elle de lui obéir ?

Mais, presque aussitôt, en la voyant pâlir encore, il comprit que son autorité n'était pas en cause. Elle était seulement au bout de ses forces, prête à défaillir. Heureusement, son oncle la tenait par la taille ; sinon elle se serait effondrée dans la poussière de la cour.

Brice rengaina son épée et déchargea le forgeron de son fardeau, en prenant soin de ne pas toucher à l'épaule blessée de Gillian.

— Rejoins-moi au logis, ordonna-t-il à Haefen, tout en s'éloignant. J'ai des questions à te poser.

Il ne lui fallut que quelques minutes pour traverser la cour, entrer dans la demeure seigneuriale et gravir l'escalier, Gillian dans ses bras. Ernaut était en faction devant la porte de la chambre de Gillian. En les voyant arriver, il sursauta, ignorant sans doute qu'elle avait quitté sa chambre. Puis, il se rendit compte qu'il avait failli à son devoir, et son visage devint écarlate.

— Me… Messire, je…

Il ne finit pas sa phrase et se précipita pour ouvrir la porte de la chambre. Brice entra et déposa doucement Gillian sur son lit. Puis, il se redressa et lui toucha le front. Grâce à Dieu, sa peau était fraîche.

— Nous tirerons cette affaire au clair plus tard, Ernaut. Où est Leoma ?

— Je ne sais pas, messire.

Après avoir renvoyé le jeune écuyer à son poste, dans le couloir, Brice tira une couverture sur Gillian, la borda, et s'apprêtait à ressortir lorsque la femme de chambre apparut. Elle portait un plateau de nourriture. Gillian le lui avait sans doute réclamé, afin d'avoir l'occasion de s'échapper. Comme Ernaut et Leoma lui étaient entièrement dévoués, il ne les soupçonnait pas d'avoir favorisé la fuite de sa femme ; mais il allait devoir leur faire comprendre qu'ils ne devaient à aucun moment relâcher leur surveillance. Gillian avait trop besoin d'être protégée — et surtout contre elle-même.

— Je l'ai trouvée dans la cour. Connaissant Ernaut, je sais qu'il n'a pas abandonné son poste et, comme elle n'a pas d'ailes, elle n'a pas pu s'échapper par la fenêtre. Il doit donc y avoir un passage secret, quelque part dans cette chambre. Soyez vigilants, et tentez de découvrir où il se trouve.

Ernaut et Leoma hochèrent la tête, trop contents de ne pas être mis en cause.

— Je te charge de veiller sur elle, Leoma. Je ne pense pas qu'elle aura la force de s'échapper de nouveau, mais je ne voudrais pas qu'elle compromette sa guérison par une nouvelle tentative.

Comme il soupçonnait l'existence d'autres passages secrets, dissimulés dans l'épaisseur des murs, Brice avait ordonné à ses hommes d'examiner toutes les parois du château, pièce après pièce, afin de les découvrir. Y compris ceux de la chambre de Gillian. Sans succès.

Il redescendit dans la grande salle et trouva le forgeron qui l'attendait, gardé par Lucais. Il fit signe au colosse de le suivre, et le conduisit à une table, un peu à l'écart, où il avait l'habitude de s'entretenir avec ses capitaines.

Il ordonna à une servante de lui apporter de la bière et fronça les sourcils en voyant qu'elle lui obéissait avec une mauvaise volonté par trop évidente.

Le manque de zèle des domestiques lui avait donné maintes fois envie de se mettre en colère, mais, jusqu'à présent, il avait réussi à se contenir. Tous les ordres qu'il donnait finissaient par être exécutés, même si c'était avec retard, et accompagnés de regards qui en disaient long sur l'état d'esprit des Saxons à l'égard de leurs nouveaux maîtres, qu'ils soient bretons ou normands. Ils ne cherchaient même pas à dissimuler leur hostilité et, plusieurs fois, il avait vu ses hommes, excédés, frapper les domestiques qui mettaient un peu trop de temps à les servir.

Pour sa part, il s'était montré patient ; mais sa patience avait des limites. A un moment ou à un autre, il lui faudrait sévir et remettre ces manants à leur place.

Il s'assit et, après avoir renvoyé Lucais à ses occupations, remplit deux gobelets de bière et en tendit un au forgeron.

Il savait qu'Oremund avait laissé des espions au château — des hommes fidèles à sa cause, qui pourraient le renseigner sur le nombre de combattants et sur les provisions dont il disposait pour soutenir un assaut ou un siège. Giles avait dû faire face à une résistance similaire à Taerford et, si Brice voulait la vaincre, il fallait qu'il démasque ces espions, ou qu'il parvienne à leur donner de bonnes raisons de changer de camp et de lui jurer fidélité.

Pour les en convaincre, la meilleure façon était encore de les traiter avec magnanimité, et de leur garantir les droits que le père de Gillian leur avait accordés.

Mais, d'abord, il devait savoir quel avait été le statut de chacun, avant son arrivée.

— Es-tu un homme libre ou un serf, Haefen ? demanda-t-il, en faisant signe au forgeron de s'asseoir.

— Je suis un homme libre, comme le meunier, le brasseur et le fabricant de chandelles, répondit-il en déclinant son invitation à s'asseoir.

— Depuis combien de temps es-tu ici, à Thaxted ?

— J'y suis né et j'y ai grandi, messire. Comme… la plupart d'entre nous.

Son hésitation n'avait pas échappé à Brice. Une hésitation qui appelait une question — la question, justement, qu'il brûlait de lui poser.

— Et messire Oremund ? Est-il né et a-t-il passé sa vie à Thaxted, lui aussi ?

Il but une gorgée de bière, lentement, sans quitter des yeux le visage du forgeron.

— Il est arrivé ici en septembre, peu après la mort de son père à la bataille de Stamford Bridge.

— Vraiment ? Où habitait-il auparavant ?

Quand il avait parlementé avec lui, Oremund s'était comporté comme s'il était né à Thaxted et y avait toujours vécu.

— Il y a quelques années, quand Oremund a été adoubé chevalier, messire Eoforwic lui a donné un autre de ses fiefs, plus vaste et plus riche que celui-ci.

— Pourquoi Oremund n'a-t-il pas répondu à l'appel aux armes de son roi ? Pour autant que je sache, il n'était pas auprès de Harold, ni à Stamford Bridge ni à Hastings.

— Je ne pense pas être qualifié pour répondre à cette question, messire, protesta Haefen.

— Mais tu es un homme libre. Libre d'aller où tu veux et de négocier ta paie et tes conditions de travail. Si tu étais un serf, je comprendrais que tu ne puisses me répondre, car tu serais attaché à la terre de ton maître, et tu ne pourrais avoir d'autre opinion que la sienne. La plupart des serfs ne savent rien du monde extérieur ; mais, toi, tu as eu connaissance des bouleversements qui ont eu lieu en Angleterre depuis la victoire du duc de Normandie, et tu es, sans nul doute, assez bien informé.

Pendant quelques instants, Brice crut que le forgeron allait se retirer sans rien dire ; mais, après un long silence, il se décida à répondre.

— Messires Oremund et Raedan ne se sont pas battus à Hastings parce qu'ils avaient reçu l'ordre de protéger les arrières de l'ost de Harold.

Cela n'avait guère de sens. Avant de descendre à la rencontre de Guillaume, Harold avait écrasé l'ost de Tostig et de Harald Hardadra, à Stamford Bridge. Les seules forces qui restaient derrière lui étaient celles des comtes de Mercie et de Northumberland.

Des forces dont la présence à Hastings aurait pu renverser le cours de la bataille. Harold avait-il cru que ses propres beaux-frères étaient sur le point de le trahir, et d'embrasser la cause du duc de Normandie ? Leurs vieilles querelles et rivalités s'étaient-elles ajoutées à l'invasion, pour précipiter la chute de Harold Godwinson ?

Le fils illégitime de Harold, Edmund, continuait de se cacher parmi ses partisans, et même si le roi enfant, Edgar l'Atheling, ainsi que les comtes du Nord, étaient en Normandie maintenant, avec Guillaume, il y avait encore suffisamment de puissants seigneurs saxons pour entretenir la rébellion. Surtout si un chef reconnu et respecté par tous venait à se manifester.

Il laissa échapper un profond soupir. Il avait mis en garde son ami Giles, quand celui-ci avait décidé d'épargner la vie d'Edmund. Une telle clémence lui semblait dangereuse et, maintenant, il sentait instinctivement qu'elle était à la source des problèmes auxquels il devait faire face. De manière ironique, son destin semblait encore lié à Giles, malgré la distance qui les séparait.

Ses pensées revinrent à la femme qu'il avait ramenée dans sa chambre quelques minutes plus tôt. Trop de questions restaient sans réponse.

— Pour quelle raison Oremund s'intéresse-t-il autant à lady Gillian ? Quels sont ses projets à son égard ?

— Les mêmes que tous les seigneurs envers les femmes non mariées de leur famille : s'en servir pour nouer des alliances avec d'autres seigneurs.

Ce Haefen savait beaucoup trop de choses. Il avait le sentiment qu'aucune faveur, aucune menace ne parviendrait à l'inciter à trahir sa nièce. En regardant le forgeron croiser ses bras sur son torse large et puissant, Brice se demanda lequel des deux était le plus obstiné.

— Ta femme est-elle ici, à Thaxted ?

Pour la première fois depuis qu'il l'observait, Brice

décela un signe de faiblesse chez le forgeron. Oh ! une faiblesse bien fugitive ! Une lueur douloureuse brilla dans ses yeux et s'éteignit presque aussitôt. Il ne l'aurait pas vue s'il n'avait pas scruté son visage avec autant d'attention.

— Elle est morte, messire, répondit-il d'une voix calme, même si, visiblement, cette mort l'avait profondément affecté.

Un plan encore vague commença à se former dans l'esprit de Brice. Une chose était claire, maintenant. Haefen était resté à Thaxted pour plusieurs raisons, sans doute, mais avant tout pour protéger Gillian. Contre lui ou contre Oremund, il n'aurait su le dire.

Brice finit sa bière et se leva.

— Je t'autorise à aller rendre visite à ta nièce, si tu en as envie. Je suis sûr qu'elle a beaucoup de choses à te dire. Mais elle a besoin de se reposer. Laisse-la dormir une heure ou deux, avant de monter la voir.

— Merci, répondit Haefen en courbant la tête pour la première fois.

— Et demain, tu m'amèneras les autres hommes libres de Thaxted, afin que je puisse discuter avec eux des besoins des gens du village et du château. Il y a beaucoup de choses à définir, pour la remise en état des écuries et des bâtiments d'habitation.

— Je n'y manquerai pas, messire.

Il courba de nouveau la tête. Commençait-il à éprouver un peu de respect pour ses nouveaux maîtres ?

Quand le forgeron se fut retiré, Brice fit signe à Lucais de l'accompagner à la tour de guet. C'était la tour la plus haute du château et, depuis son sommet, on pouvait surveiller les alentours plusieurs lieues à la ronde. En outre, c'était l'endroit le plus sûr pour discuter, sans risquer d'être surpris par des oreilles indiscrètes.

*
* *

Trois heures plus tard, en entendant son estomac crier famine, il se rendit compte qu'il n'avait rien mangé depuis le matin, et qu'il n'avait eu aucune conversation sérieuse avec Gillian depuis plus d'une semaine.

Pis, il ne l'avait pas touchée, et avait encore moins couché dans son lit, de crainte d'aggraver sa blessure. Maintenant, cependant, alors qu'elle était en bonne voie de guérison, il avait très envie de reprendre des relations normales avec elle.

A vrai dire, il brûlait même de lui arracher ses vêtements — et, d'abord, ce maudit voile, qui recouvrait ses cheveux et la plus grande partie de son visage —, puis de la couvrir de baisers au creux d'un lit tiède et moelleux, sans personne pour les écouter ou interrompre leurs ébats. D'entendre de nouveau ses soupirs, quand il caressait les endroits les plus intimes et les plus sensibles de son corps…

Son membre viril était de nouveau tendu à se rompre, comme chaque fois qu'il pensait à sa femme, et il se dit qu'il devrait suivre le conseil qu'il avait si naïvement donné à Giles — la faire sienne au vu et au su de tous. Vis-à-vis de ses hommes, elle était sa femme, car ils avaient assisté à leur union devant le père Henry ; mais aussi bien les manants de Thaxted, *ses* gens désormais, ne savaient pas quelles étaient ses intentions à l'égard de la jeune femme. Ils croyaient peut-être qu'il souhaitait en disposer à sa guise, comme d'une vulgaire ribaude.

Maintenant qu'elle commençait à se remettre, il ne pouvait plus la confiner dans sa chambre sans donner l'impression qu'il la tenait prisonnière. La visite de son oncle prouverait le contraire, mais il fallait aussi que ses gens la voient, et sachent qu'elle était toujours leur maîtresse et la châtelaine de Thaxted. A Taerford, la situation avait été à la fois comparable et différente. Là-bas, quand Fayth avait été recluse dans sa chambre, ses gens avaient commencé à s'inquiéter et à poser des questions. Ici, personne, pas même son oncle, n'avait montré la moindre inquiétude à son égard. Il ne connaissait pas la raison d'une pareille indifférence, mais il savait que ce n'était pas bon signe.

Quand il traversa la grande salle pour rejoindre la chambre de Gillian, les manants qui y dormaient étaient en train de se préparer pour la nuit. Au passage, il arrêta une chambrière, et lui ordonna de lui apporter à dîner sur un plateau, puis il commença à gravir les marches de l'escalier.

Il savait ce qu'il voulait, et était bien décidé à tout faire pour parvenir à l'obtenir.

Chapitre 12

Quand il arriva en haut de l'escalier, Brice trouva Ernaut en faction devant la porte de la chambre de Gillian. Au matin, il lui confierait une nouvelle mission, et ferait garder sa femme par un autre de ses hommes — en le remplaçant régulièrement, car un travail fastidieux finissait toujours par entraîner un manque de vigilance. Comme il n'y avait qu'un petit nombre de chambres à l'étage du logis seigneurial, un seul garde pouvait suffire à surveiller l'escalier et contrôler les allées et venues des domestiques et des habitants du château. Aussi longtemps qu'il connaîtrait l'identité des personnes qui y avaient accès, Gillian serait en sécurité dans sa chambre.

Il congédia Ernaut pour la nuit et ouvrit la porte de la chambre. Vu l'heure tardive, il s'attendait à trouver Gillian couchée, peut-être même déjà endormie. Au lieu de cela, elle était assise sur une chaise, en chemise de nuit. Une chemise rabattue jusqu'à la taille, afin que Leoma puisse enduire sa blessure d'un baume apaisant. Comme elle était de dos, il ne voyait pas sa poitrine, mais cela ne faisait guère de différence : il n'avait un souvenir que trop vivace de la douceur satinée de ses seins, de leur goût et de leur rondeur, quand il les avait soupesés dans les paumes de ses mains. Il dut faire un bruit involontaire, car les deux femmes sursautèrent.

Quand elle tourna la tête vers lui, les cheveux bouclés de Gillian ondulèrent autour de ses épaules, en longues vagues pleines de séduction. Elle le regarda fixement de ses grands yeux turquoise, et il resta bouche bée, incapable de dire un mot. Pendant quelques instants, ils restèrent ainsi figés, face à face, jusqu'à ce que Leoma se décide à rompre un silence qui devenait par trop embarrassant.

— Nous aurons bientôt terminé, messire. Si vous voulez bien revenir dans une minute ou deux…

Revenir ? Il n'avait aucunement l'intention de sortir. Il fit un pas à l'intérieur de la chambre et referma la porte derrière lui.

— Je peux finir de m'occuper de votre maîtresse à votre place, Leoma. Allez donc rejoindre Danyel dans la grande salle.

C'était un ordre. La servante le comprit et tendit docilement le pot d'onguent à Brice.

— Appliquez ce baume soigneusement autour de la plaie, derrière et devant, puis placez un bandage autour de l'épaule et du bras.

Brice fit un pas de côté pour lui permettre de passer et s'approcha de Gillian, tandis que Leoma sortait et refermait la porte de la chambre derrière elle.

Gillian le regarda, les yeux écarquillés de surprise, tandis qu'il écartait les cheveux de son épaule. Elle tira impulsivement sur sa chemise pour couvrir sa poitrine, mais son geste eut pour seul effet d'exacerber un peu plus le désir qui embrasait les reins de Brice.

Elle était tellement belle, tellement désirable…

Lorsqu'il toucha la peau de son bras, juste à côté de sa blessure, elle eut un haut-le-corps et retint sa respiration.

— Pardonnez-moi, Gillian, murmura-t-il. Je ne voulais pas vous faire mal.

Le contact de ses doigts se fit plus doux, et il commença à étaler le baume lentement, à une certaine distance de l'endroit où la flèche l'avait atteinte.

Peu à peu, elle se détendit et il continua de masser en cercles concentriques autour de la plaie. Une plaie en bonne voie de cicatrisation, mais encore recouverte d'une croûte, et entourée d'un bourrelet de peau violacé.

Son esprit était entièrement concentré sur sa tâche, mais il ne pouvait empêcher son corps de réagir à sa façon et, bientôt, il sentit son sang bouillonner dans ses veines et résonner douloureusement dans ses tempes.

Il avait trop envie d'elle… et le moment était mal choisi.

En outre, il n'était pas encore certain de ses sentiments. Quand elle s'était donnée à lui, la veille de l'assaut, il s'était demandé si ce n'était pas par pitié — parce qu'elle savait que, le lendemain, il pouvait être blessé ou même tué au cours de la bataille. Cette nuit-là, il avait eu seulement besoin de réconfort. Maintenant, c'était de sa femme dont il avait envie.

Une envie qu'il s'efforça, non sans mal, de contenir, tout en finissant d'appliquer le baume sur son épaule et sur le haut de son bras. Puis, il la contourna et s'accroupit devant elle, pour enduire l'autre côté de la plaie.

Avant de monter à l'étage, il avait enlevé sa cotte de mailles et, en baissant les yeux brièvement, il se rendit compte que son membre viril pointait d'une façon par trop évidente à travers l'étoffe de ses braies et de sa tunique. Tout à la fois, il espéra et craignit que Gillian découvre dans quel état d'excitation il se trouvait.

Ses mains se mirent à trembler, car, maintenant, il devinait les pointes de ses seins sous le tissu fin et léger de sa chemise. Il la vit retenir sa respiration et passer deux ou trois fois sa langue sur ses lèvres, comme si elles étaient trop sèches. Il essaya de l'ignorer, d'ignorer aussi la chaleur qui montait entre eux et d'ignorer, même, la façon dont ses mains commençaient à laisser glisser le fin voile qui dissimulait sa poitrine à ses regards.

Mais le pire fut lorsqu'elle ferma les yeux et laissa échapper un soupir, au moment où il effleura son bras du bout de ses doigts.

Il posa le pot d'onguent et se pencha pour l'embrasser. Il aurait immédiatement arrêté, si elle avait détourné la tête ou eu un mouvement de recul ; mais elle leva son visage vers lui et se passa de nouveau la langue sur les lèvres. Et quand ses lèvres touchèrent les siennes, elle ouvrit la bouche pour mieux accueillir son baiser.

Un baiser long et langoureux, plein de douceur et de tendresse. Sa langue luttait avec la sienne, dans un mouvement de va-et-vient qui ne fit qu'accroître encore son émoi. Il se mit à sucer ses lèvres, mais il avait encore plus envie de sucer le bout de ses seins, et le petit bouton rose entre ses cuisses. Il se rapprocha et laissa glisser sa main sur sa poitrine. En sentant ses tétons durcir sous ses doigts, il accentua la pression de sa bouche sur ses lèvres et se servit de son autre main pour soutenir sa tête.

Elle leva la main, comme si elle avait envie de le toucher, un geste qui acheva de l'embraser.

C'était trop frustrant ! Mais, au fond de lui-même, la voix de sa raison le mettait en garde, et l'incitait à se maîtriser. Sa blessure n'était pas encore guérie. S'il la prenait dans ses bras, il ne pourrait que lui faire mal, voire rouvrir sa plaie.

Alors qu'il était sur le point de perdre le combat qu'il livrait contre lui-même, on frappa à la porte. Plusieurs coups, si forts qu'il sursauta et faillit tomber à la renverse. Au dernier moment, il reprit son équilibre, se redressa et fit un pas en arrière. En baissant les yeux, il vit que Gillian avait les joues rouges et qu'une lueur ardente brillait dans le bleu turquoise de ses prunelles.

— Votre dîner, messire.

Brice se souvint alors qu'il avait demandé qu'on lui apporte un plateau de nourriture.

Gillian remonta sa chemise sur sa poitrine et saisit le châle qui était posé sur ses genoux. Il l'aida à le draper autour d'elle, en prenant soin de ne pas heurter son épaule blessée, puis il alla ouvrir la porte. Il prit le plateau des mains de la chambrière, sans la laisser entrer, et referma la porte du pied.

— Oh ! messire, vous n'avez même pas encore dîné ! s'exclama Gillian.

Elle ébaucha un mouvement pour se lever, mais il l'arrêta immédiatement, d'un ton péremptoire.

— Restez assise ! C'est un ordre.

Il traversa la chambre, posa le plateau sur le lit et s'y assit, sans renverser l'assiette de ragoût ni la chope de bière. C'était un exploit, vu la façon dont ses mains tremblaient.

— Je n'ai pas eu le temps.

Elle hocha la tête et sourit.

— Mangez, alors, lui dit-elle, tout en remuant ses épaules pour les détendre.

Il y avait d'autres parties de son corps qui avaient besoin de se détendre. Ses seins étaient douloureux, et elle sentait une tension étrange et lancinante entre ses jambes — une tension que seules les caresses de Brice pourraient apaiser. La chaleur qui l'avait envahie, quand il l'avait embrassée, était une expérience nouvelle, et elle ne savait trop si elle devait s'en réjouir ou en être embarrassée.

— Comment allez-vous ? demanda-t-il entre deux bouchées de ragoût de mouton. Avez-vous toujours aussi mal ?

— C'est encore douloureux, mais cela va un peu mieux chaque jour, répondit-elle sans pouvoir réprimer une grimace.

Elle se leva et fit deux ou trois pas lentement, en s'attendant à chaque instant qu'il lui ordonne de se rasseoir. Mais, comme il ne disait rien, elle continua d'avancer vers lui. Se tenir ainsi debout devant lui, nue sous sa chemise, lui semblait un peu bizarre, mais, après tout, il en avait vu beaucoup plus pendant qu'il appliquait le baume sur sa blessure ; et puis, maintenant, elle avait son châle serré autour de ses épaules.

— Votre escapade dans la cour a-t-elle rouvert la plaie ?

Elle s'immobilisa et le regarda. Il cherchait à savoir comment elle avait réussi à quitter sa chambre sans être vue. Cela se lisait dans ses yeux, même s'il n'avait pas posé la question directement. Son oncle pensait qu'elle pouvait lui faire confiance, mais elle n'avait pas l'intention de lui révéler son secret. Plus tard, peut-être, mais pas maintenant.

— Non, messire, répondit-elle. Comme vous avez pu le remarquer, la peau est en train de cicatriser et, d'après Leoma, je devrais pouvoir recouvrer l'usage normal de mon bras d'ici quelques jours.

Elle n'aurait su dire comment il était capable d'avaler aussi vite, mais quelques minutes lui suffirent pour dévorer la nourriture posée sur le plateau et boire jusqu'à la dernière goutte la chope de bière.

Lorsqu'elle le vit se lever, elle crut qu'il allait s'en aller, comme c'était son habitude, depuis le jour où il l'avait ramenée blessée dans sa chambre.

— Suis-je prisonnière ici, messire ?

Toute la journée, elle avait eu envie de poser cette question, en en redoutant la réponse. La visite de son oncle avait fait naître un secret espoir dans son cœur ; mais le fait qu'il ait été autorisé à venir la voir dans sa chambre ne signifiait pas qu'elle était libre de la quitter. Et maintenant qu'il savait qu'elle avait un passage secret, peut-être allait-il la changer de chambre, ou l'attacher à son lit, comme il l'en avait menacée dans ses accès de colère ?

Il soupira et secoua la tête.

— Vous n'êtes pas une prisonnière, Gillian. Si je mets un garde devant votre porte, c'est uniquement pour votre sécurité. Quant à Leoma, elle n'est pas là pour vous surveiller, mais pour vous servir et veiller à votre confort.

Il s'interrompit et la considéra, la mine sombre et farouche, puis il se passa nerveusement la main dans les cheveux et soupira.

— Au début, quand je vous ai vue dans la cour, j'ai cru que vous aviez de nouveau l'intention de vous échapper. Vous croyez peut-être que je ne connais pas les méthodes de votre frère, mais j'en sais plus sur lui que vous ne l'imaginez. Il a des espions partout, et attend le moment propice pour agir. C'est la raison pour laquelle je ne veux pas que vous vous promeniez seule dans le château — et encore moins en dehors de l'enceinte ou dans le village.

Il secoua de nouveau la tête.

— Par Dieu, je ne sais quel but il poursuit, mais vous semblez être un atout majeur dans son jeu et, tant que je n'aurai pas compris pourquoi, vous aurez un garde posté devant votre porte, et je ne vous laisserai pas aller et venir sans être accompagnée.

Si elle n'avait pas su à quoi s'en tenir, elle aurait pu croire qu'il était en colère parce qu'il se faisait du souci pour elle ; mais c'était un homme qui avait l'habitude d'être obéi et elle avait osé défier son autorité. Ce serait tellement merveilleux si elle avait un mari qui s'inquiétait vraiment pour elle, sans arrière-pensée…

Elle connaissait trop les hommes pour se faire la moindre illusion.

Il la regarda, le visage plein d'espoir, et elle finit par hocher la tête.

Elle avait cru bien connaître son frère, mais la brutalité de sa réaction l'avait surprise. Il avait fallu qu'il soit poussé à bout pour montrer sa vraie nature. Cela n'était jamais arrivé auparavant. Et une partie d'elle-même se réjouissait d'avoir Brice pour la protéger, quelles que fussent ses raisons.

Son consentement semblait l'avoir un peu calmé.

— Vous n'êtes pas prisonnière, Gillian, répéta-t-il, mais elle se demanda si c'était elle ou lui-même qu'il tentait de convaincre.

Puis il se leva et se dirigea vers le mur extérieur, celui où se trouvait l'entrée du passage secret. En le voyant chercher à tâtons, elle retint sa respiration, car ses doigts étaient tout près du levier qui permettait d'actionner l'ouverture. Pendant quelques minutes, il fit glisser ses mains sur les pierres, puis se tourna vers elle.

— Allez-vous me dire où il se trouve ?

Elle tenta de nier l'existence d'un passage secret, mais il écarta ses protestations d'un geste de la main.

— Nier ne sert à rien. Je sais qu'il existe, sinon vous

n'auriez jamais pu échapper à la vigilance de votre frère et de mes gardes.

— Messire, je…

Elle essaya de trouver des arguments à lui opposer, mais, n'en trouvant aucun, elle laissa sa phrase en suspens.

— Vous n'avez pas confiance en moi. Je le comprends, même si je le déplore.

Il y avait une touche de regret dans sa voix, Gillian aurait pu le jurer.

— Dites-moi seulement combien de personnes connaissent son emplacement.

— Seulement deux, messire, répondit-elle d'une voix calme et posée.

Les yeux de Brice s'étrécirent brièvement.

— Vous et votre oncle, je suppose.

Avant qu'elle ait eu le temps de l'admettre ou de le nier, il sourit et poursuivit, une lueur sombre au fond des yeux.

— Et je suppose que même votre frère n'a pas réussi à forcer Haefen à le lui révéler ?

Elle resta bouche bée. Apparemment, il n'ignorait rien des méthodes d'Oremund. Haefen lui en avait-il parlé ? Un autre, peut-être ?

— Je sais aussi que votre oncle est resté à Thaxted pour vous protéger, autant que possible. Une dette d'honneur, sans doute.

Gillian hocha la tête. Elle préférait ne rien dire, de peur de se trahir.

— Mais ce n'est pas ce secret-là que votre frère cherche à vous arracher, n'est-ce pas ? Il y a autre chose. Quelque chose de beaucoup plus important. Sinon, il se serait débarrassé de vous en vous tuant, dès l'instant où il s'est emparé de ce château, à la mort de votre père.

Les murs de la chambre se mirent à vaciller devant les

yeux de Gillian. Elle tenta de ne pas les regarder, car cela accroissait encore sa sensation de vertige. Elle tendit les bras, pour se raccrocher à un point fixe et ne pas perdre l'équilibre. Puis, voyant qu'il n'y avait rien à sa portée, elle serra son châle et s'efforça de protéger son épaule blessée, tandis qu'elle tombait en avant.

Mais, au lieu de s'effondrer sur le plancher ou, pis encore, sur le mur de pierre qui lui faisait face, elle atterrit contre le torse souple et musclé de Brice. Ses mains lui saisirent la taille et la soutinrent sans meurtrir son épaule blessée. Elle sentit qu'il la soulevait dans ses bras et, quand elle reprit ses esprits, elle se trouvait assise à côté de lui sur le lit.

Tout en gardant un bras autour de sa taille, il chassa doucement une mèche de cheveux de son visage et lui retira son châle. Puis il se leva, ouvrit le lit et l'aida à se coucher.

— Vous avez encore besoin de vous reposer, dit-il d'une voix pleine de sollicitude. Vous n'en avez peut-être pas conscience, mais vous avez déliré pendant plusieurs jours. A certains moments, la fièvre a été si forte que j'ai cru que vous alliez mourir.

Gillian ferma les yeux, angoissée, non à l'idée qu'elle aurait pu mourir, mais qu'elle aurait pu rester à jamais diminuée, physiquement et mentalement. Une pauvre infirme méprisée et abandonnée de tous… Un destin qu'elle n'osait imaginer.

Brice continua de parler, tout en allant et venant, recouvrant de cendre les braises de la cheminée, et mouchant les chandelles qui éclairaient la chambre.

— Je ne peux pas prétendre n'avoir jamais tué personne, Gillian, mais je n'ai jamais commis de meurtre de sang-froid. Au combat, certes, je ne fais pas de quartier.

C'est tuer ou être tué, et un soldat fait ce qu'il faut pour survivre. Mais c'est toujours à armes égales. Jamais par-derrière. Et jamais, non plus, je n'ai achevé un adversaire qui se rendait. Mon honneur de chevalier m'interdit de frapper un homme à terre.

Avant de moucher la dernière chandelle, il se tourna vers elle, et ses yeux étincelèrent dans la lumière orangée de la flamme.

— Cependant, je tuerai sans pitié Oremund pour ce qu'il vous a fait, jura-t-il d'une voix si froide qu'elle frissonna malgré elle. Les femmes doivent être respectées, et, pour un frère, même un demi-frère, une sœur est sacrée. En essayant de vous tuer, il a commis un geste ignoble, impardonnable. Un geste qui mérite la mort.

Il souffla la chandelle et elle attendit qu'il s'en aille, afin de pouvoir réfléchir et mettre de l'ordre dans ses pensées. Elle avait encore la tête qui tournait, et craignait toujours d'avoir révélé tout ou partie de son secret, pendant qu'elle délirait ; mais, en même temps, elle ne pouvait s'empêcher de lui être reconnaissante, pour la protection qu'il lui avait offerte, et pour le serment qu'il venait de lui faire. Il avait juré de la venger, de faire payer à son frère l'acte ignoble qu'il avait commis. Il lui arrivait parfois d'avoir envie de pardonner à Oremund, mais elle savait que même feu son père n'aurait pas exigé d'elle une pareille magnanimité.

Les braises qui brillaient encore sous la cendre de la cheminée ne suffisaient pas à dissiper l'obscurité qui avait envahi la chambre ; aussi écouta-t-elle le bruit de ses pas, en pensant qu'ils allaient se diriger vers la porte. Au lieu de cela, ils se rapprochèrent d'elle. Puis elle sentit sa jambe heurter le bois du lit.

— La porte est de l'autre côté, messire, murmura-t-elle d'une voix étranglée.

— Je ne pars pas, Gillian.

Elle eut un haut-le-corps et déglutit avec difficulté.

— Vous… vous restez ici ? bredouilla-t-elle. Où… où allez-vous dormir, alors ?

Les cordes qui soutenaient le matelas protestèrent sous son poids, quand il s'allongea à côté d'elle, sur le lit. Il restait au bord, comme s'il attendait que ce soit elle qui vienne vers lui.

— Je dormirai ici, auprès de vous. Il y a trop longtemps que vous me manquez. J'ai besoin du réconfort de vos bras.

Elle aurait voulu protester, lui faire observer que ce n'était pas raisonnable, avec son épaule blessée, mais le contact de sa peau nue la paralysa, et vida son esprit de toute pensée cohérente.

Quand avait-il bien pu se déshabiller ?

Comme elle ne bougeait pas, il se blottit contre elle et, en sentant cet homme fort et viril dans son dos, elle retint sa respiration, submergée par les sensations voluptueuses que ce seul contact faisait naître en elle. Il glissa doucement un bras sous sa tête, tandis que, de l'autre, il protégeait son épaule blessée.

Gillian aurait voulu résister, mais son corps la trahit en se préparant aux plaisirs que les caresses de Brice lui avaient fait connaître, la dernière fois où ils avaient partagé le même lit. Elle ne savait pas comment ils pourraient faire l'amour sans réveiller la douleur de son épaule, mais sa poitrine vibrait d'anticipation, ses jambes frémissaient, prêtes à s'ouvrir, et elle sentait une moiteur tiède à la jonction de ses cuisses.

Elle attendit, le cœur battant à se rompre.

Cependant, une fois confortablement installé contre elle, il cessa de bouger. Oh ! certes, son membre viril n'était pas immobile ! Dur et tendu, il frottait contre le bas de son dos, comme s'il cherchait à s'introduire entre ses fesses. Mais Brice ne faisait rien pour le faire pénétrer, et sa main ne s'insinuait pas entre ses cuisses pour les écarter et entrouvrir le nid douillet de sa féminité. Et, contrairement à leur dernière nuit ensemble, il ne la couvrait pas de baisers et se contentait d'envelopper l'un de ses seins de la paume de sa main, en effleurant à peine le téton, sans chercher à le faire durcir entre ses doigts.

Un silence profond envahit la chambre et, malgré la chaleur de son bras autour son cou, il semblait indifférent aux plaisirs sensuels qu'elle pouvait lui offrir — des plaisirs auxquels elle était prête à s'abandonner pleinement.

Ne le sentait-il pas ? Avait-il peur qu'elle ne soit pas consentante ?

Au bout de quelques minutes, la chaleur et le sentiment de sécurité qu'elle éprouvait dans ses bras, combinés avec la fatigue de la journée, commencèrent à faire leur effet, et elle se sentit glisser lentement vers le sommeil. Elle était persuadée qu'elle ne pourrait jamais dormir ainsi, mais ses paupières devinrent lourdes, si lourdes… Alors qu'elle était déjà presque endormie, elle entendit sa voix grave et chaude résonner dans son oreille.

— Ne vous inquiétez pas, Gillian. J'ai toujours autant envie de vous. Dès que votre épaule sera guérie, je vous ferai connaître de nouveau tous les plaisirs qu'un homme peut prodiguer à une femme.

Sa voix chaude la réconforta et, afin de ponctuer ses paroles, il déposa un baiser sur la peau douce et sensible de son cou. Un baiser qui la fit frissonner jusqu'au plus profond d'elle-même.

Puis, il rit. Un rire sensuel et plein de promesses, qui l'excita encore plus, et lui donna envie de se retourner dans ses bras.

— Chuut… Ne bougez pas, murmura-t-il d'une voix apaisante. Vous avez besoin de dormir et, moi aussi, j'ai eu une dure journée. Rien ne presse. Nous avons tout l'avenir devant nous. Faire l'amour maintenant ne serait vraiment pas raisonnable. Vous ne l'avez pas dit tout à l'heure, mais vous l'avez pensé si fort que je l'ai entendu.

Gillian ferma les yeux. Il avait raison. Elle était vraiment épuisée, et mieux valait ne pas risquer de rouvrir sa blessure. Mais, pendant toute la nuit, les promesses du chevalier et la chaleur de son corps contre le sien firent naître des rêves scandaleusement érotiques dans son esprit embrumé de sommeil.

Au matin, quand elle se réveilla, seule dans son lit, elle se demanda si tout cela n'avait pas été qu'un rêve.

Chapitre 13

— Madame ?

Blottie bien au chaud sous les couvertures, Gillian avait l'impression de sentir encore autour d'elle les bras solides et rassurants de Brice. Ignorant l'appel de Leoma, elle garda les yeux fermés et se laissa envahir par les fragrances qu'il avait laissées derrière lui.

Une odeur de cuir et de musc.

Une odeur typiquement masculine.

— Madame ? répéta Leoma. Etes-vous réveillée ?

Gillian repoussa ses couvertures et soupira longuement.

— Oui, Leoma.

Elle était bien réveillée, en effet, malgré ses efforts pour s'attarder encore un peu dans le monde de ses rêves. Des rêves dont le seul souvenir faisait briller ses yeux et embrasait ses joues.

Mais la lumière qui baignait la chambre laissait présager une journée de printemps douce et ensoleillée. Une lumière qui acheva de la faire revenir à la réalité.

— Si cela vous convient, messire Brice aimerait que vous descendiez prendre votre petit déjeuner avec lui, dans la grande salle.

Gillian tenta de se redresser. Trop vite. Elle sentit une douleur fulgurante parcourir son épaule et retomba en arrière en grimaçant. Leoma s'approcha du lit et, avec son aide, elle réussit à s'asseoir et à poser les pieds sur le sol. Conserver son équilibre sans l'usage de ses deux bras était malaisé. Ce matin, cependant, son épaule blessée lui faisait moins mal que les jours précédents — ce qui était bon signe, assurément.

— Il m'attend ? demanda-t-elle, en acceptant le linge mouillé que lui tendait Leoma et en se débarbouillant le visage.

— Oui, madame, acquiesça la servante en hochant la tête.

Gillian sourit.

— Bien. Peux-tu m'aider à m'habiller rapidement ?

Leoma lui décocha un sourire énigmatique, empli de sous-entendus, comme si elle dissimulait un secret ; puis elle appliqua du baume sur l'épaule de Gillian et remit le pansement en place.

Gillian alla choisir sa robe préférée dans son coffre à vêtements. Elle avait découvert avec soulagement que les hommes de Brice n'y avaient pas touché — sur ordre de leur chef, probablement —, et, quelques minutes plus tard, dûment habillée et voilée, à la mode saxonne, elle descendit dans la grande salle afin de rejoindre Brice.

Accompagnée d'Ernaut et suivie par Leoma, elle descendit l'escalier avec précaution, et remarqua que cela lui demandait un effort moins prononcé que lors de sa périlleuse descente de la veille. Ce fut seulement lorsqu'elle entra dans la grande salle qu'elle fut assaillie par les souvenirs. Elle s'immobilisa, croyant de nouveau entendre la voix d'Oremund lui ordonnant de venir s'asseoir à côté de Raedan, le mari qu'il avait choisi pour elle.

Quand elle se décida enfin à regarder autour d'elle, elle eut de la peine à reconnaître la salle, après les changements qui y avaient été opérés. Depuis l'arrivée de Brice, la paille qui jonchait le sol avait été balayée, les chiens mis à l'écart, les bancs et le sol grattés et nettoyés… Jamais elle n'avait vu la grande salle de Thaxted aussi propre ! Il y avait même des bouquets de fleurs aux pétales odorants sur les tables !

Mais, surtout, pour la première fois depuis de nombreux mois, elle se sentait en sécurité ici. Elle ne se souvenait pas avoir raconté à Brice la façon dont Oremund l'avait traitée, et dont il avait traité leurs gens. Cependant, elle lui en avait dit assez pour qu'il comprenne la vraie nature de son demi-frère.

La seule chose qui gâcha son retour dans la grande salle fut l'accueil des domestiques, qui allaient et venaient entre la cuisine et les tables des convives. Brice ne pouvait voir leurs agissements, mais, tandis qu'elle se dirigeait vers le groupe de chevaliers normands et bretons assis au fond de la salle, ils lui décochèrent des regards hostiles et pleins de mépris. Certains d'entre eux allèrent même jusqu'à murmurer des insultes sur son passage. « Sale ribaude… Catin… Traître… »

Elle n'aurait pas dû en être affectée : après tout, ceux qui l'insultaient ainsi avaient soutenu la cause d'Oremund contre la sienne. Mais certains d'entre eux se montrèrent tellement agressifs qu'elle se sentit soudain envahie par la peur. Une peur instinctive, irraisonnée…

Ebranlée jusqu'au plus profond d'elle-même par leurs gestes et leurs paroles haineuses, elle décida de rebrousser chemin et de remonter dans sa chambre.

Arrachant son bras de la main d'Ernaut, elle pivota sur ses talons et heurta Leoma, qui s'était arrêtée pour bavarder avec son mari. Le choc réveilla sa douleur à l'épaule, mais elle n'y prêta guère attention et, paniquée, se mit presque à courir en direction de l'escalier. Elle gravit les marches en trébuchant, se réfugia dans sa chambre et tira le verrou. Lorsque, quelques instants plus tard, Leoma frappa à la porte, elle était déjà sous ses couvertures, apeurée, le visage blême et le cœur battant à tout rompre.

— Allez-vous-en, Leoma ! ordonna-t-elle, assez fort pour que la chambrière puisse l'entendre, à travers l'épais battant de chêne. Laissez-moi !

— Vous avez besoin de manger, madame, objecta la servante d'une voix raisonnable.

— Je n'ai pas faim.

Elle savait qu'elle donnait l'impression de se conduire comme une enfant capricieuse, mais les insultes de ses gens lui avaient coupé l'appétit.

— Il faut manger, Gillian, si vous voulez guérir.

Brice. Elle ferma les yeux pour résister au timbre chaud et persuasif de sa voix. Elle ne l'avait pas vu quand elle était entrée dans la grande salle, car il avait choisi de s'attabler avec ses hommes, et non sur l'estrade qu'Oremund avait fait installer pour son usage personnel, et pour montrer à tous qu'il était le maître de Thaxted.

— Laissez-moi. Je vous en prie.

— Non. Ouvrez.

Ce n'était ni un ordre ni une prière. Simplement l'affirmation de l'évidence. Il était le maître et seigneur de Thaxted, son *maître et seigneur,* et elle ne pouvait lui interdire sa chambre.

Elle se glissa hors de son lit, se dirigea vers la porte, tira le verrou et, après en avoir ouvert le battant, s'écarta pour le laisser entrer.

Brice congédia Leoma d'un geste péremptoire et referma la porte derrière lui.

Gillian attendit qu'il dise quelque chose, mais, pendant plusieurs secondes, il se contenta de la regarder en silence.

Puis, il leva la main et essuya les larmes qui avaient roulé sur ses joues — des larmes qu'elle avait versées sans même s'en rendre compte. Une caresse douce et gentille. Une caresse qui resterait à jamais gravée dans sa mémoire.

— Par deux fois, vous avez souffert à cause de moi, Gillian. Et, chaque fois, j'aurais pu l'éviter, si je n'avais pas été aussi aveugle, et si je n'avais pas refusé d'écouter les conseils qui, pourtant, m'ont été maintes fois prodigués.

Elle regarda son bras, en se disant qu'il voulait sans doute parler de sa blessure. Sa collision avec Leoma avait réveillé la douleur, mais ce n'était pas sa faute.

— Ce n'est pas cela, Gillian, dit-il doucement, comme s'il avait deviné ses pensées.

Quand il parlait à voix basse, son accent était plus prononcé. Un accent chantant, doux à l'oreille, loin des intonations rauques des Saxons.

— Asseyez-vous, poursuivit-il en lui proposant une chaise, sur laquelle elle prit place. Si vous le voulez bien, j'aimerais parler avec vous de choses importantes, qui nous concernent l'un et l'autre.

Tout comme il avait attendu qu'elle soit prête pour prendre son plaisir avec elle, il ne l'avait pas pressée non plus de faire face à la situation difficile qu'elle aurait à affronter, maintenant qu'elle était avec lui, vis-à-vis du monde extérieur. Mais trop de temps s'était écoulé. Les dangers qui les entouraient n'avaient cessé de croître, et il n'en savait toujours pas plus que lorsqu'il avait pris Thaxted. En voyant ses sourcils se froncer, et une lueur douloureuse briller dans le bleu turquoise de ses yeux, il se rendit compte que, même s'il ne pouvait y avoir de confiance totale entre eux, il devait lui parler franchement et sans détour.

— J'ai laissé votre frère me dicter les conditions auxquelles il accepterait de me livrer Thaxted sans combattre, et mon manque de fermeté a failli vous être fatal. Je croyais ainsi pouvoir en apprendre plus sur lui et sur ses projets. Au lieu de cela, j'ai seulement appris qu'il n'avait aucun honneur et était capable de toutes les perfidies.

Avant de poursuivre, il fit quelques pas de long en large dans la chambre.

— Avec vos gens aussi, je me suis trompé. En chassant votre frère et en les traitant avec magnanimité, comme je savais que votre père le faisait quand il était encore maître de Thaxted, je croyais qu'ils finiraient par m'accepter. Que je pourrais obtenir leur soutien, comme j'espérais pouvoir obtenir le vôtre.

Il se passa nerveusement la main dans les cheveux et scruta son visage avec insistance.

— J'aurais dû comprendre que quinze jours ne suffiraient pas à bâtir une confiance que votre frère a détruite par sa conduite brutale et cruelle. Sans compter que je suis un étranger, un ennemi, et qu'il y a sans nul doute de nombreux Saxons qui refusent de se soumettre à l'autorité du duc de Normandie, même si celle-ci est légitime, puisque Harold s'est parjuré et a été condamné par le pape et tous les souverains de la chrétienté.

En voyant l'expression de Gillian se modifier, au fur et à mesure qu'elle avançait dans la grande salle, et les traits de son visage se crisper peu à peu, il s'était rendu compte que les domestiques murmuraient des insultes sur son passage. Certains d'entre eux s'étaient même enhardis, à voix plus haute, et ses hommes les avaient entendus. Tout indiquait que des espions, laissés en place par Oremund, cherchaient à saper son autorité. Pour découvrir la vérité, il avait besoin que Gillian lui en dise plus sur sa famille et sur ce qui était réellement en jeu à Thaxted. Elle seule avait une connaissance intime de ce qui se tramait ici.

Il s'agenouilla devant elle et la regarda dans les yeux.

— Pour gagner leur confiance et établir mon pouvoir sur Thaxted, j'ai besoin de votre aide, Gillian. Voulez-vous bien me dire la vérité, au sujet de vos parents et des prétentions d'Oremund sur Thaxted ?

Des émotions diverses et contradictoires se succédèrent sur le visage de Gillian ; mais elle finit par hocher la tête.

Il se redressa et s'éloigna de quelques pas, afin de mettre un peu de distance entre eux et de se concentrer sur ce qu'elle allait dire — au lieu d'être obnubilé par les fragrances qui émanaient de son corps et par son désir de caresser sa peau douce et satinée. La nuit dernière, quand il l'avait sentie se blottir dans ses bras, il avait su qu'elle lui appartenait désormais corps et âme. Jamais il n'avait eu autant de mal à résister à la tentation. Son abandon avait failli le rendre fou. Et, pour un homme qui ne s'était jamais privé quand une femme consentante se trouvait dans son lit, ces derniers jours avaient été une véritable torture.

— Mon père a pris ma mère comme maîtresse deux ans après la naissance d'Oremund. Je ne sais pas ce qui s'est passé entre mon père et lady Claennis, sa femme, mais on m'a dit qu'il n'avait plus jamais partagé son lit après la naissance de mon demi-frère. Quand je suis née, la situation est devenue très tendue entre mon père et lady Claennis. Il est resté ici, mais l'a envoyée dans l'une de ses propriétés du nord, avec Oremund. Elle n'est plus jamais revenue à Thaxted. Le jour où mon père a appris la nouvelle de sa mort, il a épousé ma mère.

Brice savait ce qui pouvait expliquer une séparation publique aussi flagrante, mais comme il n'avait aucune preuve pour étayer ses soupçons, il hésita à le dire.

— Et il a continué à vivre ici, en laissant Oremund dans le nord ?

Près des comtés de Mercie et de Northumberland, dont les seigneurs — Edwin et Morcar, fils d'Aelfgar — ne cessaient de comploter.

— Oui, et, depuis lors, le ressentiment n'a jamais cessé de grandir, entre mon père et Oremund. Quand il est devenu un homme, mon frère s'est mis à contester tout ce que mon père faisait, allant même jusqu'à s'opposer à lui dans le choix de leurs alliés et de leurs ennemis. Quand le roi Edouard est mort et que Harold a été choisi pour le remplacer par le Witan, les choses ont encore empiré : Oremund a refusé de répondre à l'appel de Harold, et c'est mon père qui a dû aller se battre à sa place.

Brice commençait à démêler les fils de l'écheveau. Les relations qu'Oremund avait tissées avec les comtes du nord du pays laissaient entrevoir un complot beaucoup plus vaste que celui qu'il avait imaginé. Le nouveau roi d'Angleterre, Guillaume le Conquérant, avait-il cru mettre un terme à leurs projets en emmenant Morcar, Edwin et Edgar l'Atheling sur le continent ? Edmund Haroldson était encore vivant, et continuait d'enrôler des rebelles dans son armée secrète : la situation pouvait donc encore se renverser, au détriment des Normands et de leurs alliés. Et comme il se trouvait lui-même au cœur du foyer de la sédition, sa position à Thaxted pouvait très vite devenir périlleuse.

Il hocha la tête pensivement.

— Et votre mère ?

Gillian soupira, et la tristesse envahit sa voix.

— Elle est tombée malade au moment où la situation s'est envenimée entre mon père et Oremund, comme si elle pensait qu'elle était cause de leur querelle. Mon père l'a alors emmenée au monastère, car les sœurs sont connues dans toute la région pour leur habileté à soigner les malades.

Brice sentit un frisson lui parcourir l'échine. Il baissa la tête et attendit qu'elle continue.

— Elle n'est jamais revenue à Thaxted. Un jour, mon père a reçu une missive de la mère supérieure lui annonçant sa mort et, quand nous sommes arrivés au monastère, ils l'avaient déjà enterrée. Comme il lui avait donné Thaxted en douaire, au cas où il viendrait à mourir, c'est moi qui en ai hérité. Oremund devait recevoir à sa mort tous les autres titres et propriétés que possédait mon père.

Brice sentit intuitivement qu'il y avait autre chose. Autre chose de beaucoup plus important, qui pouvait seul expliquer l'acharnement d'Oremund à garder sa sœur prisonnière. Il n'était pas juste guidé par la haine. Elle devait détenir un secret…

Mais avant qu'il ait eu le loisir de poser une nouvelle question, l'estomac de Gillian se mit à crier famine.

Elle rougit et se troubla.

— Je… Pardonnez-moi, messire.

Brice se souvint alors qu'elle était descendue dans la grande salle pour prendre son petit déjeuner, et qu'elle n'avait encore rien mangé. Il lui sourit et lui tendit la main.

— C'est à moi de vous demander de m'excuser, madame. Je parle, je parle, et vous avez faim ! Venez. Descendons déjeuner dans la grande salle.

Visiblement, elle était partagée entre accepter sa main

et regagner la pièce hostile, ou rester ici, dans une relative sécurité. Seule, mais sans personne pour l'insulter ni la traîner dans la boue.

— Venez, insista-t-il d'une voix douce. Vous ne risquez rien, si je suis là.

Cette fois, elle prit sa main et se leva.

Il savait ce qu'il devait faire. Quand Giles avait agi ainsi à Taerford, il s'était gaussé de lui, mais, désormais, il comprenait la nécessité d'une déclaration publique.

En la tenant par la main et en la soutenant quand elle trébuchait un peu — à plusieurs reprises, il faillit la prendre dans ses bras —, il descendit l'escalier et fit son entrée dans la grande salle.

Un seul regard lui suffit pour comprendre que ses hommes avaient exécuté ses ordres.

Tous les domestiques qui travaillaient à l'intérieur du logis seigneurial avaient été rassemblés et attendaient son retour. Il n'avait pas besoin de faire une longue déclaration. Quelques mots devraient suffire à mettre les choses au point.

Gillian tenta de lui échapper, mais il l'obligea à rester à côté de lui.

Il se pencha et lui murmura à l'oreille :

— N'ayez pas peur. Je suis là, vous ne risquez rien.

Puis il attendit, pour prendre la parole, qu'Ansel eut annoncé à haute voix son nom et ses titres.

— Messire Eoforwic, que son âme repose en paix, avait épousé Aeldra de Thaxted selon la coutume danoise et lui avait donné Thaxted en douaire. Dans son testament, il a ensuite stipulé que Gillian de Thaxted était l'héritière légitime de sa mère, et qu'à sa mort elle possèderait, en pleine propriété, le château de Thaxted, ainsi que toutes les terres qui en dépendent, tandis que son frère recevrait ses autres titres et propriétés.

Il leva la main, ses doigts entrelacés aux doigts de Gillian, assez haut pour qu'elle soit vue de tous, et poursuivit d'une voix impérieuse.

— Fort de ses droits régaliens, en qualité de roi d'Angleterre couronné à Westminster, le duc de Normandie, Guillaume, m'a nommé moi, Brice Fitzwilliam, baron de Thaxted, et m'a donné lady Gillian en mariage. Mariage qui a été célébré devant témoins et selon les rites de notre Sainte Eglise Catholique, confirmant ainsi qu'elle est la châtelaine légitime de Thaxted, sans que personne ne puisse contester ses droits.

Il s'interrompit et soutint le regard des quelques domestiques qui conservaient une attitude de défi.

— En conséquence, je ne tolérerai aucun manque de respect à son égard, et je punirai sévèrement tous ceux qui oseront lui désobéir ou qui chercheront à monter les autres domestiques contre elle.

Il lâcha la main de Gillian et fit un pas en avant. Il fallait délivrer un message clair et direct à ceux qui l'avaient écouté, ainsi qu'aux hommes et femmes libres qui venaient d'entrer dans la salle, et qui avaient entendu la fin de sa harangue.

— Ceux qui défieront mon autorité subiront un seul et même châtiment : ils seront chassés de Thaxted, et leur famille sera bannie avec eux.

Tous les hommes et femmes qui l'écoutaient retinrent leur souffle, le visage blême. Leur seigneur était leur seul protecteur contre les maraudeurs et les brigands qui infestaient le pays. Et puis, ils dépendaient entièrement de lui pour se nourrir, se loger et se vêtir. Sans lui, ils n'étaient plus rien — de pauvres hères condamnés à mendier, et rejetés de toute part. Pour un serf, être chassé équivalait à une condamnation à mort.

— Oremund n'est plus là, mais je sais que certains d'entre vous continuent d'espérer son retour, et œuvrent dans l'ombre pour le favoriser. Je les préviens : je n'aurai aucune pitié pour les traîtres. Je suis le vassal de Guillaume de Normandie, roi d'Angleterre, et je ferai tout pour anéantir les rebelles qui osent encore contester son autorité et sa couronne.

Avant de terminer sa harangue, il fit un pas en arrière, afin d'être de nouveau à côté de Gillian.

— Un travail considérable nous attend, mais ce travail portera ses fruits, et chacun d'entre vous en profitera, dans la mesure où il obéira avec zèle et loyauté à mes ordres et aux ordres de mes hommes. Je ne cherche pas les conflits, mais si l'on m'y oblige, je les affronte, avec toute la détermination dont je suis capable. Le roi m'a nommé baron de Thaxted, et je défendrai ce château et mes droits jusqu'à la dernière goutte de mon sang. Maintenant, retournez à vos occupations et souvenez-vous de mes paroles.

Il regarda les domestiques quitter la grande salle et vit que les hommes libres s'approchaient de lui ; mais avant de parler à ces derniers, il se tourna vers Gillian, afin de connaître sa réaction.

— Ils ont peur de son retour, messire, dit-elle à voix basse. Il leur a dit clairement qu'il reviendrait, et qu'il punirait sévèrement ceux qui le trahiraient, un peu comme vous venez de le faire.

— Il ne me reprendra pas Thaxted, et il ne vous reprendra pas non plus, affirma Brice. Peu importent ses projets et ce qu'il a pu leur dire. Thaxted m'appartient, vous êtes ma femme, et je ne renoncerai ni à vous ni à mes droits, d'autant plus que j'ai le soutien du roi. S'il parvenait à enrôler assez d'hommes pour venir m'assiéger, l'ost de mes amis et de Guillaume ne tarderait pas à venir à mon secours et à disperser ses forces. Le contrôle de cette région est trop important pour que le roi d'Angleterre l'abandonne à ses ennemis.

Il prit sa main et la porta à ses lèvres. Une légère rougeur envahit les joues de Gillian et elle hocha la tête, confiante dans sa force et dans ses promesses.

Au même instant, son estomac se remit à crier famine, brisant la solennité du moment et le rappelant à ses devoirs les plus élémentaires. La conduisant à une table, il la fit asseoir et ordonna qu'on lui apporte un petit déjeuner copieux. Cette fois-ci, les domestiques lui obéirent avec empressement.

Lucais lui avait dit qu'il était nécessaire de faire comprendre clairement à ses gens qu'il était le maître de Thaxted, et qu'ils devaient respecter leur nouvelle châtelaine et lui obéir comme à lui-même. Cette harangue lui avait semblé le meilleur moyen pour y parvenir. Il n'était pas assez naïf pour croire que cela suffirait à lui garantir la loyauté de ces gens, mais s'il n'était pas intervenu, Gillian n'aurait jamais été en sécurité dans sa propre maison.

Quand les hommes libres, y compris Haefen, l'oncle de Gillian, s'avancèrent vers lui, il leur fit signe de s'asseoir à sa table et commença à négocier avec eux les termes de leur contrat. Gillian n'intervint pas dans la négociation, mais il lui suffit de jeter un coup d'œil vers elle, de temps à autre, pour savoir s'il leur offrait trop ou pas assez. En suivant ses conseils muets, il parvint rapidement à trouver un compromis qui les satisfaisait, tout en étant raisonnable pour sa bourse. Puis il les congédia, en les mettant eux aussi en garde, mais en leur promettant un châtiment plus conforme à leur statut, s'ils venaient à le trahir au profit d'Oremund.

Maintenant, il lui restait encore à obtenir la confiance pleine et entière de sa femme… Accepterait-elle un jour de lui révéler le secret qu'elle détenait, il en était sûr, et qui provoquait l'acharnement d'Oremund ? Ne serait-ce pas trop tard alors pour éviter un affrontement mortel, et la ruine de tous ses rêves de paix et de prospérité ?

Gillian avait dû faire un effort pour ne pas sourire en voyant Brice marchander avec le meunier, le brasseur, le fabricant de chandelles, son oncle le forgeron, et tous les autres hommes libres qui avaient travaillé pour son père. Alors que son frère avait diminué drastiquement leur rémunération quand il avait pris le contrôle du château, sans accepter la moindre négociation, le nouveau maître de Thaxted avait semblé prendre plaisir à marchander. Un marchandage bon enfant — il avait juré de temps à autre, quand il avait estimé leurs exigences excessives, mais il ne s'était pas fâché, et avait fini par trouver un compromis satisfaisant pour les deux parties.

Avant de se retirer, son oncle avait demandé à lui rendre visite, mais, avant de lui répondre, elle avait jeté un regard à son mari, afin de s'assurer qu'il n'y voyait pas d'inconvénient. Il lui avait dit qu'elle n'était pas prisonnière, mais cela ne signifiait pas qu'elle était totalement libre de recevoir qui elle voulait. Il ne s'y était pas opposé, et lui avait seulement recommandé de ne pas trop en faire, pour sa première journée hors de son lit. Au mot « lit », les yeux du chevalier s'étaient mis à briller et, malgré elle, elle avait senti une vague de chaleur l'envahir.

Puis la journée s'était écoulée à toute vitesse. Elle était heureuse d'avoir recouvré sa liberté, et appréciait les efforts de Brice pour contrecarrer les menaces que les projets d'Oremund faisaient peser sur leur sécurité, mais elle ne parvenait pas à chasser complètement sa mélancolie. Quand Brice lui fit savoir qu'il ne serait pas là pour le dîner, elle décida de prendre son repas dans sa chambre. Lorsqu'elle se coucha, il n'était pas encore de retour, mais elle ne put empêcher son corps de vibrer d'impatience à la pensée des plaisirs qu'il lui prodiguerait peut-être, quand il viendrait la rejoindre. Elle avait éprouvé la même excitation lorsqu'il lui avait baisé la main, et chaque fois que son regard s'était posé sur elle ; et son désir n'avait cessé de croître pendant la journée.

Mais la douceur tiède du lit et la fatigue accumulée au fil des heures ne tardèrent pas à avoir raison de ses efforts pour rester éveillée. Bientôt, ses paupières devinrent lourdes et elle sombra dans un sommeil réparateur.

Lucais était satisfait de la harangue que Brice avait faite aux domestiques : ils montrèrent immédiatement plus de zèle à préparer et servir les repas, et la nourriture était meilleure, et plus abondante. Mais Stephen, quant à lui, n'était pas aussi certain du succès de ce discours. Il était persuadé qu'une partie des domestiques ne tarderait pas à faire défection pour retourner, ou tenter de retourner, auprès de celui qu'ils considéraient comme leur véritable maître. Naturellement, ils connaissaient les risques qu'ils encourraient en quittant le château. Les lois féodales étaient très strictes, et Brice avait le droit de capturer et de tuer tous les serfs attachés à son fief qui tenteraient de s'échapper.

Brice les écouta l'un après l'autre, car il avait pris l'habitude de les consulter chaque fois qu'il avait une décision importante à prendre. En l'absence de ses amis les plus proches, il trouvait auprès d'eux le soutien dont il avait besoin. Lucais avait un esprit fin et subtil, tandis que Stephen était plus direct, plus proche des réalités. L'un et l'autre étaient intelligents, et ils se révélaient de bon conseil, aussi bien en matière guerrière que lorsqu'il s'agissait de maintenir la paix entre des soldats ombrageux et des manants saxons qui, souvent, n'acceptaient qu'à contrecœur l'autorité de leurs nouveaux maîtres bretons ou normands.

Et, surtout, il pouvait compter sur leur loyauté.

Aussi, Brice avait-il décidé que Lucais serait le gouverneur de Thaxted — avant même que la vieille forteresse saxonne en pierre et en bois n'ait été remplacée par un vrai château tout en pierre, à la mode normande —, tandis que Stephen commanderait son ost. Ansel serait le lieutenant de Lucais et Richier celui de Stephen. La seule chose qui lui manquait encore, dans l'organisation de son fief, était un intendant, qui prendrait en charge sa maison et les approvisionnements indispensables à la vie d'un château.

Pour ce poste, il avait pensé à Gillian, naturellement, mais après tout ce qui lui était arrivé, il préférait la laisser s'habituer à son nouveau statut d'épouse avant de lui confier la gestion du logis seigneurial. Pourtant, alors que les constructions lui prenaient une grande partie de son temps, et qu'il devait en plus veiller à ce que les champs soient ensemencés et le bétail répertorié, il avait grand besoin de son aide.

En la regardant se diriger vers la forge, depuis son point d'observation favori, en haut de la tour de guet, il se demanda s'il pouvait vraiment lui faire confiance.

Chapitre 14

En entrant dans sa chambre, après avoir envoyé se coucher le garde qui était en faction dans le couloir, Brice réfléchit à la façon dont il pourrait aborder avec Gillian le sujet qui le préoccupait : ses devoirs de châtelaine de Thaxted. Aussi, quand il eut refermé la porte et découvert qu'elle était endormie, il fut à la fois surpris et désappointé.

Il s'approcha du lit, les sourcils froncés.

Devait-il prendre comme un signe de bonne volonté le fait qu'elle n'ait sur elle aucun autre vêtement que sa chemise de nuit ? Ou bien lui signifiait-elle ainsi qu'elle avait seulement envie de dormir ? La façon dont sa main était posée sur la place à côté d'elle était-elle une invitation, ou bien le moyen qu'elle avait trouvé pour lui faire comprendre qu'il était indésirable ?

Décidément, être un homme marié était beaucoup plus difficile qu'il l'avait imaginé. Quand il était célibataire, il ne s'était jamais posé de questions sur la femme qui se trouvait dans son lit ou dans sa chambre à coucher.

Tandis qu'il s'interrogeait, elle rejeta la tête en arrière et remua sous ses couvertures, en proie à un rêve. Heureusement, ce n'était pas l'un de ces horribles cauchemars qui l'avaient fait crier et se tordre de douleur, quand elle avait la fièvre, et il poussa un soupir de soulagement en se disant qu'elle ne souffrait plus. En ce moment, du moins. Elle sourit, même, dans son sommeil. Puis, le rythme de sa respiration devint plus rapide, plus saccadé, comme si elle bougeait au milieu de son rêve.

Il jura en breton.

Elle rêvait qu'elle faisait l'amour.

Elle rêvait aux plaisirs qu'ils avaient partagés sous sa tente, avant la bataille qui l'avait rendu maître de Thaxted.

C'était bien de lui qu'elle rêvait, car elle murmurait son nom, un nom qui résonnait dans le silence de la chambre.

— Brice… Oh ! Brice… Oui…

Un murmure qui fit battre son cœur plus vite et embrasa son corps.

Seigneur Dieu, il avait trop envie d'elle !

Il sentit son membre viril se tendre dans ses braies et eut l'impression qu'un torrent de lave coulait dans ses veines.

Il avait envie de la caresser, de la couvrir de baisers, de sentir son corps souple et doux sous lui, de la pénétrer et d'imprimer sa marque en elle, afin qu'elle lui appartienne à jamais. Il avait eu d'autres expériences, mais avec aucune autre femme il n'avait ressenti ce qu'il ressentait désormais pour Gillian. Jamais il n'aurait imaginé que la femme qu'il avait reçu mission d'épouser comblerait à ce point ses espérances. Jamais auparavant il n'avait osé rêver à un bonheur aussi complet, aussi… idyllique.

Jusqu'au moment où Gillian de Thaxted avait traversé son camp à pied et lui avait raconté une histoire ridicule. Jusqu'au moment où elle avait succombé à ses caresses et s'était abandonnée dans ses bras en gémissant de plaisir.

Son manque d'expérience et son ingénuité avaient achevé de conquérir son cœur. Etait-ce cela, l'amour ?

Cet amour chanté par les trouvères, dans les chansons de geste ?

— Gillian ? murmura-t-il d'une voix rauque.

Il s'assit sur le bord du lit, défit son ceinturon et retira sa tunique. En quelques secondes, ses braies et ses chausses allèrent rejoindre ses autres vêtements sur le plancher. Toujours endormie, Gillian bougea la main et effleura sa cuisse au passage. Un contact qui, malgré sa brièveté, le fit frissonner jusqu'au plus profond de lui-même.

Devrait-il souffler les chandelles, afin de dissimuler l'état d'excitation dans lequel il se trouvait ? En voyant Gillian se passer la langue sur les lèvres, il oublia toutes ses questions et toutes ses belles résolutions. Pour la première fois depuis qu'il avait quitté l'adolescence pour entrer dans l'âge d'homme, il ne parvenait pas à faire ce qui lui avait semblé auparavant une chose toute naturelle — séduire et donner du plaisir à une femme. Maintenant que l'avenir de Gillian et le sien étaient en jeu, il se sentait aussi gauche et maladroit qu'un écolier lors de sa première rencontre amoureuse.

— Gillian ? murmura-t-il de nouveau, après s'être éclairci la voix. Je… je…

Il jura dans son patois breton et maudit sa stupidité.

Gillian battit des cils.

— Messire, j'ai eu une journée longue et fatigante, murmura-t-elle d'une voix douce et encore à moitié endormie.

Il crut d'abord qu'elle allait se refuser à lui, mais, très vite, la lueur qui brillait dans ses yeux le détrompa. Elle avait envie de lui, et s'excusait seulement de s'être endormie avant son retour.

— J'aimerais trouver un peu de réconfort dans les bras de mon mari…

Elle sourit. Un sourire qui n'avait plus rien d'ingénu. Un sourire qui était une invitation non déguisée.

A cet instant, il faillit perdre le contrôle de lui-même. Tout son corps vibrait de désir, mais il était comme paralysé, les yeux fixés sur cette femme qui était désormais la sienne. Il rabattit les couvertures, mais, au lieu de s'allonger à côté d'elle, il s'assit le dos contre la tête du lit. Puis, doucement, en faisant attention à ne pas heurter son épaule blessée, il la prit par la taille et la fit asseoir sur ses genoux. Il avait eu l'intention de lui enlever sa chemise, mais c'était compliqué, avec sa blessure, aussi choisit-il une solution plus radicale. En se déchirant, l'étoffe fine et légère fit un bruit qui résonna agréablement à ses oreilles — un plaisir largement surpassé par la vue de l'opulente poitrine de Gillian. Il écarta les pans de la chemise et l'attira vers lui, jusqu'à ce qu'elle soit à califourchon sur ses genoux.

Il n'aurait su dire si c'était lui ou elle qui avait retenu sa respiration — les deux, peut-être —, lorsque son membre viril avait effleuré l'endroit ô combien sensible à la jonction de ses cuisses, mais, de nouveau, il faillit perdre la maîtrise de lui-même. Cette position offrait les parties les plus intimes de Gillian à ses caresses, et mettait ses seins à portée de sa bouche, ses seins dont les tétons frémissaient d'anticipation. Quand il toucha du bout des doigts l'endroit qui avait hanté ses rêves, elle ferma les yeux et se cambra.

Elle était moite et tiède. Glissant sur les replis de sa féminité, son index pénétra dans le fourreau où il brûlait de se perdre corps et âme. Afin de s'assurer qu'elle ne tombe pas, il prit son bras valide et le posa contre son torse. Puis, il la caressa avec un doigt, puis deux et, enfin, avec toute la main, en frottant de plus en plus vite et de plus en plus fort, jusqu'à ce que son petit bouton se gonfle et jaillisse, rose et palpitant.

Rejetant la tête en arrière, Gillian laissa échapper un gémissement rauque.

— Oh ! Brice... Oui... Oui...

Elle avait l'impression d'être en feu. Elle tenta de ne pas bouger, de ne pas tomber sur lui, de ne pas succomber aux désirs qui embrasaient ses reins, mais, très vite, elle renonça à lutter et s'abandonna aux plaisirs indicibles qu'il faisait naître en elle.

Il la caressa sans merci mais, chaque fois qu'elle approchait du paroxysme, ses mouvements ralentissaient, devenaient apaisants — une véritable torture. Elle réussit à se redresser sur ses cuisses et à se frotter contre son membre, mais il l'arrêta en mettant ses mains sur ses hanches. Quand elle protesta, il rit et prit l'un de ses tétons dans sa bouche. Puis, de nouveau, juste au moment où elle sentit qu'elle allait jouir, il s'arrêta.

Elle le supplia. Elle avait trop envie de jouir, de le sentir en elle, mais il refusa d'aller plus vite. Quand sa bouche se referma sur son autre téton, elle laissa glisser sa main sur son ventre et s'empara de son membre viril. Le grognement qui s'échappa de sa gorge n'aurait pas dû la surprendre. Elle savait que cette partie de son corps était très sensible. Cela lui apprendrait ! Il n'avait qu'à céder à ses supplications et lui donner le plaisir qu'elle lui demandait. Sans prévenir, il souleva ses hanches, plaça son membre sous elle et la laissa redescendre lentement, pénétrant en elle pouce après pouce, avec une lenteur torturante, jusqu'à être enfoncé jusqu'à la garde.

Jamais elle n'aurait cru qu'il puisse s'ajuster aussi bien à elle ! Il était tellement... Comme mû par une force indépendante de sa volonté, son corps se mit à monter et à redescendre. Agrippées à ses hanches, les mains de Brice s'efforçaient de ralentir ses mouvements ; mais, quand sa bouche s'empara de nouveau d'un sein, le suçant et faisant rouler sa langue autour du mamelon, elle faillit défaillir de plaisir.

Finalement, elle le supplia de nouveau.

— Oh ! Brice… Je t'en prie… Fais-moi jouir…

Il sourit, avec le même petit air moqueur qu'il avait déjà eu lors de leurs précédents ébats amoureux.

Si elle croyait qu'il allait la faire monter au paroxysme du plaisir aussi vite, elle se trompait.

Chaque fois, il avait mené leurs ébats d'une façon différente. Chaque fois, il l'avait surprise, en variant ses caresses et ses baisers, jusqu'au moment où son corps se mettait à frissonner de plaisir, ivre de toutes les sensations merveilleuses qu'il faisait jaillir en elle.

Maintenant, elle percevait les signes avant-coureurs de cet indicible paroxysme. Ses reins étaient en feu, le sang battait avec violence dans ses veines, et son ventre se contractait presque douloureusement autour du membre viril de Brice.

Aussi, lorsqu'il la prit par la taille et la renversa doucement sur le lit, interrompant le délicieux va-et-vient, elle poussa un cri de frustration.

— Ah ! Gillian, murmura-t-il, je vais te montrer maintenant ce que j'ai rêvé de faire… Ce que je me suis promis de faire le jour où nous partagerions un vrai lit, souple et moelleux.

Il se leva puis la tira doucement au bord du lit, jusqu'à ce que ses jambes pendent sur le côté, écartées et exposant l'antre de sa féminité à ses regards et à la fraîcheur de la chambre. Quand elle essaya de le couvrir avec sa main, il rit. Un rire rauque qui la fit frissonner jusqu'au plus profond d'elle-même. Mais, au lieu d'enlever sa main, il la guida et fit pénétrer l'un de ses doigts pour la faire… se caresser elle-même !

Redressant la tête, elle le vit s'agenouiller entre ses jambes.

— Que… que voulez-vous faire ? bredouilla-t-elle.

— Montrez-moi où vous avez envie que je vous caresse, Gillian, ordonna-t-il. Montrez-le-moi avec votre doigt.

Jamais elle n'avait imaginé qu'elle pourrait se donner du plaisir en se caressant elle-même ; mais dès que son doigt glissa sur son petit bouton rose, elle ne put réprimer un gémissement.

— Là…, messire…, murmura-t-elle.

— Vous m'aviez promis de m'appeler Brice, Gillian.

— Oui, Brice…

Avant qu'elle ait eu le temps de comprendre ses intentions, il écarta un peu plus ses jambes, les posa sur ses épaules et enfouit son visage entre ses cuisses.

En sentant sa langue s'enrouler autour de son bouton, elle poussa un petit cri.

— Oh oui ! Brice… Oui, c'est trop bon…

Rejetant la tête en arrière, elle se cambra pour mieux accueillir ces caresses… scandaleuses, mais tellement délicieuses. Vague après vague, un plaisir indicible la submergea et, juste au moment où elle allait atteindre le paroxysme tant attendu, il se redressa et la pénétra d'un seul coup de boutoir, qui résonna jusqu'au plus profond de son corps. Sous le choc, elle recula au milieu du lit et il la suivit, en continuant ses coups de boutoir, jusqu'au moment où, parvenue enfin à l'apogée du plaisir, tout son corps se mit à trembler, tandis que ses jambes s'agrippaient aux hanches de Brice.

— Oh… Ohhh… Brice…

Un dernier coup… Un grognement rauque, et elle sentit sa semence se répandre en elle. Il serra les mâchoires et se raidit, comme s'il avait mal, mais elle savait qu'il jouissait lui aussi. Elle était bien, merveilleusement bien… Elle sentait son membre en elle, frémissant et vibrant, tandis que ses muscles internes se contractaient, comme s'ils voulaient le retenir.

Les secondes s'écoulèrent, elle n'aurait su dire combien, puis leurs corps se détendirent et, peu à peu, ils revinrent sur terre. Mais elle sentait toujours son membre en elle, dur et tendu, et chaque mouvement, même infime, la faisait frissonner et lui arrachait de petits gémissements de plaisir. Au lieu de retomber sur elle, il se soutenait avec les bras, et faisait bien attention à ne pas l'écraser de son poids.

Elle le regarda et rougit malgré elle, au souvenir des caresses qu'il lui avait prodiguées. Certaines, en particulier…

— Je… quand vous m'avez… avec votre…

Il se dégagea et s'allongea à côté d'elle.

— Votre… votre bouche…

Elle rougit de nouveau et se dit qu'elle devait lui paraître bien innocente, comparée aux autres femmes avec lesquelles il avait fait l'amour ; mais elle n'aurait jamais pensé qu'une telle chose soit possible et puisse lui donner autant de plaisir.

Il sourit et posa la main sur son ventre. Un geste apaisant, rassurant, après les moments de passion qu'ils venaient de connaître.

— Il y a maintes façons de trouver du plaisir, *ma chérie,* répondit-il d'une voix encore un peu rauque. Et quand ton épaule sera complètement guérie, je ne te ferai pas de quartier, et toutes les nuits tu réclameras grâce.

Une promesse par trop friponne. Malgré elle, elle frissonna, tandis que des images érotiques se bousculaient dans sa tête. Mais pouvait-elle seulement imaginer les caresses auxquelles il faisait allusion ?

Il se glissa hors du lit et lui tendit la main, pour l'aider à s'asseoir. Les draps et les couvertures étaient en désordre, sa chemise déchirée gisait sur le plancher et les chandelles continuaient de brûler. Le bout de ses seins était encore sensible, et elle sentait un tiraillement douloureux à la jonction de ses cuisses. Allait-elle pouvoir dormir ? Elle en doutait. Elle le suivit des yeux pendant qu'il traversait la chambre pour aller remplir un gobelet de bière. Les muscles de ses jambes et de son dos couraient sous sa peau… Il était si beau. Une statue puissante et virile. Il lui tendit le gobelet de bière et, en se penchant vers elle, déposa un petit baiser plein de tendresse sur sa bouche.

Ses lèvres avaient gardé le goût de ses parties intimes. C'était choquant, presque aussi choquant que lorsqu'elle s'était caressée elle-même, mais elle en éprouva une certaine excitation. Elle se passa la langue machinalement sur les lèvres et remarqua qu'elles avaient le même goût, légèrement salé.

— Si vous continuez ainsi, madame, vous allez me trouver de nouveau entre vos jambes, dit-il en regardant fixement sa bouche.

Pendant quelques instants, le temps sembla s'être arrêté et elle se demanda s'il allait réellement mettre sa menace à exécution. Elle frissonna, et son corps se prépara à l'accueillir. Puis il secoua la tête et se servit également un gobelet de bière, tout en marmonnant quelque chose qu'elle ne réussit pas à comprendre.

Après avoir bu sa bière, il se pencha pour ramasser la

chemise de Gillian. Quand il se redressa, il sourit. Un sourire en coin, faussement contrit.

— Pardonnez-moi, Gillian, je n'avais pas l'intention de la déchirer.

Il n'en pensait pas un mot, et elle accepta son excuse dans un éclat de rire.

Roulant la chemise en boule, il la jeta sur le couvercle du coffre où elle serrait ses vêtements.

— Vous ne devriez porter aucun vêtement quand nous couchons ensemble dans le même lit. Me connaissant, je crains de ne pouvoir garantir l'état de votre chemise si vous persistez à en mettre une.

Il préférait la tenir nue dans ses bras, sans la moindre étoffe pour entraver ses caresses. Une vision qui, à elle seule, ravivait ses désirs. Il suffirait qu'elle passe de nouveau sa langue sur ses lèvres ou qu'elle le touche, même du bout des doigts, pour qu'il soit de nouveau prêt à se lancer dans des ébats amoureux.

Comment parvenait-elle à embraser ses sens de cette façon ? Aucune autre femme ne lui avait jamais fait à ce point perdre la tête. Contrairement à ce qu'il avait craint, il n'éprouvait aucune appréhension à l'idée de passer le reste de sa vie dans son lit. Au contraire. Il n'imaginait même pas avoir envie de partager un jour sa couche avec une autre femme, si elle continuait de l'accueillir avec autant d'abandon et de passion.

Une pensée qui ne manqua pas de l'étonner, tandis qu'il mouchait les chandelles et se dirigeait vers le lit.

Jamais il n'aurait cru qu'il pourrait être pleinement comblé en ayant toujours la même femme dans son lit. Les rois et grands seigneurs entretenaient toujours une cohorte de maîtresses et de concubines, en plus d'une ou deux femmes légitimes, même si l'Eglise vitupérait contre des coutumes qu'elle jugeait immorales et païennes. Tous les nobles avaient des maîtresses pour satisfaire leurs besoins physiques, et une femme légitime pour perpétuer leur lignée. Souvent, les paysans eux-mêmes ne se mariaient pas. Le manque de prêtres pour bénir leurs unions les incitait à vivre ensemble et à avoir des enfants librement, sans aucune contrainte, si ce n'est leur amour et leur attachement mutuels.

Tout en aidant Gillian à se recoucher, il réfléchit à la puissance des sentiments qu'il éprouvait pour elle.

Et, en l'aidant à se mettre dans la même position que la nuit précédente, il se rendit compte de deux choses : il n'était pas fatigué, et son membre viril était de nouveau raide et prêt à entrer en action.

Sachant que Gillian était épuisée, il aurait dû résister ; mais, en sentant ses fesses douces et rebondies se frotter contre lui et ses cuisses s'écarter pour l'accueillir, il n'eut pas la force de résister à la tentation.

En la pénétrant par-derrière, à sa demande cette fois-ci, il se souvint des problèmes qu'il s'était promis d'évoquer avec elle. Très vite, pourtant, il fut submergé par la passion qui animait leurs corps, et il oublia ses soucis en découvrant des plaisirs qu'il n'avait jamais espéré pouvoir connaître avec son épouse légitime.

Au temps pour ses belles résolutions ! Ne s'était-il pas juré de ne pas toucher Gillian tant que sa blessure ne serait pas totalement guérie ? Il était comme un étalon en rut, obnubilé par les désirs insatiables qui embrasaient ses reins. Il suffisait qu'elle le regarde, quand il traversait la grande salle ou qu'ils se croisaient dans les couloirs du logis seigneurial, pour qu'il l'entraîne dans leur chambre et lui fasse l'amour, jusqu'à en être tous deux épuisés et hors d'haleine. Si elle lui parlait de sa voix rauque, qu'il trouvait extrêmement érotique, ou évoquait, même de manière fugace, leurs ébats amoureux, ils finissaient invariablement au lit. Et si jamais elle venait à le toucher, même de la façon la plus innocente, cela se terminait par des heures de plaisir — un plaisir dont elle ne semblait, elle non plus, jamais rassasiée.

Une fois, ils avaient failli ne pas parvenir tout habillés dans l'intimité de leur chambre. Une autre fois — un souvenir particulièrement torride — il avait retroussé sa robe quand ils étaient à l'écurie, et l'avait prise contre un bat-flanc, tandis que, de l'autre côté, un étalon saillait une jument en chaleur.

C'était peut-être choquant, scandaleux, même, mais jamais, auparavant, ils n'avaient joui l'un et l'autre avec une telle intensité. Il s'attendait à ce que Gillian finisse par montrer des signes de lassitude, mais, chaque fois, elle se donnait à lui avec la même passion, le même abandon. Il s'était juré de respecter sa demande, si elle se lassait de lui, mais, nuit et jour, elle lui ouvrait ses bras et son corps en souriant, et il priait pour que cela dure toujours.

Elle s'adonnait à l'amour comme une…

— … une chienne en chaleur ? suggéra Lucais.

Brice sursauta et regarda autour de lui, désorienté. Il se rendit compte qu'il avait rêvé de nouveau à haute voix, en plein milieu de la journée. Il avait aperçu Gillian qui traversait la cour et, comme d'habitude, son esprit s'était mis à vagabonder. Des vagabondages par trop érotiques…

Lucais s'esclaffa et lui donna une claque sur l'épaule.

— Je voulais dire que, toi et ta femme, vous vous êtes jetés à corps perdu dans le mariage, expliqua-t-il avec un nouvel éclat de rire. Les femmes de Bretagne et de Normandie doivent pleurer en songeant qu'elles ne verront plus jamais leurs beaux bâtards…

— Oui, acquiesça Brice en s'arrachant à sa rêverie. Quand Simon s'est marié avec Elise, cela a déjà fait un drame, chez ces dames ! ajouta-t-il en riant.

Brice et son ami Giles n'avaient jamais attaché beaucoup d'importance à leur réputation, car, avant leurs mariages, aucune de leurs liaisons n'avait été sérieuse. Naturellement, le troisième bâtard, Soren, était perdu lui aussi pour les belles Normandes et Bretonnes ; il ne serait plus jamais le « beau Soren », le don Juan de ces dames — mais, au moins, il était vivant.

— Nous parlions de… ?

Il avait réellement perdu le fil de leur conversation, même si cela l'ennuyait de l'admettre.

Lucais secoua la tête et éclata de rire.

— Du nombre d'arpents de blé et d'orge que nous devrions semer !

Brice avait pensé qu'il serait toute sa vie un mercenaire, au service d'un seigneur ou d'un autre. Il avait donc consacré tout son temps et toute son énergie à s'entraîner au combat, et ne connaissait rien ou presque au labourage ni aux semailles. Maintenant, cependant, il lui fallait s'en préoccuper sérieusement : si les moissons de ses terres n'étaient pas suffisantes, il aurait beaucoup de peine à maintenir son pouvoir sur son fief. Ce n'était pas aussi excitant que la guerre, mais cela pouvait être beaucoup plus profitable pour sa bourse.

Et puis, surtout, c'était le meilleur moyen de prendre racine, de bâtir une famille, et d'avoir enfin une place dans la société. Baron de Thaxted… Pour cela, il apprendrait ce qu'il était nécessaire de savoir pour tirer le meilleur profit de ses terres — le nombre de labours, les jachères, les céréales qui poussaient le mieux dans la région, ainsi que les plantes potagères, navets, choux et autres, qui permettaient aux manants de passer l'hiver sans mourir de faim. Il lui faudrait aussi évaluer le nombre de vaches, moutons, chèvres, cochons et volailles dont il aurait besoin pour se nourrir et pour nourrir ses hommes qui, eux, contrairement aux serfs, ne se contentaient pas de pain et de soupe.

Heureusement, Lucais avait passé sa jeunesse dans un grand domaine en Anjou, où son père était intendant. Il avait participé maintes fois aux travaux des champs, et ses connaissances lui seraient d'un grand secours.

Quand Giles s'était emparé de Taerford, la plupart des serfs et des vilains étaient restés au village et au château. Brice n'avait pas eu la même chance, car, en partant, Oremund avait tué, chassé ou emmené avec lui les trois quarts des habitants de Thaxted. Il lui fallait donc non seulement rebâtir les bâtiments détruits, mais également trouver des gens pour travailler les terres et s'occuper du bétail.

Lucais continua de lui énumérer les champs qu'il avait visités, leur situation, leur état et les récoltes qu'ils pouvaient raisonnablement envisager ; mais l'attention de Brice était de nouveau accaparée par Gillian, qui retraversait la cour en direction du logis seigneurial. Même si elle était innocemment occupée à bavarder avec Leoma, il savait désormais quelle femme elle était, derrière sa façade de candeur et de pureté. Une femme qui s'était dépouillée de ses inhibitions aussi vite qu'il l'avait dépouillée de ses robes. Une femme qui s'était donnée à lui avec un abandon si total qu'il en avait eu le souffle coupé. Mais, malheureusement, si elle lui avait confié son corps, elle ne lui avait pas encore confié ses secrets.

Il devait reprendre la maîtrise de lui-même et découvrir pourquoi Oremund était obsédé par Thaxted et par sa demi-sœur, alors qu'il possédait d'autres fiefs plus importants dans le nord du pays, non loin des comtés de Mercie et de Northumberland. Et il fallait qu'il le découvre rapidement, car ses espions lui avaient rapporté qu'Edmund Haroldson avait été vu dans la région. Une présence qui n'augurait rien de bon.

Il soupira et secoua la tête, tout en suivant des yeux le balancement des hanches de Gillian.

Il avait passé quinze jours entièrement accaparé par ses ébats amoureux, tandis que les menaces s'accumulaient dangereusement autour d'eux. Trouver Edmund et Oremund était une tâche primordiale, et qui ne souffrait aucun délai. Pour un temps, au moins, il devrait y consacrer tout son temps et toute son énergie.

Sinon, il serait trop tard.

Chapitre 15

Gillian était assise à table. Seule.

A vrai dire, la grande salle était pleine de monde ; mais comme Brice n'était pas là, elle avait l'impression qu'elle était vide. En regardant autour d'elle, elle s'aperçut que plusieurs de ses hommes étaient absents également.

Au cours des deux dernières semaines, leur vie s'était installée dans une routine paisible, aussi satisfaisante pour elle que pour lui. Il lui avait demandé de prendre en charge la supervision des domestiques du château, et elle avait accepté, trop contente d'avoir quelque chose à faire pour occuper ses journées. Il ne savait peut-être pas quelle était la signification et la portée des nouvelles fonctions qu'il lui avait attribuées, mais elle, elle le savait, et les gens d'Oremund qui étaient restés au château le savaient également. Comme il l'avait dit haut et fort dans la grande salle, elle n'était pas une prisonnière, mais la châtelaine de Thaxted, et il avait pleinement confiance en elle.

Désormais, elle devait accomplir les tâches auxquelles sa mère l'avait préparée. Les devoirs dont son père l'avait chargée et que son frère lui avait ôtés étaient de nouveau sous sa responsabilité.

Des devoirs qui incluaient la supervision des repas de son mari.

Il ne lui avait envoyé aucune missive pour lui dire qu'il ne rentrerait pas pour le dîner. Elle l'avait croisé dans la cour et il lui avait juste adressé un signe de tête, avant de monter à cheval. Elle avait levé les yeux vers lui, attendant un sourire ou un clin d'œil complice, comme cela avait été son habitude ces dernières semaines ; mais son visage était resté impassible. Il avait éperonné son étalon et franchi la grande porte du château, accompagné de cinq ou six de ses hommes. Il ne s'était même pas retourné pour lui adresser un dernier regard !

Elle finit son repas, même si elle le trouvait sans saveur, l'esprit accaparé par la conduite de Brice. Après avoir ordonné de garder les plats au chaud pour ceux qui rentreraient tard, elle gravit l'escalier et se retira dans sa chambre, pour attendre le retour de son mari.

C'était peut-être le début de ses règles qui provoquait ce changement d'attitude. Pouvait-il savoir qu'elles avaient commencé ? L'une des servantes le lui avait-elle dit ? N'éprouvait-il plus de désir pour elle, quand elle était dans cet état ? Etait-ce toujours ainsi, entre maris et femmes ?

Elle n'avait aucun souvenir du comportement de ses parents entre eux et, naturellement, ils n'avaient jamais parlé devant elle de leurs ébats amoureux. Et même si le sujet de son mariage avait souvent été évoqué, elle n'avait eu aucune idée de ce qui se passait dans le lit conjugal avant de passer sa première nuit dans les bras de Brice. Oh ! certes, elle avait vu et entendu des choses, et les hommes et femmes de Thaxted ne se privaient pas de faire des commentaires et des plaisanteries souvent fort osés sur leurs exploits amoureux ! Mais avant que Brice ne lui ait fait connaître les plaisirs de la chair, ils étaient restés un mystère pour elle.

Maintenant, elle les connaissait. Et elle avait envie de lui.

La porte de sa chambre refermée derrière elle, elle prit son panier de raccommodage et s'assit à côté d'une table, sur laquelle plusieurs chandelles étaient allumées. Puis, elle prit une tunique déchirée et entreprit de la recoudre.

Etait-ce une mauvaise chose d'avoir autant envie de son mari ?

Elle n'aurait sûrement pas éprouvé le même désir avec Raedan, l'homme que son frère voulait lui faire épouser. Raedan était assez vieux pour être son père — plus vieux, même —, avec un visage rouge brique et des plis autour du cou. Son haleine était pestilentielle et, comme il se lavait fort peu, elle eut la nausée à la seule idée qu'il aurait pu la toucher. Elle frissonna en songeant à ce qui l'aurait attendue dans son lit, et ne parvenait pas à imaginer une seconde qu'elle aurait pu partager avec lui la même intimité que celle qu'elle partageait avec Brice.

Maintenant qu'elle y pensait, Oremund n'avait même pas parlé de mariage. Il avait seulement eu l'intention de la donner à Raedan, pour qu'il use d'elle à sa guise. Maîtresse ou ribaude, peu lui importait le sort qui serait réservé à sa sœur. La missive de Brice, annonçant que le nouveau roi d'Angleterre lui avait donné Thaxted, avait eu pour effet de précipiter les projets d'Oremund. Néanmoins, il ne pouvait pas la livrer à Raedan tant qu'il n'avait pas découvert l'endroit où se trouvait l'or que son père avait caché pour elle. Ses tentatives pour s'échapper avaient ralenti les projets de son demi-frère, et, grâce à Dieu, Brice était arrivé juste à temps, avec son ost, pour la sauver.

Elle ferma les yeux et remercia le ciel de lui avoir

permis d'échapper aux griffes d'Oremund. Même si Brice était un étranger, un envahisseur, le fidèle vassal d'un roi ennemi, il était la meilleure chose qui pouvait leur arriver, à elle et à ses gens. Elle espérait seulement que son brusque changement d'attitude ne signifiait pas qu'il regrettait la décision qu'il avait prise en l'épousant.

— Priez-vous pour son âme ou pour la mienne, ma chère sœur ?

La voix, qu'elle avait entendue maintes fois dans ses cauchemars, avait jailli de la pénombre qui l'entourait. Elle cligna des yeux, mais, avec la lumière des chandelles tout près d'elle, elle avait de la peine à voir dans les recoins sombres de la chambre.

La voix provenait d'un point juste à côté du passage secret.

Oremund s'avança dans le cercle de lumière et s'inclina ironiquement.

— A moins que vous ne priiez pour demander pardon à Dieu de votre désobéissance ?

Gillian regarda vers la porte, prête à crier pour appeler à l'aide. Mais, avant qu'elle en ait eu le loisir, il tira son épée et la pointa vers elle.

— Comment avez-vous découvert ce passage ? demanda-t-elle, les sourcils froncés.

A part elle et son oncle, personne n'en connaissait l'existence.

Il rit. Un rire à moitié étouffé, mais pas moins dangereux pour autant.

— Avez-vous vraiment cru que je ne savais pas comment vous vous échappiez de votre chambre ? L'un de vos fidèles serviteurs m'en a vendu le secret. La loyauté est souvent très surestimée, vous savez.

Son oncle ne le lui aurait jamais révélé. Jamais. Elle avait donc été trahie par quelqu'un d'autre dans le château.

— Vos disparitions inexpliquées étaient très commodes, ajouta-t-il d'une voix mauvaise. Elles m'ont permis de faire croire à tout le monde que vous étiez une sorcière, comme votre mère.

— Je ne suis pas une sorcière, Oremund, et vous le savez très bien.

— Peut-être, mais, comme votre mère, vous êtes une putain. Je peux même encore sentir son odeur sur vous.

Il renifla d'une façon vulgaire et méprisante.

— Et vous l'avez ensorcelé, avec vos artifices de ribaude.

Elle se leva et, avec une énergie dont elle ne se serait pas crue capable, elle se précipita vers lui, levant la main pour le gifler ; mais il fut plus rapide qu'elle et saisit sa main avant qu'elle ait pu le toucher. Elle tenta de se dégager, mais il était bien trop fort.

— C'est mon mari, objecta-t-elle.

— Un bâtard qui sera bientôt mort et enterré, ainsi que tous ceux qui ont osé contrecarrer mes plans, ma chère Gillian. Et je suis sûr que Raedan lui sera reconnaissant de vous avoir appris à satisfaire les fantasmes des hommes. C'est un débauché et, comme tous les débauchés, il a des goûts assez raffinés. Vous lui plairez beaucoup plus maintenant que vous êtes dessalée.

Elle eut un haut-le-corps et tenta de nouveau de se dégager. Sans plus de succès.

— Les pucelles sont tellement ennuyeuses ! Rien ne vaut une ribaude…

Cette fois-ci, il la lâcha, et elle trébucha en arrière.

— Que voulez-vous de moi, Oremund ?

— Je veux ce que je n'ai cessé de vous réclamer. L'or que votre putain de mère a volé et qui devrait m'appartenir.

Gillian se frotta le poignet et secoua la tête.

— Il faisait partie de la donation que notre père lui a faite, le jour de leur mariage.

En le voyant lever la main, elle recula d'un pas, mais reprit d'un ton assuré :

— Je sais que vous refusez de le croire, mais ils se sont mariés devant un prêtre, et elle était sa femme légitime quand elle est morte.

Il s'avança vers elle, la saisit par les revers de son corsage et la tira vers lui, le visage rouge et les yeux étincelants de fureur.

— Cette maudite putain a arraché mon père à son épouse légitime, et m'a dépouillé de mon héritage. Maintenant, si vous tenez à votre vie et à celle du bâtard avec qui vous vous roulez dans la débauche, vous allez me dire où il se trouve.

Si elle avait appris une chose avec son demi-frère, c'était de ne jamais essayer de discuter avec lui, quand il n'était plus maître de lui-même. Cela ne donnait jamais rien de bon, et elle en avait déjà sans doute beaucoup trop dit.

— Ne croyez-vous pas que je vous l'aurais déjà dit, si je le savais ? répondit-elle d'une voix calme. Quand vous m'avez battue et privée d'eau et de nourriture ? Quand vous avez torturé et égorgé mes domestiques devant moi ? Quand vous avez forcé mon oncle à vous regarder torturer et tuer ma tante pour l'obliger à vous le révéler ? Si je l'avais su, Oremund, je vous l'aurais dit, afin de les sauver. Tout l'or du monde ne vaut pas le prix que vous nous avez fait payer, à eux et à moi.

Oremund la lâcha et fit un pas en arrière.

— Dites-moi où il est, Gillian, et je ne remettrai plus jamais les pieds dans ce trou perdu que vous avez l'air de tellement apprécier.

Il s'interrompit et inspira profondément avant de poursuivre.

— Dites-le-moi et je laisserai même la vie sauve à votre bâtard. Vous pourrez vous rouler avec lui dans son lit autant que vous le voudrez. Je n'en ai cure.

Elle s'apprêtait à lui répéter qu'elle ne connaissait pas l'endroit où était caché l'or quand des bruits de sabots résonnèrent dans la cour. Si elle en jugeait aux cris et aux ordres qui parvenaient jusqu'à elle, Brice était de retour.

— Vous avez eu votre part, Oremund. Notre père ne vous a pas déshérité — il vous a laissé ses titres, ses fiefs dans le nord, et tout ce qu'il possédait là-bas.

Elle soupira et secoua la tête.

— Je n'ai aucune idée de l'endroit où se trouve l'or que vous cherchez — s'il a jamais existé. Notre père m'a dit qu'il l'avait confié à ma mère, avec mission de l'utiliser seulement en cas de nécessité absolue. Il ne m'en a jamais plus parlé après sa mort, et ne m'a pas révélé l'endroit où il l'avait caché.

— Il existe, Gillian. Il existe et il m'appartient ! Je le trouverai !

Elle haussa les épaules.

— Il a peut-être existé, mais, aussi bien, il a pu être dépensé par notre père pour payer et équiper son ost, quand Harold l'a appelé pour aller combattre les Danois dans le nord et les Normands dans le sud.

Elle lui avait déjà proposé maintes fois cette explication, mais il n'avait jamais voulu la croire.

Alors que le bruit des hommes qui revenaient au logis seigneurial se rapprochait, Oremund jeta un coup d'œil vers la porte du couloir et l'entrée du passage secret, comme s'il estimait le temps dont il aurait besoin pour s'échapper.

Puis il se tourna vers elle, le visage buté et incrédule.

— Il n'aurait pas laissé sa putain et sa fille bâtarde dans ce château pourri, s'il n'y avait pas eu un trésor pour les entretenir. Vous le savez aussi bien que moi. Trouvez cet or et rendez-le moi, sinon vous en pâtirez, je vous le promets.

Après cette ultime menace, il recula et disparut dans la pénombre du passage secret. Il venait à peine de le refermer sur lui quand Gillian entendit le pas de Brice dans le couloir.

Comment pouvait-elle maintenant ne pas révéler à son mari où se trouvait l'entrée du passage secret ? Regardant fixement le mur dans lequel il avait été creusé, elle se rendit compte qu'Oremund et ses hommes pouvaient entrer et sortir du château quand ils en avaient envie. Elle ne savait pas comment ils s'introduisaient à l'intérieur de l'enceinte, mais si son frère connaissait les passages secrets de son père, il pouvait aussi en avoir fait creuser d'autres, connus de lui seul…

Elle respira plusieurs fois lentement, afin d'apaiser son angoisse et d'accueillir Brice avec calme. Elle avait dit la vérité à Oremund. Son père lui avait promis cet or, qui aurait dû constituer le douaire de sa femme, mais elle ne l'avait jamais vu. Si sa mère l'avait caché, le secret s'était perdu avec sa mort, car son père ne lui en avait plus jamais reparlé. Et maintenant, s'il venait à être retrouvé, il appartiendrait à son mari, comme tous les autres biens qu'elle avait possédés avant son mariage. La loi féodale était ainsi faite, et elle ne pouvait rien y changer.

S'il venait à être retrouvé…

Un petit coup discret frappé à sa porte lui annonça l'arrivée du chevalier, et elle se tourna vers lui.

*
* *

Depuis qu'il s'était rendu compte que son désir pour sa femme l'empêchait d'accomplir convenablement les missions qui lui avaient été confiées, Brice était d'une humeur morose, et sa journée avait été un véritable calvaire. Il n'avait cessé de penser à elle, pendant qu'il travaillait et s'entraînait avec ses hommes dans la cour, puis quand il était parti patrouiller dans la forêt, accompagné par Stephen et cinq de ses hommes.

Cela avait été le pire moment de la journée. Il avait vu dans ses yeux qu'elle attendait quelque chose, mais il était passé devant elle sans dire un mot. Stephen et ses hommes l'avaient saluée joyeusement avant de le suivre, mais pas lui, car il craignait que sa résolution ne s'effondre.

Puis, plus tard, tandis que la pluie s'abattait sur eux et qu'ils parcouraient la forêt en cherchant les endroits propices où mettre des gardes en faction pour repérer les mouvements des bandes rebelles, il n'avait cessé de penser à elle.

Maintenant, alors qu'il montait l'escalier, s'efforçant de ne pas courir et de maîtriser les pulsions de son corps, il avait l'impression que cela faisait un siècle qu'il n'avait pas été près d'elle. Après avoir frappé, il ouvrit la porte.

Il y avait quelque chose qui la tourmentait. Il le vit immédiatement dans ses yeux, dans la pâleur de son visage et dans la façon dont elle se tenait. Il referma la porte et avança lentement vers elle.

— Vous allez bien, Gillian ? demanda-t-il en scrutant son visage.

Etait-elle malade ? Avait-elle de la fièvre ? Il leva la main et lui toucha la joue. Elle frissonna.

— Vous allez bien ? répéta-t-il, en voyant qu'elle ne répondait pas.

— Je suis fatiguée, messire, murmura-t-elle. Simplement fatiguée.

Son attitude l'avait-elle choquée ? Etait-ce sa façon de lui montrer son déplaisir ? Etait-ce la façon dont une épouse réagissait, quand elle désapprouvait quelque chose ?

— Messire ? Vous voilà bien solennelle, madame.

— Mes règles ont commencé ce matin, ajouta-t-elle sans oser croiser son regard.

Il fit un pas en arrière, en se demandant ce que cela changeait pour eux.

— Avez-vous mal ? Voulez-vous que je demande à Leoma de vous apporter une potion, pour calmer vos douleurs ?

Elle fit signe que non, sans avoir le courage de le regarder, et se dirigea vers le lit.

— Non, je pense que j'ai seulement besoin de me reposer.

— Alors, reposez-vous, Gillian. Vous n'aviez pas besoin d'attendre mon retour, vous savez.

Elle grimaça, et il se demanda s'il l'avait blessée d'une façon ou d'une autre. Mais, en baissant les yeux, il vit qu'elle se tenait le poignet. Il lui prit le bras et, soulevant sa main, vit une tache bleuâtre sur sa peau fine.

— Vous vous êtes fait mal au poignet ? Comment est-ce arrivé ?

Elle retira sa main et la posa nerveusement contre sa poitrine.

— J'ai trébuché, messire. J'ai posé la main pour me rattraper et, ce faisant, mon poignet a heurté un coin de la table.

De pire en pire. Il était sûr désormais qu'il l'avait

blessée par sa froideur ; mais en plus, maintenant, elle lui mentait.

Il lui avait suffi d'un coup d'œil sur son poignet pour y repérer la marque d'une main. L'ecchymose avait été provoquée par une poigne solide et brutale. Quelqu'un — un homme, sans doute —, avait eu le front de poser la main sur sa femme. Il était sûr que c'était Oremund. Mais comment celui-ci avait-il pu s'introduire dans sa chambre sans qu'aucun de ses hommes ne s'en aperçoive ?

Il se retourna et fit un pas vers le mur, mais la voix de Gillian l'arrêta net.

— Je ne me sens pas bien. Si vous voulez bien m'y autoriser, j'aimerais me coucher.

Il s'agissait d'une diversion, il le savait, mais il hocha la tête, le cœur lourd et en proie à des soupçons de plus en plus précis.

— Vous avez besoin d'aide ?

— Non, messire. J'ai seulement besoin de me reposer.

Il se tint debout près de la porte, n'osant faire un pas vers elle et la supplier de lui dire la vérité. Elle défit son surcot et le retira, tout en s'approchant du lit. Mais au lieu de lui tourner le dos et de lui demander son aide pour défaire le haut de sa robe, elle monta dans le lit en ménageant son poignet blessé.

— Je peux vous aider à retirer votre robe, proposa-t-il.

— Non, messire, refusa-t-elle en secouant la tête. J'ai froid. Je préfère la garder.

Parce que vous ne serez pas à côté de moi pour me réchauffer.

Elle n'avait pas prononcé ces mots, mais il les devina. Il ne serait pas le bienvenu dans son lit. Entre les « messire » dont elle le gratifiait et ce refus, il savait qu'il dormirait seul, cette nuit. Mais il y avait plus grave. Quand elle avait eu la possibilité de lui expliquer ce qui lui était arrivé, elle avait préféré lui mentir.

— Dormez bien, alors, madame, dit-il tandis qu'elle s'installait au milieu du lit.

En lui tournant le dos.

Ce ne fut que plus tard, alors qu'il était dans la grande salle, au milieu de ses hommes, qui mangeaient et plaisantaient bruyamment, qu'il se rendit compte que ce n'était pas le fait de devoir dormir seul après un mois seulement de mariage qui le tourmentait le plus.

Quelque chose s'était passé dans cette chambre. Quelqu'un lui avait fait mal. Mais elle n'avait pas assez confiance en lui pour le lui dire.

Après avoir dîné et s'être attardé encore un peu, il quitta la grande salle et se retira dans la chambre où il avait dormi la première semaine, à son arrivée à Thaxted. Elle était froide, sombre, et il n'y avait aucun souvenir agréable. Il se tourna et se retourna dans le grand lit vide pendant plusieurs heures, avant de se rendre compte qu'il ne pourrait pas dormir sans sa femme. Finalement, il y renonça, se leva, sortit dans le couloir et se dirigea sans bruit vers la chambre de Gillian. Leur chambre…

Il entra doucement et s'approcha du lit. Elle dormait. Il la regarda pendant quelques instants, et sourit en l'entendant se disputer avec quelqu'un dans son sommeil. Ce n'était pas la première fois qu'elle parlait en dormant, et il l'avait souvent écoutée, mais sans jamais parvenir à comprendre ce qu'elle disait. Grâce à Dieu, ce n'était pas l'un de ces effroyables cauchemars qui avaient hanté ses nuits, quand elle délirait, et quand aucune parole ou caresse ne parvenait à l'apaiser et à la persuader qu'elle n'allait pas mourir, battue et torturée par Oremund.

Soudain, elle se retourna et tendit la main, comme si

elle cherchait quelque chose. Elle n'était plus au milieu du lit, mais sur le côté, contre le mur, ce qui lui laissait suffisamment de place pour se coucher. N'ayant pas envie de dormir seul, il décida de considérer son geste comme une invitation. Il se déshabilla rapidement et se glissa à côté d'elle. Aussitôt, pour son plus grand bonheur, elle se blottit dans ses bras. Quand elle dormait, au moins, elle avait confiance en lui.

Tout en la serrant contre lui, il l'écouta vitupérer contre quelqu'un qu'il supposa être Oremund. Il comprenait les raisons pour lesquelles elle avait tant de mal à avoir pleinement confiance en quelqu'un, et surtout en lui. Tous ceux qui auraient dû la protéger avaient failli à leur devoir, et elle avait dû se résigner à fuir pour échapper aux mauvais traitements et aux projets odieux de son frère.

En mourant, sa mère et son père l'avaient laissée sans défense contre les machinations d'Oremund. La mort de sa femme avait sans doute brisé le cœur du vieux baron, et, accablé par la douleur, il n'avait pas songé à prendre les dispositions nécessaires pour assurer la sécurité de sa fille — notamment quand Oremund avait fait défection et soutenu les ennemis héréditaires d'Eoforwic, dans le nord du pays.

Un mari l'aurait protégée. Mais il n'avait pas eu le temps — ou le courage — de lui chercher un parti convenable, suffisamment puissant pour contrecarrer les visées néfastes d'Oremund.

Mais, surtout, c'était vis-à-vis de son fils qu'Eoforwic avait commis l'erreur la plus grave. Brice n'ignorait pas qu'il avait eu ses raisons pour agir ainsi ; mais en l'exilant avec sa mère, il avait nourri ses ressentiments et sa haine pour cette jeune sœur qui lui volait son père — une bâtarde, qu'il rejetait et qu'il jugeait n'avoir aucun droit sur l'héritage d'Eoforwic.

Il avait même failli la tuer.

Failli, seulement.

A cette pensée, il sourit et déposa un baiser sur les cheveux de Gillian. Il était arrivé juste à temps pour la sauver, et ne doutait pas de pouvoir mettre en échec les projets d'Oremund, quels qu'ils soient.

Mais, d'abord, il fallait qu'elle apprenne à lui faire confiance.

Il savait comment l'y encourager et, dès le lendemain, il lui montrerait qu'elle pouvait compter sur lui. Dorénavant, il la soutiendrait et la défendrait contre les manigances de ses ennemis — tout comme Giles et Soren, les deux autres bâtards bretons, toujours là pour couvrir ses arrières et voler à son secours, en cas de nécessité.

Sa décision prise, il ferma les yeux et commença à se laisser envahir par le sommeil.

— Brice ? murmura-t-elle dans un soupir.

— Je suis là, répondit-il à voix basse. Je n'ai pas eu envie de dormir seul.

— J'en suis heureuse, dit-elle en se blottissant dans ses bras. Heureuse…

Il s'endormit alors profondément et se réveilla, au matin, bien décidé à gagner la confiance de sa femme. Quand la manche de sa robe glissa un peu, et qu'il vit la marque des doigts d'un homme sur son poignet, il sut qu'il n'avait plus beaucoup de temps pour y parvenir.

Chapitre 16

— Venez avec moi.

Gillian était occupée à trier des tissus qu'elle avait découverts dans un coffre. Levant les yeux, elle vit que son mari la regardait avec une ardeur qu'elle commençait à bien connaître. Les femmes qui travaillaient avec elle baissèrent la tête, mais pas assez vite pour qu'elle n'ait pas le temps d'apercevoir leurs sourires entendus.

— Ne vous inquiétez pas, madame, dit Leoma. Nous pouvons continuer ce travail sans vous jusqu'à votre retour.

Elle se leva et, prenant la main de Brice, le laissa l'emmener là où il en avait envie. Mais, au lieu de se diriger vers leur chambre à coucher, il traversa la grande salle et sortit dans la cour.

Il marchait avec une lenteur délibérée, afin qu'elle puisse le suivre sans être obligée de courir. Quand il était pressé, elle l'avait vu maintes fois traverser la cour à grandes enjambées, et sa sollicitude lui réchauffa le cœur.

Bientôt, ils parvinrent à la porte de la tour de guet, et il la fit passer devant lui pour gravir l'escalier en colimaçon. Parvenu au sommet, il ouvrit la lourde porte de chêne, qui donnait accès à une terrasse depuis laquelle on pouvait surveiller les alentours du château sur plusieurs lieues à la ronde.

Après avoir congédié le garde, il emmena la jeune femme près du parapet.

— J'envisage d'agrandir l'enceinte de Thaxted, et j'aimerais votre avis sur cette décision, dit-il en déroulant un parchemin.

Gillian sut immédiatement que son projet ne se limitait pas à une simple remise en état des murailles, car celle-ci avait déjà eu lieu, dans les quinze jours qui avaient suivi son arrivée. Elle sourit en examinant les plans qu'il lui présentait. Son père avait parlé à plusieurs reprises, lui aussi, d'une deuxième enceinte. Une enceinte qui engloberait les masures des hommes libres, et à l'abri de laquelle on pourrait bâtir des écuries plus vastes, ainsi que d'autres bâtiments — granges, greniers à foin et entrepôts — et qui, en cas de siège, permettrait à la garnison de tenir beaucoup plus longtemps.

— Vous voudriez bâtir ce nouveau mur là-bas, n'est-ce pas ? dit-elle en traçant une ligne imaginaire avec son doigt.

— Oui. Une muraille en pierre, à la mode normande, avec des tours à intervalles réguliers et un fossé profond, rempli d'eau. Ainsi, si vous le désirez, vous pourrez avoir un jardin, pour y faire pousser ce dont vous avez envie. Par exemple, des…

Il s'interrompit et fronça les sourcils, comme s'il cherchait quelles plantes elle pourrait avoir envie de cultiver.

Puis, au bout de quelques instants, il secoua la tête.

— J'avoue ne pas trop savoir ce que les dames font pousser dans leurs jardins !

Il rit. Un rire un peu embarrassé.

— Ne vous êtes-vous jamais promené dans un jardin ? s'enquit-elle d'un air étonné.

— Si, bien sûr. Mais…

Il ne finit pas sa phrase. Avait-il rougi ? Elle l'aurait

juré. Visiblement, quand il s'était promené dans le jardin d'une dame, il n'avait pas songé à poser de questions sur les plantes que l'on y cultivait. Sans doute avait-il d'autres idées en tête…

— Qu'y avez-vous vu, alors ? ne put-elle s'empêcher de demander.

— La lumière argentée de la lune. Une belle femme. Son mari, rouge de fureur… Finalement, un jardin n'est peut-être pas indispensable.

— J'aimerais bien avoir un jardin. Avec des fleurs, des plantes médicinales et quelques arbres fruitiers. Là-bas, par exemple, ajouta-t-elle en pointant le doigt vers un endroit bien exposé, au sud et à l'est, qui profitait au maximum de l'ensoleillement du matin.

— Bien, alors vous aurez votre jardin, acquiesça-t-il en souriant.

Ils passèrent l'heure suivante à discuter de ses plans et à les modifier, pour tenir compte de ses suggestions. Parfois, il n'était pas d'accord et le disait franchement. Il lui arriva même de jurer dans son patois breton, quand elle essayait, à coups d'arguments, de le ranger à son avis ; mais il écoutait toujours ses conseils avec attention, et ne les repoussait jamais sans une raison majeure.

Lucais et Stephen les rejoignirent et lui donnèrent également leur avis, pour renforcer les points faibles des murailles et édifier des redoutes permettant d'attaquer leurs ennemis, s'ils tentaient d'escalader les murs ou de creuser des sapes. Ce ne fut que plus tard qu'elle se rendit compte qu'ils s'attendaient à des attaques, et qu'ils avaient déjà effectué d'importants travaux en vue de repousser des assaillants éventuels. Des travaux que, jusqu'ici, elle n'avait pas remarqués.

Lorsqu'ils eurent terminé, la matinée était déjà bien avancée. Gillian se sentait heureuse et satisfaite d'avoir réfléchi avec eux à l'avenir de Thaxted.

Jamais son frère n'aurait pris la peine de discuter avec elle de ses projets. S'il en avait eu.

Malgré le malentendu qui les avait éloignés l'un de l'autre la veille, son mari était venu la chercher pour les lui montrer. Et, non content de les lui montrer, il l'avait écoutée, et avait accepté une partie de ses modifications.

Ainsi, il lui avait signifié clairement, et cela devant ses hommes, qu'il respectait son opinion.

— Pourquoi avez-vous fait cela ? demanda-t-elle, après le départ de Stephen et de Lucais.

— Je pense que vous avez été trop longtemps seule, obligée de compter uniquement sur vous-même, obligée de dissimuler votre intelligence et de fuir quand la situation devenait trop dangereuse. Pendant des années, vous n'avez eu personne pour vous soutenir, personne sur qui compter.

Il sourit et lui prit la main.

— Moi, j'ai eu la chance d'avoir des amis fidèles, qui ont toujours été là pour surveiller mes arrières, au combat comme dans la vie. Ils m'ont conseillé, empêché de faire trop de bêtises et, surtout, ils ont pris la précaution de me traîner dans des endroits où je ne risquais rien, quand j'avais trop bu et que je n'étais pas en état de rejoindre mon lit.

Elle rit, brûlant de connaître les « bâtards » qui avaient joué un rôle tellement important dans la vie de son mari.

— J'ai été élevé également par un homme plein de

sagesse et de bon sens, poursuivit-il. J'entends encore ce qu'il nous disait…

Il s'interrompit et regarda dans le vide, comme s'il était plongé dans ses souvenirs.

Messire Gautier avait recueilli les trois fils bâtards de seigneurs bretons et les avait élevés avec son propre fils. Gillian connaissait déjà cette partie de la vie de Brice, car d'autres la lui avaient racontée.

— J'ai toujours pensé que je n'avais pas de famille, mais maintenant, en considérant le rôle qu'ils ont joué dans ma vie, je me rends compte que j'en ai une, et qu'elle m'a peut-être plus soutenu encore que ne l'aurait fait une vraie famille.

En voyant l'émotion qui émanait de son regard, Gillian sentit des larmes lui envahir les yeux.

— Maintenant, j'ai envie d'avoir ma propre famille. Avec vous, Gillian. Et avec des enfants, si le ciel veut bien nous en accorder.

Il leva sa main et y déposa un baiser.

— Je désire vous montrer que vous pouvez avoir confiance dans les autres. Jusqu'à présent, vous n'avez simplement pas eu la chance de rencontrer des gens qui en étaient dignes. Je veux que vous preniez part à tous mes projets, que vous soyez présente pendant que je bâtis un avenir, notre avenir.

Elle avait envie d'accepter son offre. Son cœur en avait envie autant que son corps. Mais elle n'était pas encore prête à s'abandonner totalement. Il avait raison. Chaque fois qu'elle avait fait confiance à quelqu'un, elle avait été trahie. Que ce soit par sa faute ou par la faute des autres, elle avait dû sans cesse se défendre, lutter pour survivre. Et maintenant qu'elle avait confiance en elle et en ses capacités, elle avait de la peine à s'en remettre à un autre, et à le laisser prendre une trop grande influence dans sa vie.

Néanmoins, elle en avait envie, car elle le connaissait mieux, et savait quel idéal gouvernait sa vie. Pour la première fois depuis la mort de sa mère et de son père, elle avait envie de se laisser aller, de baisser la garde.

— J'aimerais avoir le temps de vous montrer que vous pouvez compter sur moi, même dans les pires circonstances. Mais je ne l'ai pas. Nous ne l'avons pas. Même si votre frère ne l'avoue pas ouvertement, il est de mèche avec ceux qui cherchent à se rebeller contre le roi. En ce moment même, il recrute des troupes pour Edmund Haroldson. Ce fief, votre cher Thaxted, est situé à la croisée de chemins qu'il est nécessaire de contrôler pour lancer une attaque contre les territoires tenus par les vassaux de Guillaume.

— Thaxted ?

Elle n'était jamais allée au-delà des limites du fief de son père, et n'avait donc aucune idée de son importance stratégique. Un trou perdu, comme l'avait appelé Oremund.

— Edmund est allé chercher des alliés au Pays de Galles et, même si les comtes du nord et Edgar l'Atheling sont en Normandie, avec Guillaume, leurs espions et ceux qui soutiennent leur cause œuvrent en secret pour préparer son retour. Votre frère ourdit un complot avec eux.

Maintenant, elle comprenait pourquoi Oremund avait besoin de l'or du douaire de sa mère. Ce n'était pas pour son usage personnel, mais pour se tailler une place au milieu des seigneurs qui avaient formé le projet de rejeter le roi Guillaume à la mer. Elle n'aimait guère ce roi normand, mais elle soupçonnait Oremund de ne vouloir que le pouvoir, à tout prix, et sans se préoccuper des pauvres gens, qui, inévitablement, souffriraient du passage sur leurs terres des hommes d'armes, qu'ils soient normands ou saxons.

— Je dois retourner à mes occupations, maintenant, dit Brice en lui lâchant la main et en faisant un pas en arrière.

— Je réfléchirai à ce que vous m'avez dit, lui promit-elle.

Avant de prendre une décision, elle avait besoin de mettre de l'ordre dans ses pensées. Pour le moment, trop de craintes, de souvenirs et d'émotions fortes se bousculaient dans sa tête et dans son cœur.

Il pivota sur ses talons pour s'éloigner, mais elle le retint en lui saisissant le bras. Avant qu'il s'en aille, elle avait envie de clarifier un peu ce qui s'était passé entre eux, et de lui révéler l'une de ses craintes de jeune épouse. Elle dut faire un effort pour lui poser la question qui la tourmentait.

— Que s'est-il passé hier ? Entre nous ?

En le voyant froncer les sourcils, elle regretta d'avoir posé cette question ; mais elle avait trop envie de savoir et de comprendre.

— N'avez-vous plus envie de moi ?

Sa réaction la surprit et la fit rougir jusqu'à la racine des cheveux. Soulevant sa cotte de mailles, il lui prit la main et la posa sur la partie la plus intime de son corps. En sentant son membre viril dur et raide, elle tenta de dégager sa main, mais il l'en empêcha, afin qu'elle ne puisse ignorer dans quel état il se trouvait.

— Pas envie de vous, Gillian ? Il n'y a pas un seul moment dans la journée où je n'ai pas envie de vous. Vous accaparez toutes mes pensées et je ne rêve qu'à une chose, me perdre dans votre corps et vous faire l'amour jusqu'à ne plus pouvoir parler ni respirer.

C'était elle qui avait de la peine à respirer, maintenant.

Les souvenirs de toutes les merveilleuses caresses qu'il lui avait prodiguées se bousculaient dans sa tête, embrasant ses reins et lui rappelant à quel point, elle aussi, elle avait envie de lui.

Il lui lâcha la main et rabattit sa cotte de mailles.

— Hier, je me suis rendu compte que je n'avais pas seulement envie de votre corps. J'ai envie de bien plus. Connaître vos pensées, partager avec vous les plaisirs de l'esprit, tenter de comprendre, même, ce qu'il y a au fond de votre âme. Etre tout entier à vous et que vous soyez tout entière à moi, corps et âme.

Il sourit. Ce sourire polisson de mauvais garçon qui, chaque fois, lui donnait envie d'enlever ses vêtements et de le supplier de la couvrir de baisers et de caresses.

— Oh ! j'ai envie de cela aussi, dit-il, comme s'il avait lu dans ses pensées. Mais le reste est encore plus important pour moi. Hier, je me suis rendu compte qu'à cet égard, nous n'étions guère plus avancés que lorsque je vous ai rencontrée, sur la route du monastère.

Il se pencha, et, s'emparant de ses lèvres, il l'embrassa avec la même passion que la dernière fois qu'ils avaient fait l'amour. Son désir pour elle était toujours aussi fort. Il attendait seulement d'être ravivé, à l'instar d'un feu que l'on a recouvert de cendre pour la nuit.

— J'attends seulement que vous me disiez que vous êtes… prête. Ensuite, vous verrez que j'ai toujours autant envie de vous.

Elle laissa échapper un soupir de soulagement et tenta de calmer les battements désordonnés de son cœur.

Il secoua la tête et, pivotant sur les talons, se dirigea vers l'escalier. Gillian le regarda s'éloigner, en se disant qu'elle allait profiter encore pendant quelques minutes du grand air, avant de retourner à son travail. Mais, quand elle vit Brice surgir dans la cour, au bas de l'escalier, elle sut qu'elle devait lui faire confiance.

Elle l'appela.

— Brice !

Puis, comme il semblait ne pas l'avoir entendue, elle l'appela de nouveau, en criant plus fort, cette fois-ci.

— Brice, attendez-moi !

Sans attendre sa réponse, elle se précipita dans l'escalier et descendit les marches à toute allure, afin de le rattraper. En bas de la tour, elle faillit heurter deux gardes qui montaient faire le guet. Elle était hors d'haleine. Brice la reçut dans ses bras et attendit qu'elle soit en état de parler.

— Il… il était ici la nuit dernière, Brice, bredouilla-t-elle quand elle eut repris son souffle. Oremund. Pardonnez-moi de ne pas vous en avoir parlé.

— Etait-il seul ? Quand est-il venu ? Où ?

Les questions de Brice se succédèrent. Il se retourna pour lancer un ordre à Stephen et Lucais, puis attendit qu'elle lui réponde.

— Je ne sais pas s'il était seul. Il était dans ma chambre quand j'y suis montée pour vous y attendre, après le dîner. Il est reparti quand vous êtes rentré au château avec vos hommes.

Il l'attira contre lui et la serra dans ses bras. En lui disant la vérité, elle avait fait un grand pas vers lui. Un pas dont elle n'imaginait sans doute même pas la portée. Mais, maintenant, il avait besoin qu'elle lui raconte tout, sans rien omettre.

— Où conduit ce passage secret ? demanda-t-il en desserrant son étreinte.

— Il va de ma chambre jusqu'à la forge.

Le forgeron de nouveau. Son oncle. Se pouvait-il qu'il soit de connivence avec Oremund ?

— Venez. Il faut que je parle à votre oncle.

Ils traversèrent la cour en direction du petit bâtiment en pierre et torchis dont Haefen se servait pour exercer son métier de forgeron. Brice remarqua que Gillian avait mis sa main dans la sienne, tandis qu'ils marchaient côte à côte. Elle l'avait peut-être fait machinalement, mais cette marque de confiance le toucha au plus profond du cœur.

Les volets, qui auraient dû être ouverts pour laisser entrer l'air et la lumière, étaient totalement clos. Stephen frappa du poing sur la porte, mais personne ne répondit. D'un coup d'épaule, il enfonça le battant de bois et pénétra dans la forge. Brice resta à l'extérieur, afin de protéger Gillian, si jamais Oremund se tenait à l'intérieur. Quelques instants plus tard, Stephen ressortit.

— Il n'y a personne.

— Fais le tour du château, lui ordonna Brice. Renseigne-toi, et essaie de le trouver.

Tandis qu'il s'éloignait, Brice pénétrait dans la forge avec Gillian.

Il jeta un coup d'œil autour de lui et vit que tout était en ordre. Les outils du forgeron étaient rangés à leur place habituelle, et il n'y avait aucune trace de lutte.

— Où est l'entrée du passage secret ? demanda-t-il en se tournant vers Gillian.

— Là-bas, dans le coin, répondit-elle en le conduisant vers le fond de l'atelier.

Elle le conduisit jusqu'à un renfoncement où, sur un panneau de bois, des outils étaient accrochés. Elle souleva un crochet et tira le panneau vers l'avant. Derrière, une plaque de métal masquait le mur. Elle n'avait pas l'apparence d'une porte, mais, lorsqu'elle eut manœuvré un levier dissimulé dans un coin, la plaque pivota, dévoilant un passage étroit et plongé dans une profonde obscurité.

— Refermez-la, maintenant.

Elle acquiesça, et il la vit manœuvrer un autre levier, dans le coin opposé. Quand la porte fut refermée, elle s'écarta, et il s'approcha pour en examiner le mécanisme. Avant d'être recueilli par messire Gautier, il s'était, pendant un certain temps, acoquiné avec des coupeurs de bourses et autres malandrins, auprès desquels il avait appris le fonctionnement des serrures et, accessoirement, comment les forcer. Une connaissance qui lui avait servi à maintes occasions, et qui avait souvent impressionné ses compagnons.

Après avoir appelé Lucais, il se mit en quête d'une torche et l'alluma aux braises qui rougeoyaient encore sous la cendre de la forge de Haefen.

Puis, ayant ordonné que Gillian soit raccompagnée à sa chambre, il s'engagea dans le passage secret, avec Ernaut pour surveiller ses arrières. L'étroit boyau le mena rapidement au bas de l'escalier en colimaçon qui conduisait à la chambre de Gillian. Mais, avant de s'y engager, il chercha d'autres passages. Il en trouva deux, dissimulés l'un et l'autre dans des renfoncements, et fermés par des plaques métalliques.

Le mécanisme qui permettait de les faire pivoter était chaque fois différent, mais tout aussi ingénieux : même une femme pouvait les manœuvrer, si elle en connaissait le secret. Les passages auxquels ces plaques donnaient accès s'enfonçaient profondément sous la terre et, en y faisant quelques dizaines de pas, il remarqua que des pierres avaient été descellées à plusieurs endroits, puis remises en place. Comme si quelqu'un avait cherché quelque chose… Oui, mais quoi ? Seule Gillian pourrait le lui dire.

Revenant sur ses pas, il gravit l'escalier et parvint à une nouvelle porte métallique. Il avait compté le nombre de marches et, s'il ne s'était pas trompé, il se trouvait de l'autre côté du mur de la chambre de Gillian. Dès qu'il eut trouvé le levier, il le manœuvra, et la plaque pivota, ainsi que le parement de pierre auquel elle était accrochée. Gillian l'attendait, les mains crispées et l'air inquiet.

— Je m'apprêtais à vous ouvrir et à venir à votre rencontre, dit-elle en poussant un soupir de soulagement. Je ne pensais pas qu'il vous faudrait aussi longtemps…

Elle fit un pas de côté pour le laisser passer. Ernaut le suivit, les yeux brillants d'excitation et de curiosité.

Brice tira la porte et la referma, en examinant le mécanisme qui la faisait bouger. Un contrepoids permettait de la déplacer sans effort. Malgré lui, il ne put s'empêcher d'admirer l'ingéniosité de celui qui l'avait conçue et fabriquée.

— C'est votre père qui a fait creuser ce passage ? s'enquit-il en se tournant vers Gillian.

— Oui, peu après ma naissance. L'époque était troublée, et il voulait pouvoir s'échapper avec ma mère et moi, au cas où Thaxted viendrait à être pris d'assaut par un ost ennemi.

Il hocha la tête.

— Une précaution fort sage.

Puis, avant de poursuivre, il congédia Ernaut, après lui avoir ordonné de ne parler du passage secret à personne.

— Saviez-vous que quelqu'un avait récemment descellé des pierres, dans les parois du tunnel ? demanda-t-il quand le jeune écuyer fut sorti.

Elle secoua la tête.

— Non. Quand je l'ai emprunté, je ne me suis jamais arrêtée pour regarder autour de moi.

En la voyant grimacer, il ne put s'empêcher de rire.

— Ce n'est pas un endroit qui donne envie de s'attarder, n'est-ce pas ? Vous aviez une torche ou une chandelle pour vous éclairer, quand vous l'avez emprunté ?

— Je n'ai jamais eu le temps d'en prendre une et de l'allumer.

Bien sûr. Quand elle avait été forcée de l'utiliser, elle craignait pour sa vie, et n'avait pas eu le temps d'observer l'état des murs.

— Votre père vous l'a-t-il fait visiter ?

— Non. Il m'a seulement indiqué le chemin à suivre. Descendre les marches. Tourner à droite. Faire vingt-cinq pas et tourner de nouveau à droite. Il m'a indiqué également où se trouvait le levier et la façon dont il fallait le manœuvrer pour ouvrir la porte.

Ainsi, elle ne connaissait pas l'existence des autres passages secrets. Mais il soupçonnait Oremund de les connaître…

— Pouvez-vous bloquer la porte, afin que personne ne puisse l'ouvrir, depuis l'intérieur du passage ?

— Vous pensez qu'il va revenir ?

Il resta silencieux quelques instants, puis hocha brièvement la tête.

— Ce n'est pas impossible, répondit-il, en jetant un coup d'œil autour de lui.

D'habitude, ce genre de mécanisme était muni d'une clé qui permettait de bloquer le contrepoids, empêchant ainsi l'ouverture de la porte.

— Votre père vous a-t-il donné des clés, à la mort de votre mère ?

Laisser quelque chose bien en vue était souvent le meilleur moyen de le dissimuler.

— Seulement les clés du logis seigneurial, dit-elle en décrochant le trousseau qui était à sa ceinture. Tenez, les voici.

Brice le prit et s'approcha de la fenêtre pour l'examiner. Quatre clés, plus petites que les autres, retinrent son attention. Il examina leur dessin et les retira du trousseau.

— Celles-ci servent à…

Elle s'interrompit, les sourcils froncés.

— Je ne sais pas. Je croyais que vous les aviez ajoutées au trousseau à votre arrivée ici.

— Quand les avez-vous vues pour la première fois ? Avant mon arrivée ?

Un fil après l'autre, il commençait à démêler l'écheveau de toute l'histoire, et à comprendre un peu mieux le rapport entre la présence d'Oremund et la mort d'Eoforwic.

— Réfléchissez bien, Gillian, avant de me répondre.

— Je les ai vues avant que mon père aille rejoindre l'ost du roi Harold. Puis, de nouveau, quand Oremund est venu m'annoncer sa mort. Il avait ces clés et me les a montrées, pour affirmer son autorité sur Thaxted et revendiquer l'héritage de son père.

Brice posa les quatre clés sur la dalle de pierre, devant la cheminée, et sortit sa dague. Puis, il prit l'une des clés, appuya la pointe de sa dague sur une petite encoche au milieu du panneton, et exerça une brusque pression. Comme il l'avait imaginé, la clé se fendit en deux. Il tendit les morceaux à Gillian, en lui recommandant de les garder réunis, et répéta l'opération sur les trois autres clés.

— Comment avez-vous appris à faire une chose pareille ? demanda-t-elle, les sourcils froncés.

En voyant son expression, il rit, sans savoir si elle était fière de lui ou horrifiée.

Quand il eut terminé, il tenta de placer chaque moitié de clé dans un creux, à côté du levier ouvrant la porte. Quand il eut trouvé celle qui convenait, il l'introduisit dans le mécanisme et tenta d'ouvrir la porte. Elle ne bougea pas d'un pouce. Bloquée, comme il l'avait prévu.

Gillian l'avait regardé faire, de plus en plus intriguée.

— Comment avez-vous pu deviner…

Il haussa les épaules.

— Je n'ai pas toujours été le noble baron que vous avez épousé, Gillian.

Elle rit, et il prit plaisir à entendre ce son clair et cristallin, malgré la gravité de la situation.

— Il y a quelques années, quand j'étais une forte tête, pas encore dégrossi par les leçons et les conseils de messire Gautier, j'ai vécu pendant quelques mois avec une bande de tire-goussets. Ce sont eux qui m'ont tout appris sur les serrures. Comment les fabriquer et, plus particulièrement, comment les ouvrir.

En voyant son air incrédule, il sourit.

— J'étais un élève doué et, très rapidement, j'ai dépassé mes maîtres. Pas une porte, pas un coffre ne pouvait me résister.

— Messire Gautier l'a su ?

— Il l'a soupçonné. Si j'avais été pris, j'aurais été pendu, ou j'aurais perdu la main droite. Notre justice n'est pas tendre avec les voleurs. Aussi, lorsqu'il m'a recueilli, il a commencé par m'attacher la main droite derrière le dos, afin que je ne puisse pas m'en servir. Il m'a laissé ainsi pendant trois jours et trois nuits, puis il m'a demandé si c'était ainsi que j'avais envie de vivre.

— Un homme avisé.

— Oui, la leçon a été efficace. Après cela, je n'ai plus jamais commis le moindre larcin. Certes, avoua-t-il, il m'a fallu un peu plus de temps qu'à d'autres pour acquérir le sens de l'honneur et m'habituer aux vertus chevaleresques... Quoi qu'il en soit, je me sers rarement de mes connaissances en serrurerie, mais je ne les ai pas oubliées.

— Qu'avez-vous l'intention de faire de celles-ci ? demanda-t-elle en regardant les autres clés.

— Je n'ai pas envie de bloquer tous les passages secrets. Si je le faisais, vous n'auriez aucun moyen de vous enfuir, en cas de danger.

Elle secoua la tête.

— Non, Brice, dit-elle. Je veux qu'il ne puisse plus jamais entrer ici. Bloquez ce maudit passage. Faites-le boucher, s'il le faut.

Une réaction qui ne lui laissa plus aucun doute sur la sincérité de ses sentiments.

Ils furent interrompus avant qu'il puisse lui expliquer la suite de son plan. Stephen frappa à la porte, et il lui dit d'entrer. Il fut tenté de descendre parler avec lui dans la grande salle, mais Gillian avait le droit de connaître la vérité.

— Tu l'as trouvé, Stephen ?

— Non, messire. Nous n'avons trouvé aucune trace de lui. Mes hommes ont fouillé partout, dans le logis seigneurial et dans les communs. Personne ne se souvient l'avoir vu depuis le dîner et votre retour au château. Il est parti.

— Mon oncle ? questionna Gillian en faisant un pas en avant. Ce n'est pas possible. Il ne peut pas avoir quitté Thaxted.

Brice ne dit rien. Ce n'était pas nécessaire. Sa femme

était peut-être sentimentale, mais elle n'était pas stupide, et elle était capable d'arriver aux mêmes conclusions que lui. Tandis que la vérité commençait à lui apparaître, ses mains se mirent à trembler. Puis son visage devint blême et elle se tourna vers lui, le regard vide et désemparé. Un regard qui lui fit mal.

— Il ne peut pas être parti, répéta-t-elle en secouant la tête.

Son esprit avait deviné la vérité, mais son cœur refusait de l'entendre.

— Il m'a protégée. Il m'a aidée à m'échapper. Jamais…

Elle ne finit pas sa phrase, trop bouleversée pour pouvoir admettre que son oncle ait pu la trahir.

— Continue les recherches, ordonna Brice.

— Il n'est pas là, objecta Stephen.

Brice le congédia d'un signe de tête. C'était son meilleur traqueur. Si Stephen n'avait pas pu le retrouver, il n'y avait aucune chance que Haefen soit encore à Thaxted.

Deux questions seulement restaient en suspens. Jusqu'à quel point le forgeron était impliqué dans les projets d'Oremund ; et quelle récompense il avait reçue, en échange de sa trahison.

Chapitre 17

Les menaces s'amoncelaient au-dessus de leurs têtes.

Gillian le sentait dans son âme et dans son cœur. Pendant quinze jours, elle avait vaqué à ses occupations, en proie à une inquiétude croissante. Elle avait accompli les tâches qui lui avaient été dévolues. Des tâches qui, au début, l'avaient remplie de bonheur, mais qu'elle menait désormais de façon routinière. Ses règles passées, Brice l'avait rejointe dans son lit, mais leurs ébats amoureux étaient gâchés par la trahison de son oncle. Une trahison qui avait laissé une profonde amertume au fond de son cœur.

Les jours passaient, tristes et monotones. Plus rien ne semblait avoir d'importance à ses yeux. C'était comme si sa vie avait perdu toute signification. Si elle continuait encore à vivre, c'était parce qu'elle refoulait ses sentiments et s'efforçait de ne pas penser à la douleur lancinante qui lui taraudait le cœur. Maintenant que son dernier lien avec son père et sa mère était brisé, elle s'était persuadée que plus rien ne pouvait la toucher.

La tension, à l'intérieur du château, était presque palpable, et elle sentait qu'à un moment ou à un autre, elle allait finir par exploser. Les hommes de Brice continuaient de s'entraîner, tout en renforçant les murailles et en espérant que le nouveau mur les mettrait hors de danger. Mais Gillian savait qu'aucun mur ne pouvait résister à un ennemi puissant et déterminé. Un ennemi qui avait ses espions à l'intérieur de Thaxted. La trahison… Elle était partout autour d'elle.

Quand les attaques commencèrent, dans les alentours, Brice fut obligé d'envoyer ses hommes à la poursuite des rebelles, qui pillaient les fermes et incendiaient les champs et les chaumières. Mais quand ils arrivaient sur les lieux, il n'y avait plus rien à faire, si ce n'est enterrer les morts, soigner les blessés et éteindre les incendies.

La tactique d'Oremund était simple, et Gillian la comprit avant Brice, trop occupé à combattre un ennemi invisible, qui frappait où il voulait et disparaissait immédiatement.

La terre brûlée…

Quand il n'y aurait plus rien, la situation de Brice deviendrait intenable.

Alors qu'elle avait perdu tous ceux qui lui étaient chers, son mari était sur le point de tout perdre, lui aussi. S'il ne parvenait pas à tenir Thaxted, il perdrait ses terres, son titre et peut-être même sa vie. Et elle l'avait entendu dire que, s'il échouait, le troisième des bâtards bretons, Soren, ne recevrait jamais le fief qui lui avait été promis.

Mais ce qu'elle craignait le plus, c'était qu'il devienne comme Oremund, si elle lui révélait le reste de son secret. Les hommes étaient capables de tuer pour un trésor. La vue de l'or suffisait à les rendre fous. Elle l'avait vu dans le regard d'Oremund, et elle avait peur de lire un jour la même cupidité dans les yeux de Brice. Une cupidité plus forte que le désir qu'il avait pour elle. Jamais elle ne le supporterait.

Mais, dans la pénombre de la nuit, avant que la tempête ne se déchaîne, elle se rendit compte qu'il y avait autre chose qu'elle risquait de perdre. Blottie dans les bras de Brice — des bras qui n'avaient jamais fléchi, même dans les pires moments —, elle comprit que ce chevalier breton avait réussi à franchir les défenses qu'elle avait érigées autour d'elle et à conquérir son cœur. Si Oremund parvenait à le vaincre et à briser ses rêves, elle ne pourrait jamais se le pardonner.

En le perdant, elle perdrait la seule personne au monde qu'elle aimait. Et si elle l'aimait, elle devait lui faire totalement confiance. Sans restriction.

Ensuite, advienne que pourra…

Au matin, elle se réveilla emplie d'une détermination qui lui avait manqué les semaines précédentes, et elle demanda à le rejoindre quand il s'entretiendrait avec ses hommes, après le petit déjeuner.

Une fois les tables débarrassées et chacun parti vaquer à ses occupations, Brice rassembla ses capitaines dans un coin de la grande salle, hors de portée des oreilles indiscrètes.

— Lady Gillian a demandé à nous parler, déclara-t-il en s'asseyant et en la faisant asseoir à côté de lui.

Les capitaines prirent place autour de la table, silencieux et visiblement intrigués.

— Mon frère croit qu'il y a un coffre rempli de pièces d'or caché quelque part dans Thaxted, dit-elle sans préambule. Et il est persuadé que je sais où il se trouve.

Richier laissa échapper un long sifflement.

— Cela explique beaucoup de choses.

— Ce coffre rempli d'or existe-t-il ? demanda Brice d'une voix calme.

Elle détourna la tête, de peur de voir briller dans ses yeux cette lueur avide dont elle avait si peur.

— Mon père avait promis Thaxted à ma mère, et nous

avait dit qu'il nous laisserait assez d'or pour entretenir le château et subvenir à nos besoins, s'il venait à disparaître. Je n'en sais pas plus. Tout le reste n'est que rumeurs et conjectures.

— Cet or devait faire partie de son douaire, je suppose ? questionna Lucais.

— Oui, acquiesça-t-elle en se tournant vers lui. Il était entendu qu'en échange, elle renoncerait à tous ses autres biens dans le nord. Des biens qui reviendraient de droit à Oremund.

— Et cet or ? Où est-il ? questionna Brice.

Ainsi, ses craintes étaient bien fondées. Elle sut que, si elle croisait son regard, elle y verrait briller une flamme nouvelle. Une flamme qui ne brûlerait plus pour elle, mais pour cet or maudit, qui avait rendu fou Oremund et tant d'autres hommes avant lui. Aussi, elle préféra ne pas tourner les yeux vers lui, même si cela ne suffisait pas à apaiser les souffrances de son cœur.

— Après la mort de ma mère, mon père n'en a plus jamais parlé. Aussi bien, il s'en est servi pour recruter des hommes et les payer, quand il est allé se battre dans le nord contre Tostig et Hardadra. A moins qu'il ne l'ait donné au roi Harold…

Elle haussa les épaules.

— Je ne sais pas.

— Oremund croit que cet or existe, et il est persuadé que vous savez où il se trouve…, fit Brice d'une voix pensive.

Tous ses hommes tournèrent les yeux vers lui et il haussa les épaules.

— C'est la raison pour laquelle il vous a gardée vivante, Gillian. La raison pour laquelle il a tué tous ceux qui étaient autour de vous — afin de vous arracher votre secret. Et la raison pour laquelle il vous a battue et privée de nourriture, aussi, poursuivit-il d'une voix douce et pleine de compassion.

Ses hommes retinrent leur souffle et marmonnèrent des injures entre leurs dents. Des injures qui, visiblement, étaient destinées à Oremund. C'était surprenant de voir ces hommes d'armes massifs et brutaux émus par les traitements odieux que son frère lui avait infligés. Tous les seigneurs saxons qu'elle connaissait n'hésitaient pas à recourir à la torture, quand ils voulaient obtenir un aveu ou un renseignement. C'était monnaie courante, et personne ne s'en indignait.

Elle leva les yeux vers Brice.

— Il croit toujours que l'or est ici. Il en a besoin, et il est prêt à tout pour le trouver et s'en emparer.

— Alors, nous devons le trouver avant lui, et le lui faire savoir, déclara Brice.

Elle ouvrit la bouche pour répéter une fois de plus qu'il n'y avait pas d'or à Thaxted, mais il hocha la tête et sourit à ses hommes, qui lui rendirent son sourire, avant d'éclater de rire. Des sourires et des rires pleins de connivence.

Avaient-ils tous perdu la tête ?

En les regardant, elle se dit qu'il devait exister un langage secret entre les hommes qui avaient longtemps combattu ensemble, car il suffisait d'un regard, d'un haussement d'épaules, d'un signe de tête ou de quelques jurons marmonnés entre leurs dents pour qu'ils se comprennent.

Quelques instants leur suffirent pour formuler un plan d'action complet et le mettre en œuvre.

Brice se leva, après avoir indiqué à ses capitaines qu'ils se rencontreraient de nouveau après le dîner. Maintenant qu'ils avaient planifié la fouille du château, Gillian n'avait aucune envie de voir la fièvre de l'or briller dans les yeux de son mari. Elle se leva également, avec l'intention de se rendre aux cuisines, mais il l'arrêta en posant sa main sur son bras.

— Je veux vous remercier pour ce que vous venez de faire, Gillian, dit-il d'une voix très douce.

— Pour vous avoir dit quelles étaient les motivations de mon frère ? Vous devriez plutôt être en colère, et m'en vouloir de ne pas vous en avoir parlé plus tôt.

Refoulant ses craintes, elle osa enfin le regarder en face.

Une lueur brillait au fond des yeux de Brice, mais ce n'était pas la cupidité. C'était autre chose. Quelque chose de beaucoup plus… Non, elle n'arrivait pas y croire. Ce n'était pas possible ! Elle était le jouet de son imagination.

— Si je désire vous remercier, Gillian, ce n'est pas pour ce que vous m'avez dit sur votre frère, et encore moins pour cet or que votre père vous destinait.

Il s'interrompit, puis continua en baissant la voix.

— C'est pour avoir eu le courage de faire ce pas vers moi et m'avoir confié votre secret.

Il l'attira vers lui, l'enveloppa dans ses bras, et se pencha pour l'embrasser. Il l'avait embrassée des dizaines, non, des centaines, des milliers de fois depuis qu'il l'avait prise pour femme, mais jamais encore il ne l'avait embrassée ainsi. Ce baiser était différent de tous ceux qu'il lui avait donnés et, après lui, plus rien ne serait pareil entre eux. Il marquait un profond changement. Elle le sentit dans ses veines, dans son cœur et dans son âme. Sa bouche posée sur la sienne disait plus qu'une promesse.

Quand elle redressa la tête, Gillian le regarda dans les yeux. Non, elle ne s'était pas trompée. C'était de l'amour qui brillait dans ses prunelles. Il l'aimait…

Stephen l'appela, et il fit un pas en arrière.

— Pardonnez-moi, mais je dois y aller. Cette nuit, nous aurons tout notre temps pour parler et pour… le reste.

Elle dut se contenter de hocher la tête, car elle avait la gorge sèche, et des larmes menaçaient d'envahir ses yeux.

Il s'éloigna, mais s'arrêta deux fois pour jeter un coup d'œil en arrière, avant d'atteindre la porte sur la cour. Puis, alors qu'il était sur le point de sortir, il jura et lança quelque chose à Stephen. En quatre rapides enjambées, il revint vers elle et la serra dans ses bras avec une telle force qu'elle en eut le souffle coupé.

Et ce baiser !

Un baiser qui fit couler un torrent de lave dans ses veines. Un baiser tellement rempli de promesses et d'amour qu'elle faillit défaillir. Sa bouche dévora ses lèvres, impérieuse, possessive. Les yeux fermés, elle fondit littéralement dans ses bras.

Il l'aimait ! C'était trop merveilleux ! Trop…

Puis, tout aussi rapidement, il se dégagea et courut rejoindre Stephen.

Gillian le regarda s'éloigner, les jambes tremblantes et le cœur battant à tout rompre. Pour la première fois depuis quinze jours, elle se sentait revivre, et était de nouveau pleine d'espoir et d'impatience. Pas seulement pour la nuit à venir. Dorénavant, ils avaient toute la vie devant eux. Brice trouverait un moyen de contrecarrer les projets de son frère, et il pourrait enfin réaliser ses rêves les plus chers. Un fief, une femme… des enfants. Leurs enfants !

Et tout cela parce qu'elle s'était enfin décidée à lui faire confiance.

Ce jour-là, le château tout entier sembla revivre, comme si, après un long sommeil, ses habitants avaient décidé d'unir leurs efforts pour converger vers un seul et même but. Gillian retrouva du plaisir à accomplir ses tâches quotidiennes, et s'assura que tous ceux qui étaient en état de travailler avaient quelque chose à faire.

Dehors, elle savait que Brice était occupé à échafauder un plan, un plan qui avait un rapport avec l'or de son père. Stephen mettait toute son énergie à le chercher. Aussi bien, l'or n'était pas à Thaxted. Aussi bien il n'avait jamais existé. Mais Stephen avait l'air de ne pas s'en soucier, et se démenait comme un diable pour le trouver.

Au fil de la journée, Gillian eut l'impression que les heures devenaient de plus en plus longues et que la nuit n'arriverait jamais. Travailler aurait dû l'aider à passer le temps, mais occuper ses mains ne suffisait pas à calmer la fièvre qui s'était emparée de son esprit. Et quand elle voyait les autres femmes sourire d'un air entendu, c'était encore pire. Enfin, le soleil se décida à rejoindre l'horizon, et les habitants du château se préparèrent pour la nuit.

Elle put monter dans sa chambre et y attendre Brice.

Brice croyait savoir ce qui l'avait poussée à lui confier son secret, mais, même s'il se trompait, cela n'avait aucune importance. Elle avait confiance en lui. C'était aussi important que l'amour qu'il avait lu dans ses yeux, car leur survie était en jeu.

L'information qu'elle lui avait donnée expliquait l'agitation croissante des rebelles autour de Thaxted, et lui offrait des possibilités d'agir qu'il n'avait pas auparavant. Ses capitaines l'avaient immédiatement compris, car, dès l'instant où elle avait révélé l'objectif réel d'Oremund, ils avaient repris courage, et de chassés étaient redevenus chasseurs.

Elle leur avait donné une arme nouvelle, et rien ne

pouvait plaire davantage à un homme de guerre. Au lieu d'être sur la défensive, à courir après un ennemi invisible, ils allaient pouvoir reprendre l'initiative. Agir au lieu de subir. Tout cela parce qu'elle avait enfin décidé de lui faire confiance.

Il avait passé la journée à utiliser les informations qu'elle lui avait données pour échafauder un plan, destiné à mettre leurs ennemis à jamais hors d'état de nuire. Et même si cela voulait dire détruire le dernier lien que Gillian avait avec sa famille, il ferait le nécessaire pour préserver leur avenir.

Toute la journée, quand son esprit n'était pas totalement accaparé par Gillian, une autre pensée le taraudait. Une pensée en relation avec le père de Gillian. Eoforwic savait que son fils haïssait sa belle-mère et sa demi-sœur, et il avait cherché à les protéger. Si l'or qu'il leur destinait existait vraiment, il devait se trouver quelque part... bien caché. Mais où ?

Cependant, quand il gravit l'escalier, il oublia tout, et ne pensa plus qu'à Gillian.

Elle avait confiance en lui. Elle l'aimait...

Jamais ils n'avaient fait l'amour avec autant de passion et de tendresse. Ils s'étaient donnés l'un à l'autre totalement, et quand Brice commença à reprendre ses esprits, il se mit à réfléchir, et chercha à découvrir les pièces du puzzle qui lui manquaient encore.

Gillian blottie dans ses bras, il enfouit ses doigts dans ses cheveux, tout en réfléchissant à ce trésor. Existait-il vraiment ? N'était-ce qu'une illusion ?

Si son père avait mis de l'or de côté pour subvenir aux besoins de sa mère, il aurait dû lui dire où il se trouvait.

A quoi bon constituer un pareil magot, si la personne à laquelle il est destiné ne sait pas où il se trouve ? A la mort de sa mère, Eoforwic aurait dû en parler à Gillian. Si le vieux baron, ensorcelé ou non par la mère de Gillian, avait délibérément décidé de ne pas laisser cette part de son héritage à son fils légitime, quelqu'un devait savoir où était caché l'or.

— Ma chérie, murmura-t-il à l'oreille de Gillian, afin de l'arracher au sommeil qui était en train de l'envahir. Ma douce, mon trésor…

Mais, au lieu de se réveiller, elle se blottit un peu plus contre lui et eut un gémissement de plaisir. Un gémissement qui flatta son orgueil masculin.

Il insista et, au bout de quelques instants, elle ouvrit les yeux et lui sourit.

— Oui, Brice ?

Il écarta doucement une mèche de cheveux qui s'était égarée sur son visage.

— Quand je t'ai demandé si ton père t'avait donné des clés, tu m'as dit non. T'a-t-il donné quelque chose d'autre ? Un présent, peut-être ? Un bijou ?

Elle battit des cils et s'étira, bien réveillée maintenant.

— Un collier. Une réplique de celui qu'il avait donné à ma mère.

— Tu l'as encore ?

Connaissant les manières d'Oremund, il le soupçonnait de lui avoir pris tout ce qui pouvait avoir de la valeur.

— Oui. Je l'ai cousu dans l'ourlet de mon manteau, pour empêcher Oremund de me le prendre. Je l'avais complètement oublié, avec tous les événements qui se sont déroulés depuis lors.

Elle leva la tête et posa sa joue sur sa main.

— C'est important ?

— Peut-être. Ton père connaissait Oremund. S'il a caché de l'or pour te permettre d'entretenir Thaxted et de subvenir à tes besoins, il devait savoir que ton frère ferait tout pour le trouver et s'en emparer.

Il ne voulait pas lui donner trop d'espoir, car il n'avait aucune preuve de l'existence de cet or. Le roi lui avait donné ce dont il avait besoin pour tenir Thaxted, et ils pourraient fort bien vivre sans ce trésor ; mais savoir que son père avait essayé de protéger ses intérêts et de garantir son avenir aiderait sans doute Gillian à tourner la page et à reprendre goût à la vie.

— Tu as aussi gardé le collier de ta mère ?

Elle ne répondit pas tout de suite et, quand elle s'y décida, ses yeux se remplirent de tristesse.

— Non. Mon père m'a dit qu'il avait été enterré avec elle, au monastère.

Heureusement, elle avait l'esprit encore trop accaparé par leurs ébats amoureux pour se rendre compte de ce que signifiaient ses propos.

Ce qu'il pensait était plausible, mais pour en être sûr, il fallait qu'il voie ce collier.

Se tournant sur le côté, il se lova contre Gillian, tandis que son esprit échafaudait des plans et étudiait toutes les possibilités. Lorsque le soleil se leva, le lendemain matin, il n'avait pour ainsi dire pas fermé l'œil de la nuit. Il y avait beaucoup à faire, avant le retour d'Oremund, et, si ses informateurs ne s'étaient pas trompés, celui-ci ne devrait pas tarder à réapparaître.

Chapitre 18

Debout sur la terrasse, au sommet de la tour de guet, Brice attendait l'arrivée de Gillian. Un grand soleil brillait dans un ciel sans nuages — une accalmie bienvenue, après les orages des derniers jours. Parfois, il ne pouvait s'empêcher de regretter la douceur du climat de sa Bretagne natale. Mais c'était ici que se trouvaient son bonheur et son avenir, dans ce pays aux hivers rudes, battu par les vents du nord.

Depuis ce jour, une semaine auparavant, où Gillian lui avait révélé quel était le véritable but d'Oremund, il avait mis son plan en action. Il impliquait la participation de tous ses hommes d'armes, et de tous ceux qui travaillaient au château et dans les champs alentour. Un plan qui tenait compte de l'avidité des hommes et des motivations de ceux qui se rebellaient contre l'autorité du nouveau roi d'Angleterre. Un plan qui avait sa source dans la tentative malheureuse d'un homme pour protéger la femme qu'il aimait. A maints égards, cela aurait pu être lui ; mais, en l'occurrence, il s'agissait du père de Gillian.

Dans quelques instants, son plan se mettrait en branle, et plus rien ne pourrait l'arrêter. Malheureusement, en amour comme à la guerre, il y avait toujours des impondérables et, parfois, les choses ne se déroulaient pas comme on les avait prévues. Il espérait que ce ne serait pas le cas à Thaxted.

Avant même de la voir, il entendit Gillian discuter et rire avec l'un des gardes. Puis elle franchit le seuil de la porte, et il eut l'impression que sa vie s'illuminait.

Dès qu'elle le vit, elle n'eut d'yeux que pour lui, ce qui lui réchauffa le cœur. Ils avaient fait un long chemin l'un vers l'autre, depuis le jour où il l'avait capturée. En pensant à la façon dont elle l'avait assommé, ce jour-là, il ne put s'empêcher de sourire. Maintenant, elle n'avait vraiment plus aucune envie de s'enfuir, et encore moins de l'assommer.

— Vous m'avez appelée, messire ?

— Oui, madame, acquiesça-t-il.

Il regarda derrière elle et attendit quelques secondes avant de poursuivre.

— Où est Ernaut ?

Il fronça les sourcils, car il avait fait appeler le jeune écuyer en même temps que Gillian.

— Il m'a dit qu'il serait là dans quelques minutes, messire, répondit l'un des gardes. Le temps de finir un travail qu'il a commencé.

Brice le congédia, ainsi que son compagnon. Puis il prit la main de Gillian et la conduisit à l'autre bout de la terrasse, d'où l'on pouvait surveiller la cour en dessous.

Il lui sourit et se pencha vers elle.

— Avez-vous une idée de ce que nous pourrions faire pour passer le temps, en attendant l'arrivée du jeune Ernaut ? s'enquit-il d'une voix faussement innocente.

Sans la moindre hésitation, elle se jeta dans ses bras et ils échangèrent un long baiser, plein de fougue et de tendresse.

Lorsque Ernaut arriva, le bandeau de Gillian était

de travers, son voile entortillé autour de son cou, ses yeux brillaient et ses lèvres étaient rouges. Des lèvres qui montraient, à l'évidence, qu'elle avait été embrassée.

— Messire… Madame…

Depuis le seuil de la porte, Ernaut haussa la voix, afin d'attirer leur attention.

— Messire !

Brice lâcha Gillian, qui remit son voile et son bandeau en place, avant de se retourner vers le jeune écuyer.

— Il faut que je vous parle, à tous les deux, déclara Brice en baissant la voix. Il s'agit de choses graves et importantes. Toi, Ernaut, tu vas être chargé de la protection de lady Gillian. Une protection de tous les instants. Si je ne suis pas certain que vous suivrez mes ordres l'un et l'autre, sans retard et sans discuter, il me sera impossible d'aller plus loin.

Il regarda Gillian réfléchir à ses propos, en désirant ardemment qu'elle se rallie à son plan sans discuter. Il savait qu'elle n'était pas entêtée. Quand elle avait compris ce qui se passait et savait quel rôle elle devait jouer dans l'histoire, elle n'hésitait pas à s'impliquer, et ses initiatives étaient judicieuses et raisonnables.

— Quand l'attaque se déclenchera, poursuivit-il, ce sera une question de vie et de mort pour l'ensemble d'entre nous ; aussi, la moindre hésitation, le moindre retard pourrait s'avérer catastrophique. Je ne pourrai pas me battre et me concentrer sur le combat si je suis inquiet pour la sécurité de ma femme.

Les yeux de Gillian se remplirent de larmes et, s'il n'y avait eu la présence d'Ernaut, il l'aurait prise dans ses bras et aurait tenté d'apaiser ses peurs. Le jeune écuyer s'éclaircit la gorge, comme s'il avait deviné ses pensées.

— Toi, Ernaut, dès les premiers cris annonçant l'arrivée

de l'ennemi, tu iras chercher lady Gillian et tu resteras auprès d'elle, comme garde du corps. Tu feras ce qu'elle te demandera, et rien d'autre. Tu ne participeras pas à la bataille, et tu ne te laisseras détourner de ta mission sous aucun prétexte.

— Très bien, messire, acquiesça le jeune écuyer.

Visiblement, il était fier d'avoir reçu une mission aussi importante, mais regrettait de ne pouvoir se battre et montrer ainsi qu'il était un homme.

— Et moi, messire, quelle sera ma mission ? demanda Gillian.

— Vous, mon amour, je veux que vous fassiez ce que vous savez faire le mieux… Vous enfuir.

Si elle en jugeait à la lueur qui brillait dans ses yeux, il y avait un sens caché dans ses paroles.

Les yeux de Gillian s'étrécirent.

— M'enfuir ? Que voulez-vous dire, messire ?

— Vous devrez sortir du château et vous rendre le plus rapidement possible au monastère. Ernaut couvrira votre fuite et vous protègera, mais je sais que, même sans lui, vous sauriez très bien vous débrouiller toute seule.

— M'enfuir ? répéta-t-elle, visiblement perplexe.

— Vous êtes capable de tout pour ne pas être prisonnière, Gillian, poursuivit-il. Certes, vous n'avez pas réussi à m'échapper, mais vous avez échappé plusieurs fois à votre frère.

Il les regarda l'un après l'autre.

— J'ai besoin que vous vous échappiez de nouveau, et que vous parveniez saine et sauve au monastère.

Avant qu'il ait pu continuer, des cris résonnèrent dans la cour d'honneur. Brice demanda à l'un des gardes d'aller voir ce qui se passait et, quelques instants plus tard, l'homme remonta en courant vers eux, hors d'haleine.

— Ils ont trouvé l'or, messire ! Stephen a trouvé le trésor !

Ernaut poussa un cri de joie, et Brice l'envoya aux nouvelles. Eberluée, Gillian regarda le jeune écuyer partir en courant, suivi par le garde, tout excité lui aussi, et pressé de contempler ce trésor qui, depuis une semaine, alimentait les conversations.

— Il n'y a jamais eu d'or à Thaxted, dit-elle simplement, quand elle fut seule avec Brice.

— Vous avez raison, Gillian, acquiesça-t-il en souriant.

A cet instant, plusieurs soldats traversèrent la cour en portant un vieux coffre poussiéreux, dont le couvercle, entrouvert, laissait voir une croix et une chaîne en or. Tous les habitants du château accoururent, tandis que Stephen et ses hommes transportaient le coffre au logis seigneurial.

— Qu'est-ce que cela veut dire, messire ? demanda-t-elle en croisant les bras sur sa poitrine, les sourcils froncés.

Il ne dit rien, afin de lui laisser deviner par elle-même le plan qu'il avait échafaudé. Quand il la vit retenir son souffle et écarquiller les yeux, il sut qu'elle avait compris.

— C'est un piège, n'est-ce pas ? Un piège pour attirer Oremund, le forcer à se découvrir.

— Et Edmund Haroldson, ajouta-t-il. Ainsi que quelques-uns de leurs alliés du nord, censés observer la trêve que leurs comtes ont conclue avec Guillaume, quand il les a emmenés en Normandie.

— C'est trop dangereux, Brice, dit-elle d'une voix inquiète, en posant la main sur son bras. Nous n'avons pas assez d'hommes pour vaincre des ennemis aussi nombreux.

— Si, Gillian, nous le pouvons. Nous avons beaucoup d'atouts. Les murs de Thaxted, par exemple. Et le fait que mes hommes ne sont plus obligés de courir la campagne pour aller combattre des bandes de rebelles.

Pendant quelques instants, elle sembla perdue dans ses pensées, les yeux fixés sur les chaumières et les champs alentour.

Puis, ses lèvres frémirent, et elle leva vers lui des yeux emplis d'une sombre détermination.

— Je veux que tu écrases cette ordure. Après ce qu'il a fait à mon père et à nos gens, il ne mérite aucune pitié, aucune merci.

En voyant la lueur meurtrière qui brillait dans ses yeux, Brice sentit un frisson lui parcourir l'échine, et ne put que se réjouir de savoir que ce n'était pas lui que ces paroles vengeresses visaient.

— Ne t'inquiète pas, je lui ferai payer ses crimes, dit-il en la serrant dans ses bras. Mais je pourrai le faire seulement si je sais que tu es en sécurité. Il faut que tu me promettes d'aller te réfugier au monastère dès que l'attaque commencera. Tout de suite. Sans hésiter, et sans poser de questions.

— Je te le promets, Brice.

Il déposa un baiser dans ses cheveux et fit un pas en arrière.

— Seuls Stephen, Lucais et deux ou trois autres savent qu'il n'y a pas d'or dans ce coffre. Ernaut ne le sait pas, et doit continuer de l'ignorer.

Il lui prit la main et la guida vers l'escalier.

— Viens, allons nous esbaudir devant le trésor de Thaxted.

Elle rit et, à cet instant, il se rendit compte que c'était elle le trésor de Thaxted — le seul qui avait de l'importance à ses yeux.

*
* *

— Quelles sont les nouvelles de Thaxted ? demanda Oremund.

Il savait que l'un de ses espions venait de rentrer au camp, mais il n'était pas encore venu lui livrer les dernières informations. Ses lieutenants se regardèrent, mais aucun d'entre eux ne put répondre à sa question.

— Il arrive, messire ! cria l'homme qui montait la garde devant sa tente.

L'espion, qui lui avait déjà indiqué l'entrée des passages secrets de son père, approcha, suivi par Edmund Haroldson et le seigneur sur les terres duquel ils se cachaient, un vassal du comte Edwin.

Le forgeron de Thaxted et l'oncle de Gillian, Haefen.

— Ils ont trouvé l'or, messire.

Oremund sentit le sang bouillir dans ses veines, et ses yeux étincelèrent de fureur. La garce ! Cette maudite bâtarde qui lui avait volé son héritage !

Le cri jaillit de sa bouche avant qu'il ait eu le temps de se maîtriser.

— Je ferai couper la langue de cette menteuse, avant de lui trancher la gorge ! hurla-t-il, le visage écarlate. Elle le savait depuis le début, et c'est à ce Breton, ce fils de Satan, qu'elle l'a dit ! Un ennemi de notre peuple ! Et toi, tu ne le savais pas ? demanda-t-il en regardant Haefen. Tu m'as affirmé qu'il n'y avait pas d'or à Thaxted. Qu'as-tu à dire, maintenant ?

Le forgeron ne dit rien. Cela valait mieux pour lui. Gillian avait préféré laisser sa femme mourir, plutôt que de lui révéler où était caché l'or de son père. Cela lui donnerait à réfléchir.

— Edmund, rassemble nos forces, dit-il en se tournant vers le fils illégitime de Harold. Nous marchons sur Thaxted.

Pendant toute la nuit et jusqu'au matin, les rebelles se préparèrent à la bataille. Ils savaient comment ils prendraient Thaxted. Et même si Oremund continuait de fulminer contre sa sœur — une bâtarde, une catin, qui l'avait trahi et avait trahi la cause saxonne —, il savait que, dans quelques jours tout au plus, il pourrait enfin toucher l'or de son père. Il serait de nouveau maître de Thaxted, et ferait subir à sa sœur les châtiments qu'elle méritait, tandis que son Breton de mari irait manger les pissenlits par la racine.

Ces pensées le firent sourire.

Cela faisait longtemps qu'il n'avait pas eu l'occasion de sourire.

Si elle n'avait pas été prévenue, Gillian aurait éclaté de rire en voyant le contenu du coffre. La croix et les deux ou trois autres objets qui se trouvaient placés en évidence étaient en or — ou, du moins, recouverts d'un placage d'or —, mais tout le reste était faux. Cependant, cela n'avait aucune importance : ceux qui étaient rassemblés autour d'eux n'avaient jamais vu d'or de leur vie.

Et, si les plans de son mari se déroulaient comme prévu, lorsque Oremund serait assez près pour découvrir la supercherie, il serait trop tard.

Mais, pour elle, ce ne serait jamais assez tôt. Elle avait trop envie de voir couler le sang de son frère, de le voir se tordre de douleur à ses pieds. Il ne paierait jamais assez les crimes qu'il avait commis.

Après avoir permis à chacun de voir le « trésor », Brice fit fermer le coffre, avec une grosse chaîne et un cadenas en fer, pour plus de sûreté, et le fit mettre dans une cave en pierre voûtée, sous bonne garde. Un simulacre destiné à dissiper les derniers doutes qu'Oremund pourrait avoir. Le plan de Brice réussirait : Oremund ne parviendrait jamais à résister à la tentation. Il avait trop envie de cet or. Et il avait trop envie, aussi, de la punir et de tuer Brice.

En regardant les hommes de son mari se préparer au combat, elle pria pour que son oncle n'ait pas rejoint les rebelles. La mort d'Oremund ne l'empêcherait pas de dormir, bien au contraire ; mais si Brice devait tuer Haefen, une partie d'elle-même mourrait avec lui. Il avait sans nul doute été choqué jusqu'au plus profond de lui-même quand Oremund les avait obligés à assister au martyre de sa femme. Un spectacle horrible, qui lui avait peut-être fait perdre la tête. Néanmoins, elle n'arrivait toujours pas à croire qu'il ait pu la trahir volontairement.

La défection du forgeron était le seul nuage dans sa vie, depuis qu'elle avait épousé Brice. Son oncle avait été un homme loyal et bon, un homme heureux et pacifique, jusqu'à ce qu'Oremund brise son existence.

Au cours des jours suivants, une activité frénétique s'empara de Thaxted, mais, chaque nuit, elle retrouvait les bras rassurants de son mari. Ils faisaient l'amour avec passion, puis elle se blottissait contre lui, et ils parlaient pendant des heures de leurs projets. L'avenir s'ouvrait grand devant eux…

Et, quand elle fermait les yeux, elle priait pour que tous leurs vœux se réalisent.

Après plusieurs jours d'attente, sans aucun signe d'attaque imminente, elle en vint à douter, et à se demander si Brice ne s'était pas trompé. Puis, alors qu'elle n'osait plus espérer qu'Oremund tomberait dans le piège, l'homme en faction sur la terrasse de la tour de guet poussa le cri tant attendu.

— Alerte ! Aux armes !

Immédiatement, ce fut le branle-bas de combat. Chaque homme se rendit à son poste, prêt à repousser l'assaut des Saxons à la solde d'Oremund et d'Edmund.

Chapitre 19

Brice savait que les murs de Thaxted, même renforcés, ne pourraient résister à un assaut en règle. Très vite, les assaillants parvinrent à ouvrir une brèche et à envahir la cour, mettant le feu à tout ce qui pouvait brûler. Un spectacle qui le mit d'abord en rage, mais il se fit une raison. C'était inévitable. Il rebâtirait, voilà tout. L'essentiel, c'était la vie des gens du château.

Il avait voulu qu'ils soient tous en sécurité. Comme il l'avait ordonné, ils s'étaient réfugiés avec une partie de ses hommes d'armes dans les passages secrets, afin d'y attendre la fin des combats. Ainsi, il n'y aurait pas de victimes innocentes. Aussi peu que possible, du moins.

Comme il l'avait prévu, l'ost d'Oremund était venu du nord et avait lancé l'attaque sans attendre, afin de profiter de l'effet de surprise. En conséquence, Thaxted n'était pas encerclé, et, comme il n'y avait aucun ennemi côté sud, Gillian pourrait s'échapper sans difficulté.

Si elle obéissait à ses ordres.

L'épée à la main, il se fraya un chemin vers le portail principal, laissant les hommes d'Oremund envahir le logis seigneurial, à la recherche du « trésor ». Si Oremund parvenait à s'en emparer, il devrait remplacer la croix et la chaîne que le père Henry avait bien voulu lui prêter.

Même si ses hommes donnaient l'impression d'avoir été surpris par l'attaque, ils suivaient les plans de Stephen et de Richier à la perfection et, lentement, mais sûrement, le gros des troupes d'Edmund et d'Oremund se vit refoulé à l'extérieur des murs.

Puis, bientôt, grâce à Dieu, il vit Gillian et Ernaut se glisser à l'extérieur de l'enceinte, par la poterne qu'il avait fait ouvrir dans le mur sud. Elle se retourna par deux fois, mais, finalement, elle rabattit le capuchon de son manteau sur sa tête et suivit Ernaut. Dès qu'il sut qu'elle était en chemin vers le monastère, il put combattre sans arrière-pensée, assommant et taillant en pièces les hommes qui voulaient détruire ce qu'il aimait.

La bataille se poursuivait, acharnée. Puis, soudain, des cris parcoururent les rangs des assaillants. Gillian s'était échappée ! Il entendit Oremund hurler de fureur. Sa première pensée serait de se lancer à sa poursuite, aussi Brice ordonna-t-il à ses hommes de lui barrer le passage. En ralentissant Oremund, il laisserait à Gillian le temps de parvenir sans encombre au monastère.

Son épée dans une main et sa masse d'armes dans l'autre, il abattait tous les hommes qui osaient se confronter à lui, comme à Hastings, comme dans toutes les batailles auxquelles il avait participé. En levant les yeux, il vit que les archers qu'il avait postés dans les tours, et tout au long du chemin de ronde, tiraient leurs flèches avec précision et faisaient des coupes claires dans les rangs des assaillants. Le champ de bataille se déplaçant sans cesse, Oremund ne parvenait pas à positionner les siens et, peu à peu, ils se trouvèrent eux aussi refoulés dans les champs qui entouraient Thaxted.

Il ne faudrait pas longtemps à Gillian et à Ernaut pour parvenir au monastère. Le cheval qui les attendait dans un petit bosquet était le plus rapide de son écurie, et comme ils auraient de l'avance, aucun cavalier ne pourrait les rattraper.

Le caractère sacré du monastère, pas plus que ses murs, ne suffirait à protéger Gillian de son frère ; mais il avait pris les mesures nécessaires pour assurer sa sécurité.

Il aurait voulu être là pour voir la tête d'Oremund, lorsqu'il découvrirait le « trésor ». Mais, pour le moment, il devait d'abord libérer Thaxted de ses assaillants, puis couper la route aux fuyards et les empêcher de rejoindre leur base arrière, dans le nord. Après cette défaite, Oremund ne serait plus en état de se battre, et Edmund Haroldson se trouverait là où il aurait dû être depuis des mois, quand Giles l'avait capturé, à Taerford — six pieds sous terre, comme son père.

Penchée en avant, les bras autour de la taille d'Ernaut, Gillian fermait les yeux, tandis que leur destrier galopait à bride abattue sur la route. A cette vitesse, ils ne tarderaient pas à apercevoir les murs du monastère. Leur monture ne montrait aucun signe de faiblesse ou d'essoufflement, et elle avait l'impression que ses sabots volaient au-dessus de la poussière du chemin.

Si elle avait eu le choix, elle ne se serait pas enfuie. Elle aurait voulu rester et se battre auprès de son mari, mais elle savait qu'il avait raison. Sa présence n'aurait pu que le distraire, et il lui avait dit maintes et maintes fois qu'à la guerre, la moindre distraction était synonyme de mort. Aussi, elle lui avait obéi, et priait avec ferveur pour le salut de ses gens… et de son époux.

Ils traversèrent l'endroit où Brice avait établi son premier camp. Le camp où avait eu lieu la rencontre entre Gillian et le beau chevalier breton. Le camp où il l'avait capturée et forcée à l'épouser… Hormis, çà et là, quelques tas de cendre, aux emplacements des feux de camp, il n'y avait plus aucune trace du passage de son ost.

Ils franchirent sans encombre le pont de pierre sur la rivière. Au moment où ils arrivaient en vue des murs du monastère, elle sentit leur cheval ralentir.

— Non, Ernaut ! s'écria-t-elle. Brice nous a ordonné de galoper jusqu'au monastère. Continue ! Eperonne, s'il le faut !

Mais, au lieu de lui obéir, le jeune écuyer tira sur les rênes et immobilisa leur puissant destrier.

— Madame, regardez ! dit-il en s'efforçant de reprendre son souffle.

Gillian se pencha de côté et découvrit qu'une masse compacte de chevaliers, d'archers et de coutiliers était rassemblée sous les murs du monastère. La première ligne d'archers avait ses flèches braquées sur eux.

L'un des chevaliers s'avança et les interpella.

— Lady Gillian, je suppose ?

Ernaut tenta de retenir Gillian, mais elle se laissa glisser à terre et marcha vers le chevalier. Le jeune écuyer remit son destrier en marche, afin de la protéger contre les flèches des archers, mais ceux-ci avaient déjà abaissé leurs arcs, et le chevalier avait lui aussi mis pied à terre.

— Restez en arrière, madame ! supplia Ernaut en tirant son épée.

En le voyant brandir son arme, le chevalier leva une main apaisante.

— Ta dame ne court aucun danger avec nous, mon garçon, dit-il d'une voix calme et puissante. Je suis Giles de Taerford, l'ami de Brice, ajouta-t-il en soulevant la visière de son heaume.

Puis, il se tourna vers un autre chevalier, qui était sorti des rangs et le rejoignait.

— Et voici Soren, un autre ami de votre mari.

Soren la salua d'un bref signe de la tête, mais, contrairement à Giles, ne souleva pas la visière de son heaume.

Ayant enfin admis qu'ils avaient affaire à des amis de Brice, Ernaut remit son épée dans son fourreau.

Giles prit la main de Gillian et l'aida à se remettre en selle, derrière le jeune écuyer.

— Emmène ta maîtresse au monastère, mon garçon, et reste auprès d'elle, ordonna-t-il.

Gillian aurait voulu poser des questions à Giles, mais elle n'en eut pas le temps. La ligne d'archers s'ouvrit et, en quelques minutes, elle se trouva en sécurité à l'intérieur des murs du monastère, avec plusieurs centaines d'hommes en armes entre elle et les cavaliers que son frère avait lancés à sa poursuite.

Lorsque Oremund et ses cavaliers eurent quitté Thaxted au grand galop, pour tenter de rattraper Gillian, les hommes de Lucais et les archers eurent tôt fait de venir à bout de la piétaille qu'il avait laissée derrière lui. Stephen et Richier sortirent alors de la forêt, avec les chevaux qu'ils avaient gardés hors de vue des assaillants, sellés et harnachés. Déjà, plus de la moitié des troupes d'Oremund était hors d'état de nuire, alors que Brice n'avait eu que des pertes minimes. Etant de nouveau maître de Thaxted, il donna des ordres à ceux qui devaient rester en arrière pour garder le château, et se mit en selle avec ses chevaliers.

Maintenant, il ne restait plus qu'à refermer le piège.

Suivi par ses hommes, il galopa comme s'il avait le

diable à ses trousses. S'il voulait que son plan réussisse, il devait prendre à revers les cavaliers d'Oremund. Ecrasés entre les forces de Giles et les siennes, ils n'auraient aucune chance de s'échapper. Tout en galopant, il pria pour que Gillian soit parvenue saine et sauve au monastère.

Bientôt, des cris et des bruits métalliques résonnèrent devant lui. La bataille était engagée. En levant les yeux, il aperçut la masse compacte de l'ost de Giles. Les cavaliers d'Oremund avaient été décimés par les flèches des archers, et ceux qui restaient commençaient à fléchir et à reculer, prêts à s'enfuir.

Il sourit et rabattit sa visière.

— En avant ! Thaxted ! cria-t-il en tirant son épée. Pas de quartier !

Edmund avait tenté de le dissuader de partir à la poursuite de sa sœur, mais Oremund avait refusé de l'écouter. Le coffre avait été une ruse pour les forcer à se découvrir, mais la fuite de Gillian signifiait que le véritable trésor se trouvait au monastère.

Du moins, il en était persuadé.

Tout en galopant, il réfléchit et se dit que son père avait dû cacher tout ce qu'il avait de précieux derrière les murs du monastère. La mère supérieure était la demi-sœur du feu roi Harold, et son couvent avait toujours été bien gardé.

Il jura entre ses dents.

Pourquoi n'y avait-il pas pensé plus tôt ?

Il trouverait cet or, même si, pour cela, il devait massacrer les sœurs et raser le monastère !

Un trésor avec lequel il enrôlerait d'autres soldats pour combattre l'usurpateur normand et ses valets bretons. Un trésor qui lui permettrait d'être considéré comme un allié de marque par les comtes du nord. Un trésor qui lui permettrait de tenir solidement ses fiefs, et grâce auquel il serait craint et respecté.

Suivi par ses hommes, il parvint au sommet de la dernière colline surplombant la vallée au creux de laquelle était niché le monastère. En levant la tête, il n'en crut pas ses yeux.

Un mur d'hommes — non, trois murs différents — se tenait entre lui et tout ce pour quoi il se battait. Un mur d'archers, à genoux, prêts à décocher leurs flèches. Puis, des coutiliers en rangs serrés ; et derrière, des chevaliers en armure.

Un chevalier s'avança et lui demanda de se rendre. Il formula sa demande en français, puis en saxon, avec un très fort accent français.

Pour toute réponse, Oremund cracha par terre.

Edmund protesta avec violence derrière lui, mais, de nouveau, il refusa de l'écouter. Il pouvait voir les murs du monastère, derrière la masse compacte qui lui barrait le passage, et était de plus en plus convaincu que le trésor y était caché. Mais il avait besoin de survivre pour s'en emparer, et ne devait donc pas risquer sa vie en combattant en première ligne. Faisant demi-tour, il passa derrière ses hommes, sachant que la première volée de flèches les décimerait. Cela n'avait pas d'importance. Il en enrôlerait d'autres. Les volontaires ne manquaient pas, surtout quand un seigneur avait de l'or à leur offrir.

L'or… Avec de l'or, tout devenait possible.

Les cris de guerre résonnèrent de part et d'autre, et une première volée de flèches fendit l'air. Les chevaux et les hommes touchés tombèrent au sol en hurlant de douleur. Oremund contourna son ost, assez loin pour ne pas être blessé, cherchant une ouverture. Alors que les Normands commençaient à avancer, trois ou quatre chevaliers s'écartèrent légèrement de leurs compagnons, laissant libre un passage étroit, dans lequel quelques cavaliers déterminés pouvaient s'engouffrer et parvenir jusqu'aux murs du monastère.

Edmund ordonna la retraite, mais, immédiatement, Oremund cria de continuer le combat. Les soldats ne surent plus qui suivre ni dans quelle direction aller, et la confusion la plus totale régna dans les rangs des Saxons.

Oremund se servit du chaos pour se rapprocher de la trouée qu'il avait repérée. Quand son cheval fut tué sous lui, il réussit à se dégager et à rouler sur le côté. Edmund avait pris le commandement, maintenant, mais, à l'évidence, la bataille était trop inégale pour pouvoir être gagnée.

Quand un nouveau cri de guerre résonna derrière eux et qu'ils virent les Bretons de Thaxted charger, l'épée à la main, les Saxons furent pris de panique et se mirent à fuir dans toutes les directions. En quelques minutes, la bataille se transforma en massacre.

Mais Oremund n'était pas d'humeur à renoncer.

Pas maintenant.

Pas aussi près du but.

Brice vit l'ost d'Oremund décimé devant ses yeux. Les archers tiraient leurs flèches comme à l'exercice et, à chaque volée, les rangs des rebelles saxons s'éclaircissaient davantage. Les archers, à eux seuls, pouvaient suffire à assurer la victoire ; mais Brice savait que son ami avait trop envie d'en découdre pour rester inactif derrière ses hommes. Quand Edmund tenta de s'échapper,

Giles lança un ordre bref, et son ost au complet se jeta dans la bataille.

Suivi par l'un de ses chevaliers, il partit lui-même à la poursuite d'Edmund.

Seigneur Dieu, ce chevalier pouvait-il être Soren ? Brice mit sa main en visière devant ses yeux pour les protéger du soleil, mais les deux hommes s'enfoncèrent dans la forêt avant qu'il ait pu en acquérir la certitude. Ce fut alors qu'il aperçut Oremund se glissant le long de la forêt, en direction du monastère.

Brice éperonna son destrier et traversa au galop le champ de bataille, pour rattraper Oremund avant qu'il ait eu le temps de trouver un cheval et de s'échapper — ou, pire, de s'introduire dans le monastère. Mais, juste au moment où il était sur le point de le rejoindre, un homme sortit de la forêt, une hache de bûcheron à la main.

Haefen…

Sans la moindre hésitation, le forgeron brandit sa hache et faucha Oremund. Alors que le demi-frère de Gillian gisait au sol en hurlant et se tordant de douleur, Haefen abattit de nouveau sa hache, l'atteignant à la gorge et au torse, cette fois. En le voyant lever sa hache pour la troisième fois, Brice préféra détourner la tête, même s'il comprenait l'acharnement du forgeron. Lorsqu'il regarda de nouveau, Haefen reposait sa hache et crachait sur le cadavre d'Oremund.

Brice s'approcha et mit pied à terre.

— Pour ma femme, dit Haefen sombrement.

— Et pour la mienne, ajouta Brice en tendant la main à l'oncle de Gillian.

Par Stephen, qui l'avait appris d'un ami du forgeron, il avait su que Haefen avait suivi Oremund dans le seul but de l'espionner, et d'informer Brice des mouvements de sa bande de rebelles. Mais Brice n'avait pas pu transmettre cette information à Gillian.

— Elle pense que vous l'avez trahie. Quand elle saura la vérité, je pense qu'elle sera grandement soulagée.

Leur chef mort, ceux qui continuaient de se battre se rendirent ou s'enfuirent, quand ils le pouvaient encore. Brice donna l'ordre de les poursuivre et de les tuer sans pitié : il savait que, s'ils restaient en vie, ils trouveraient d'autres chefs et reviendraient les harceler, lui et ses gens. Il avait appris à ses dépens que Giles avait eu tort de laisser la vie sauve à Edmund, ami d'enfance de sa femme, et il ne voulait pas commettre la même erreur.

Il attendit que ses hommes se soient rendus totalement maîtres du champ de bataille avant de les rejoindre. Malgré son envie de serrer Gillian dans ses bras, il y avait des tâches qui passaient avant ses désirs personnels. Pendant qu'il parlait avec Richier, Giles réapparut. C'était bien Soren qui l'accompagnait.

Ils le rejoignirent et mirent pied à terre.

— Cet Edmund doit avoir des pouvoirs magiques, car il a disparu comme par enchantement, déclara Giles en retirant son heaume et en lui donnant une accolade fraternelle.

— Si tu l'avais tué, comme je l'avais suggéré…

Giles l'interrompit en riant et lui tapa sur l'épaule.

— Je sais, je sais. Tu avais raison.

Brice se tourna vers leur ami, et attendit qu'il se rapproche. Quand Soren retira son heaume, il retint son souffle, craignant le pire. D'après les missives qu'il avait reçues, le « beau bâtard » était à jamais défiguré. Mais, apparemment, les chirurgiens du roi avaient fait du bon travail, car, à part une longue estafilade qui lui barrait la partie droite du visage, il était tout à fait présentable, et pas du tout le monstre qu'on lui avait décrit. Grâce à Dieu, son œil avait pu être sauvé. Cependant, il savait que Soren avait été profondément affecté, et se remettait fort mal de sa blessure. Il avait été la coqueluche des femmes, un séducteur invétéré, et ne supportait pas l'image que lui renvoyait son miroir.

Il fit un pas vers lui et lui donna, à lui aussi, une accolade fraternelle.

— A quoi ressemble le Saxon qui t'a fait ça ? questionna-t-il, afin de détendre la tension qui demeurait entre eux.

— Il brûle en enfer, Brice, répondit Soren, une lueur sombre au fond des yeux.

Brice hocha la tête.

— J'en suis heureux. Ce traître méritait de mourir. Merci à tous les deux d'être arrivés à temps. Comment va lady Fayth ? s'enquit-il en se tournant vers Giles.

Celui-ci soupira et leva les yeux au ciel.

— Les femmes ne sont pas faciles quand elles attendent un enfant. Il suffit d'un rien pour la mettre en fureur… ou la faire fondre en larmes.

— Alors, tu n'as pas eu trop de peine à la quitter pour venir ici, je suppose ?

— Oh non ! s'exclama-t-il en riant. Tu m'as peut-être même sauvé la vie, en m'appelant à ton secours. Tu comprendras ce que je veux dire, quand ta femme sera dans le même état.

— L'as-tu déjà rencontrée ? Ma femme, Gillian ?

— Oui, acquiesça Giles, mais brièvement. Je n'ai pas eu le temps de faire sa connaissance.

A cet instant, Brice se rendit compte que les combats avaient définitivement cessé.

— Je vais la rejoindre. Vous venez avec moi ?

Ils se remirent à cheval et se dirigèrent vers l'entrée

du monastère, où ils furent accueillis par Ernaut, qui leur indiqua que Gillian était en sécurité à l'intérieur. Ils mirent pied à terre et lui confièrent leurs chevaux. Brice trépignait d'impatience. Il avait hâte de revoir sa femme et de lui annoncer que plus rien, désormais, ne menaçait leur avenir ni leur bonheur. En le voyant presque courir vers la porte et frapper frénétiquement avec le heurtoir en bronze, ses deux amis ne purent s'empêcher de rire.

Ils rirent encore plus quand il se mit à jurer et à maudire la lenteur que l'on mettait à lui ouvrir. Plusieurs minutes s'écoulèrent et, alors qu'il maugréait de plus belle, le battant s'ouvrit enfin devant une vieille nonne qui lui demanda ce qu'il voulait — comme si elle ne savait pas que sa femme s'était réfugiée à l'intérieur, pendant que la bataille faisait rage devant les murs du monastère !

Après qu'il eut parlementé pendant quelques instants, elle consentit à les laisser entrer, la mine revêche, et les précéda en traînant les pieds le long de couloirs interminables. Derrière elle, Brice rongeait son frein, et dut se faire violence pour ne pas saisir la digne femme par les épaules et la forcer à aller plus vite.

Quand ils parvinrent enfin au parloir, là où la vieille nonne lui avait dit que Gillian l'attendait, sa patience était à bout. Il écarta la femme, ouvrit la porte et se précipita à l'intérieur.

La pièce était vide.

Il n'y avait aucun signe de Gillian.

Le cri qu'il poussa résonna dans la pièce et à travers les couloirs du saint lieu, faisant s'envoler les ramiers qui roucoulaient dans les branchages, et terrorisant les nonnes, qui crurent que leur monastère était attaqué.

En proie à une angoisse terrible, il ouvrit une fenêtre et appela à tue-tête.

— Gillian ! Gillian !

Où diable pouvait-elle bien être ?

Chapitre 20

Quand ils étaient parvenus à la porte du monastère, Ernaut avait aidé Gillian à descendre de leur monture et, pendant qu'ils attendaient qu'on vienne lui ouvrir, il lui avait assuré, avec toute la gravité de son jeune âge, qu'il monterait la garde devant la porte et en interdirait l'entrée à quiconque, au prix de sa vie, si nécessaire. Elle n'avait pas eu le courage de lui dire qu'un tel sacrifice serait inutile, vu la masse de chevaliers, d'archers et de coutiliers qui attendait en rangs serrés devant les murs du monastère.

Une fois à l'intérieur, elle avait eu du mal à ne pas tendre l'oreille vers le bruit de la bataille, car elle savait que c'était en partie à cause d'elle que des hommes étaient en train de lutter et de mourir. La mère supérieure l'ayant autorisée à attendre la fin des hostilités dans le parloir, elle avait commencé par prier, à genoux sur le sol, les mains jointes. Des prières qui l'avaient aidée à apaiser ses angoisses, mais sans parvenir à refouler les questions qui se bousculaient dans sa tête.

Brice était-il blessé ? Son frère l'avait-il suivie, comme ils l'avaient escompté ? Etait-il mort ? Combien de leurs gens avaient-ils péri ? Que restait-il de Thaxted ? Le château était-il encore debout, ou bien n'était-il plus qu'un tas de cendre ? A chaque minute qui passait, une autre question jaillissait dans son esprit, plus angoissante que les précédentes.

Après avoir longuement prié, elle s'était mise à marcher de long en large dans le parloir, jusqu'à en avoir le vertige. Quand son attente était devenue par trop insupportable, elle avait ouvert la porte et regardé à gauche et à droite, en espérant que quelqu'un pourrait lui dire où se trouvait la mère supérieure.

Comme il n'y avait personne, elle s'était aventurée dans les couloirs, en faisant le moins de bruit possible, afin de ne pas déranger les sœurs qui étaient en prière. Parvenue devant une porte, elle avait hésité un instant, puis elle s'était décidée à l'ouvrir et avait découvert qu'elle donnait sur le cimetière. Cela faisait presque un an qu'elle n'y était pas venue. La tombe de sa mère se trouvait tout au fond, dans un coin, sous une arche de fleurs et de plantes grimpantes que son père avait fait bâtir à sa mémoire.

Elle avait traversé le cimetière et s'était agenouillée devant la tombe. Une inscription était gravée sur la pierre « Ci-gît Aeldra, l'épouse bien-aimée d'Eoforwic ». En pensant que sa mère reposait ici, toute seule, des larmes avaient jailli de ses yeux. Oremund lui avait dit qu'il avait été incapable de retrouver le corps de leur père, après la bataille de Hastings, aussi n'avait-elle aucune idée de l'endroit où il avait pu être enterré. Aussi bien ne reposait-il même pas en terre chrétienne…

Les morts entendaient-ils les vivants, quand ils parlaient ? Il s'était passé tellement de choses, depuis sa dernière visite !

Elle s'était agenouillée et lui avait tout raconté, en un flot ininterrompu.

La mort de son père. La violence d'Oremund. L'arrivée

de Brice. Comment ils étaient tombés amoureux l'un de l'autre. Ses projets pour la protéger, elle et ses gens.

Elle avait parlé, parlé sans cesse, partageant avec elle ses sentiments, comme si elle pouvait l'entendre. Pour finir, elle avait récité un *Ave Maria*.

Puis, elle s'était penchée en arrière et avait attendu un signe du ciel, qui lui ferait espérer que sa mère l'avait entendue.

Elle était encore en prière lorsqu'un cri jaillit derrière elle.

Un hurlement, plutôt. Le hurlement d'un animal blessé.

Ou d'un mari furieux…

Elle se redressa et brossa machinalement la poussière de sa robe. Le cri résonna de nouveau. C'était bien la voix de Brice. Cette fois-ci, il n'y avait plus de doute. Il hurla son nom à plusieurs reprises, et elle le vit sortir comme un diable du couvent, et traverser le cimetière à grandes enjambées. Ses deux amis le suivaient, accompagnés de la mère supérieure, le visage écarlate, et d'une demi-douzaine de sœurs et de converses.

Il s'arrêta devant elle et lui décocha un regard furieux.

— Je croyais…

Il ne finit pas sa phrase et, avant qu'elle ait eu le temps de réagir, il la prit dans ses bras et l'embrassa avec une telle violence qu'elle en eut le souffle coupé. Elle le laissa faire, car elle se sentait bien dans ses bras ; mais, au bout de quelques instants, elle se souvint qu'ils étaient dans un cimetière et le repoussa doucement.

En le regardant, elle vit qu'il avait une estafilade au-dessus de l'œil, un bleu sur la joue, et d'autres blessures mineures. Des égratignures, tout au plus. Levant la main, elle lui caressa la joue, puis des larmes de soulagement envahirent ses yeux.

Il était vivant…

— Oremund ? demanda-t-elle d'une voix tremblante d'émotion.

— Mort, répondit-il laconiquement, tandis que ses deux amis crachaient par terre avec mépris.

— Edmund ?

— Il s'est échappé.

— Une fois de plus, ajouta Giles.

Elle n'eut pas la force de lui poser la question qui lui tenait le plus à cœur, mais Brice la devina, et y répondit d'une voix rassurante.

— Votre oncle est en vie, Gillian. Il vous attend à l'extérieur.

— En vie ? répéta-t-elle, abasourdie par la façon calme et posée dont il lui avait annoncé cette nouvelle.

— Malgré vos craintes, il ne vous a jamais trahie, Gillian. S'il avait rejoint Oremund, c'était pour l'espionner et nous renseigner sur ses projets. C'est lui qui a tué Oremund. Pour venger sa femme, votre tante.

Elle se mit à pleurer, ne parvenant pas à croire à un dénouement aussi heureux, après toutes les menaces qui avaient pesé sur eux. Il la serra contre lui et lui parla doucement à l'oreille, jusqu'à ce qu'elle eut repris contenance. Puis il se dégagea, et elle lui sourit, les yeux embués de larmes.

Une dernière chose à faire et ils pourraient rentrer chez eux, à Thaxted.

— Voulez-vous dire une prière avec moi sur la tombe de ma mère, messire ? questionna-t-elle d'une voix vibrante d'émotion.

Sa réponse la laissa muette de surprise.

— Votre mère n'est pas morte, Gillian.

Avait-il perdu l'esprit ? Etait-ce à cause du coup qu'il

avait reçu à la tête ? Pourtant, sa blessure lui avait semblé peu profonde…

— Messire, elle est enterrée ici depuis six ans.

Il lui prit les mains et secoua la tête.

— Non, elle est vivante, je vous l'assure.

Les lèvres de Gillian frémirent, et un nouveau flot de larmes menaça d'embuer ses yeux.

— Ce n'est pas une chose dont on peut plaisanter, messire, murmura-t-elle en regardant la tombe. Elle repose ici, sous cette pierre.

Il se tourna vers les sœurs, qui observaient la scène en silence, et ses yeux se posèrent sur l'une d'entre elles. Gillian suivit son regard et remarqua que cette sœur se tenait un peu à l'écart des autres. Elle gardait ses yeux humblement baissés vers le sol… Mais, quand elle redressa la tête, Gillian la reconnut immédiatement.

Seigneur Dieu, sa mère était vivante. Sa mère était vivante !

— Je…

Tout à coup, sa vision se troubla et tout devint noir autour d'elle.

Brice connaissait la vérité depuis un certain temps déjà. En réfléchissant à ce que Gillian lui avait dit sur sa mère et sur les liens profonds qui l'avaient attachée au monastère, il s'y était rendu, afin d'y chercher les réponses aux questions qu'il se posait. La mère supérieure l'avait bien accueilli, d'autant plus qu'il venait lui proposer une donation généreuse, et l'assurer de sa protection. Pendant qu'il discutait avec elle, il avait aperçu un groupe de sœurs qui les regardaient avec un mélange de crainte et de curiosité, se demandant sans doute quel sort leur réservait cet envahisseur normand. L'une d'entre elles était un peu à l'écart, les yeux baissés. Intrigué par son attitude, il l'avait examinée plus attentivement. A un moment, quelque chose l'avait fait sursauter, et elle avait brièvement redressé la tête. En voyant ses yeux turquoise et les traits de son visage, il avait tout de suite deviné la vérité. Lady Aeldra de Thaxted était vivante.

Sur le moment, il avait préféré ne rien dire à Gillian. Il fallait attendre. Les menaces qui pesaient alors sur eux étaient trop graves. Mais maintenant, il en allait autrement. Oremund n'était plus là, et Gillian avait le droit de connaître la vérité.

Un regard avait suffi à Gillian pour qu'elle reconnaisse sa mère. Mais le choc avait été trop fort, et elle défaillit dans ses bras.

Il la retint juste à temps, et la déposa doucement sur un banc de pierre. Puis il s'assit à côté d'elle et la serra contre lui, en lui parlant à l'oreille, tandis que la mère supérieure, les sœurs et ses amis se retiraient discrètement, les laissant seuls avec lady Aeldra.

— Quand et comment avez-vous deviné ? demanda la mère de Gillian en s'approchant pour toucher timidement le visage de sa fille.

— La dernière fois que je suis venu ici. Je vous ai aperçue brièvement, et j'ai tout de suite remarqué votre ressemblance avec elle. Pourquoi avez-vous décidé de vous soustraire au monde de cette façon ?

Lady Aeldra soupira.

— C'est Eoforwic qui me l'a suggéré. Afin de me protéger. Il connaissait la haine d'Oremund à mon égard et savait que s'il venait à mourir, il n'hésiterait pas à me tuer. Mais il pensait que le lien du sang serait assez fort pour qu'il n'ose s'en prendre à sa sœur, même si, pour lui, elle n'était qu'une bâtarde.

— Gillian vous a beaucoup pleurée, madame. Et votre présence lui a terriblement manqué.

Lady Aeldra baissa la tête.

— A moi aussi, elle m'a manqué, messire. Mais comment pouvais-je faire autrement ? Ici, au moins, j'ai trouvé la paix, loin du tumulte du monde, de la guerre et des rivalités entre les hommes.

— Je vous comprends, murmura Brice. Mais sachez que maintenant, vous ne courez plus aucun danger. Parlez-lui. Je suis sûr qu'elle ne vous en voudra pas. Si vous aviez agi autrement, vous seriez sans doute réellement morte, aujourd'hui.

Il voulait par-dessus tout le bonheur de Gillian, et le fait d'avoir retrouvé sa mère ne pourrait que la rendre heureuse.

Gillian commença à s'agiter dans ses bras et ouvrit les yeux.

— Brice, j'ai fait le plus étrange des rêves. Nous étions au monastère, et…

En se rendant compte qu'il ne s'agissait pas d'un rêve, elle écarquilla les yeux et ne termina pas sa phrase.

— Mère ? Est-ce vraiment vous ?

Lady Aeldra lui sourit, les yeux embués de larmes.

— Oui, ma chérie.

Gillian se jeta dans ses bras en sanglotant.

— Oh, mère… Je suis si heureuse…

Brice eut de la peine à contenir son émotion. Il se leva et s'éloigna sans bruit, afin de les laisser se retrouver et parler tout à leur aise. Après six années de séparation, elles avaient beaucoup de choses à se dire l'une à l'autre.

Quand il eut rejoint ses amis, il s'éclaircit la voix plusieurs fois avant de prendre la parole.

— Ainsi, cette dame s'était réfugiée ici pour échapper à son beau-fils ? demanda Giles.

— Oui, répondit Brice. Mais aussi, sans doute, parce qu'elle pensait que sa mort mettrait un terme à la mésentente qui régnait entre le père de Gillian et son fils. Elle s'est sacrifiée et a renoncé à sa fille, croyant qu'Oremund se contenterait de sa disparition, et ne reporterait pas sa haine sur sa sœur. En cela, elle s'est trompée. Mais comment pourrait-on lui en vouloir ?

Il se tourna vers Soren, mais aussitôt, celui-ci détourna la tête et s'éloigna, visiblement gêné par sa curiosité.

— Souffre-t-il ? demanda-t-il à Giles.

Giles soupira.

— Je ne crois pas. Physiquement, du moins. Mais il est très atteint moralement. Il broie du noir continuellement, et n'est plus du tout le compagnon gai et toujours aimable que nous avons connu.

— Pourquoi ? Il a failli mourir et ne s'en tire pas trop mal, finalement.

— Je crois qu'il aurait préféré mourir. Il ne supporte pas de ne plus être le « beau bâtard » qui faisait chavirer le cœur de toutes les dames.

Brice hocha la tête. Il n'aurait sans doute pas réagi de la même façon que son ami, mais il était vrai que la beauté de Soren avait été partie intégrante de sa personnalité. Maintenant qu'il était défiguré, il craignait de devoir affronter le regard des autres, leur compassion. Quant aux dames… Il savait que celles qui s'attachaient à la beauté physique n'étaient pas celles qui méritaient le plus d'être aimées.

— Avec le temps, il finira par se faire une raison.

— Il faudra beaucoup de temps, sans doute. Je le crains.

Brice se retourna et vit que Gillian et sa mère bavardaient paisiblement, assises sur le banc. Il leur faudrait du temps aussi, certainement, pour oublier les drames qu'elles avaient vécus.

Il les rejoignit et proposa à Gillian de passer la soirée et la nuit avec sa mère au monastère, au lieu de retourner avec lui à Thaxted. Elle commença par refuser, mais comme il voyait qu'elle en avait envie, il insista, et réussit finalement à la convaincre.

Giles et Soren avaient décidé de planter leur camp à proximité du monastère : elle serait donc en sécurité, pendant qu'il s'occuperait des réparations de Thaxted. Le dernier assaut avait causé des dégâts, et il faudrait sans doute un peu de temps pour remettre de l'ordre dans le logis seigneurial. Ils avaient toute la vie devant eux ; il pouvait bien la laisser pendant quelques heures avec sa mère. Plus, même, si elle le désirait.

Avant de partir, cependant, il avait envie de la prendre dans ses bras quelques minutes. Aussi, il lui tendit la main, et elle la prit sans hésitation. L'entraînant un peu à l'écart, il leva son visage vers lui et déposa un baiser plein de tendresse sur ses lèvres. Ses joues portaient encore la trace des larmes qu'elle avait versées, et il savait qu'elle pleurerait encore — mais cette fois, ce serait des larmes de joie.

— Me pardonnez-vous de ne pas vous avoir parlé plus tôt ? demanda-t-il d'une voix tremblante d'émotion.

Elle était tout pour lui, et la seule idée qu'elle puisse

lui en vouloir d'avoir gardé le secret, au sujet de lady Aeldra et de son oncle, lui était insupportable.

Gillian lui sourit. Un sourire qui lui fit chaud au cœur.

— J'avais l'impression d'être seule, alors que, dans l'ombre, j'avais des gens qui me protégeaient, en se sacrifiant et en risquant leur vie pour moi — ma mère, mon oncle. Mon mari, ajouta-t-elle en se dressant sur la pointe des pieds et en lui rendant son baiser.

Sentant monter en lui une envie qu'il aurait de la peine à maîtriser — ce n'était vraiment ni le moment, ni le lieu —, il fit un pas en arrière et se tourna vers lady Aeldra. Mais, avant qu'il ait pu ouvrir la bouche pour prendre congé, elle lui posa une question qui le surprit.

— Ne voulez-vous pas savoir ce qu'il en est du trésor de Thaxted, messire Brice ?

Il lui sourit et regarda successivement la mère et la fille. Leurs yeux turquoise étincelaient dans le soleil.

— J'ai déjà trouvé le trésor de Thaxted, madame. Je n'ai pas besoin de le chercher.

Il s'était rendu compte depuis longtemps que le trésor que le père d'Oremund avait voulu protéger n'était pas fait de pièces ou de lingots d'or.

— Gillian est le trésor que je chéris le plus au monde, et, si je ne m'abuse, Eoforwic vous chérissait tout autant et ne vous aurait jamais abandonnée, pour tout l'or de la terre.

Il essaya de résister à la vague d'émotion qui était en train de le submerger, mais, finalement, ne put s'empêcher d'y céder. Ce qu'il avait reçu était infiniment plus précieux que de l'or. Il avait une femme pour l'aimer et l'accompagner tout au long de sa vie — un bonheur auquel il n'avait jamais osé rêver. Et ses amis bâtards continueraient d'être à ses côtés et de le soutenir, partie intégrante de la famille qu'il allait créer avec Gillian.

Le moment était venu de partir. Il sourit une dernière fois à Gillian et à sa mère et suivit Giles et Soren, qui s'en allaient donner leurs ordres et installer leur camp.

Quelques heures plus tard, il rejoignit Thaxted avec Ernaut et y fut accueilli par des applaudissements et des cris de joie. Il n'y avait eu que peu de morts parmi ses hommes, et ils avaient déjà été enterrés. Les blessés avaient été soignés, et les bâtiments de bois qui avaient brûlé pendant l'attaque étaient déjà en train d'être dégagés et réparés.

En inspectant le logis seigneurial, la cour et les communs, il fut satisfait de voir que l'essentiel avait pu être sauvé et que ses gens avaient été épargnés.

Cette nuit-là, il réussit à dormir, parce qu'il était épuisé physiquement, mais l'absence de Gillian lui pesa. Même exténué, il avait besoin du réconfort de ses bras.

Aussi, le lendemain, ce fut avec une hâte compréhensible qu'il se mit à cheval pour aller chercher Gillian au monastère. Il était tellement pressé d'arriver qu'en atteignant le camp de Soren et de Gilles, il déclina leur invitation à passer un moment avec eux.

Une partie de lui-même craignait qu'elle veuille rester avec sa mère, maintenant qu'elle l'avait retrouvée. Pour compenser les années perdues. Il se demandait aussi si elle ne serait pas plus heureuse avec les sœurs, car c'était chez elles qu'elle se rendait, quand il l'avait capturée. Avait-il le droit de la contraindre à revenir avec lui, si elle désirait le contraire ? Ce ne serait pas la première femme qui préférerait le calme de la vie religieuse au vacarme du monde. Nombreuses étaient celles qui avaient peur de la maternité. Des maternités qui se succédaient souvent trop vite, avec le risque, toujours présent, de mourir en couches.

Autant de questions qui se bousculaient dans sa tête et lui taraudaient le cœur.

Aussi, quand il ouvrit la porte du parloir et qu'elle se précipita dans ses bras, il poussa un soupir de soulagement. La mère supérieure était là également, la mine un peu renfrognée, mais lady Aeldra lui sourit, visiblement heureuse de voir sa fille rayonnante de bonheur.

Tandis qu'ils chevauchaient sur la route de Thaxted, Gillian lui raconta sa soirée au monastère. Un récit qui le fit rire à gorge déployée. Pendant qu'il craignait qu'elle ne prenne goût à la vie contemplative, elle n'avait pas arrêté d'enfreindre la règle du monastère, et avait même osé parler pendant le repas ! Visiblement, elle avait beaucoup trop apprécié sa vie de femme mariée pour avoir envie de s'enfermer derrière les murs d'un couvent. Puis, elle avait essayé de convaincre sa mère de renoncer aux vœux qu'elle avait prononcés, et de revenir vivre avec elle à Thaxted... Une tentative qui avait achevé de la perdre aux yeux des sœurs.

Avant qu'elle s'en aille, la mère supérieure lui avait dit qu'elle serait toujours la bienvenue, mais en lui faisant clairement comprendre qu'une visite par an serait amplement suffisante.

Brice avait redoublé d'hilarité, à tel point qu'ils avaient failli tomber de cheval. Gillian avait trouvé sa réaction un peu excessive, mais plus tard, au creux de leur lit, il lui avait donné maintes raisons supplémentaires de ne jamais songer à se retirer au monastère.

Ce dont elle avait volontiers convenu quand, épuisée mais comblée, elle s'était endormie dans ses bras.

Chapitre 21

Château de Thaxted, nord-est de l'Angleterre
Juillet 1067

Debout sur la terrasse, au sommet de la tour de guet, Brice sourit en contemplant la campagne environnante. Dans la lumière d'un été chaud et ensoleillé, les champs et les prés de Thaxted resplendissaient de vie et de prospérité. Lucais prévoyait une récolte abondante et de bonne qualité, et il avait déjà des projets pour défricher des zones incultes et drainer des marais dans la vallée, le long de la rivière, afin d'y établir des prairies permanentes.

Une fois la menace qu'Oremund faisait peser sur Thaxted disparue, Giles était retourné à Taerford, pour la naissance de son premier enfant, et il avait fait promettre à Gillian de venir leur rendre visite, afin de faire la connaissance de sa femme. Il lui avait dit qu'elles pourraient se plaindre de leur sort et se consoler mutuellement d'avoir épousé des Bretons sous la contrainte… Et se féliciter d'avoir réussi, grâce à leur obstination, à conquérir leurs cœurs.

Soren… Soren n'était plus le même homme. Il avait échappé à la mort, mais il était devenu sombre et imprévisible. Il refusait de s'accepter tel qu'il était désormais, et la fureur qui l'habitait ne manquait pas d'inquiéter Brice. Quand monseigneur Obert, le conseiller du roi, était arrivé, il y avait eu une profonde divergence de vues entre eux, au sujet du fief qui lui avait été attribué. Le troisième des chevaliers bretons n'avait qu'une idée en tête, assouvir sa vengeance, alors que l'évêque avait une autre mission à lui confier. Finalement, Soren avait consenti à prendre la route du nord avec son ost, afin de sécuriser le reste des possessions d'Eoforwic avant qu'elles ne soient accaparées par les comtes du nord.

Brice partageait les inquiétudes d'Obert à cet égard, même si les comtes du nord ne semblaient pas en mesure de mettre en danger la sécurité du royaume ; mais il s'inquiétait beaucoup pour son ami. Son humeur noire et son désir de vengeance ne présageaient rien de bon. Il savait depuis longtemps que la guerre ne devait jamais se transformer en une affaire personnelle. Apparemment, Soren avait oublié cette leçon. Il voulait massacrer tous ceux qui étaient apparentés, de loin ou de près, au seigneur saxon qui avait été la cause de ses blessures et de ses souffrances. Un manque de magnanimité en contradiction avec tous les idéaux chevaleresques que leur mentor, messire Gautier, leur avait inculqués.

Par ailleurs, les plans de Brice et de Gillian pour rendre Thaxted à la fois plus solide et plus confortable, en remplaçant par de la pierre les murs de bois et torchis, devraient attendre, car ils n'avaient pas les moyens suffisants pour entreprendre des travaux aussi énormes. Néanmoins, le mur d'enceinte avait pu être réparé et prolongé, comme ils le désiraient. Les autres passages secrets avaient été explorés et comblés. Seuls deux restaient ouverts, pour leur permettre une fuite éventuelle, en cas de danger.

Haefen, le forgeron, avait repris sa place au château, et Gillian avait recouvré toute sa confiance en lui.

Contrairement aux recommandations de la mère supérieure, Gillian rendait souvent visite à sa mère, et passait parfois la nuit avec elle. Brice n'aimait guère devoir dormir seul, mais il s'en consolait quand il la voyait revenir rayonnante de bonheur. Et puis, ils avaient tout le temps, ensuite, de compenser ces moments de séparation.

Un soir, à son retour du monastère, où elle était restée deux jours entiers, ils firent longuement l'amour ; puis, leurs sens apaisés, elle se blottit dans ses bras et déposa un baiser plein de reconnaissance sur ses lèvres.

— Tu sais, à propos de ma mère…

Il l'interrompit en posant un doigt sur ses lèvres.

— Je t'en prie, mon amour, ne me parle pas de ta mère quand tu es ainsi, toute nue, dans mes bras. Cela a quelque chose de sacrilège.

Elle se tut, mais, au bout de quelques instants, alors qu'il commençait à s'assoupir, elle revint à la charge.

— Ma mère m'a dit qu'elle t'appréciait d'autant plus que tu ne lui avais pas posé de questions au sujet du trésor.

Il rouvrit les yeux et scruta son visage, à la recherche d'un indice, mais n'en trouva aucun.

— Quel trésor ?

— Le trésor de Thaxted, Brice. L'or que mon père nous a laissé, à ma mère et à moi, pour subvenir à nos besoins et nous permettre de garder Thaxted.

Brice eut l'impression d'avoir manqué une partie de la conversation. Il se redressa et s'adossa à la tête du lit.

— Je t'ai dit, et j'ai dit à ta mère, que j'avais déjà trouvé le trésor que ton père essayait de protéger. Il n'y a pas d'or à Thaxted et, s'il y en avait, je… Nous n'en avons pas besoin.

Il se passa la main dans les cheveux et plongea son regard dans le sien. Il n'y avait aucune trace de moquerie dans les yeux de Gillian, et il ne put s'empêcher d'en être intrigué. Elle avait l'air vraiment sérieuse !

— Ta mère pense-t-elle réellement qu'il y a de l'or caché quelque part ? J'étais persuadé que c'était seulement une idée fixe d'Oremund.

— Oui. Elle en est certaine.

Il réfléchit, les sourcils froncés. A un moment, il s'était dit que si un tel trésor existait, il devait avoir été caché dans la tombe où Aeldra était censée avoir été inhumée. Mais, par la suite, il s'était persuadé que Gillian et sa mère étaient les seuls vrais trésors d'Eoforwic, et ne s'était plus préoccupé de l'existence éventuelle de cet or. Il s'en était d'autant plus désintéressé qu'il avait vu Oremund perdre la tête et commettre les pires ignominies pour essayer de se l'approprier. Cependant…

— Sait-elle où il se trouve ?

Gillian se glissa hors du lit pour aller chercher le coffret dans lequel elle gardait ses bijoux et ses souvenirs. Elle l'ouvrit et y saisit un objet. Quand elle le posa dans sa main, il hocha la tête.

— Elle m'a demandé de te donner ce collier, à charge pour toi de résoudre l'énigme.

— C'est celui que ton père t'a donné.

— Non, il est identique, mais celui-ci a été donné à ma mère. Voici le mien.

Il prit les deux colliers et les déploya devant lui. Ils étaient tous les deux en argent, avec, au centre, une plaque en forme de cœur, sur laquelle se trouvait une clé en relief.

— Ma mère m'a dit que tu devais découvrir ce trésor et le conserver, afin qu'il puisse servir à l'éducation de son petit-fils… ou de sa petite-fille.

— Je le trouverai, marmonna-t-il, les sourcils froncés, un peu irrité à l'idée que la mère de sa femme puisse lui donner des ordres, depuis le monastère où elle s'était retirée.

Puis, il pensa à la fin de la phrase de Gillian et scruta son visage avec un mélange de curiosité et d'espoir.

— Son petit-fils… ou sa petite-fille ? répéta-t-il. Tu attends un enfant ?

Gillian sourit et hocha la tête.

Les mains tremblantes, il posa les colliers sur la petite table à côté de leur lit, puis il l'attira dans ses bras et déposa un baiser sur ses lèvres, ne parvenant pas encore à y croire.

— C'est pour quand ?

— Ma mère pense que je devrais accoucher un peu après la Chandeleur.

— Tu vas bien ?

— L'après-midi, je suis un peu fatiguée. Mais, à part cela, je n'ai pas d'autres symptômes. Si ce n'est, évidemment, que je n'ai pas eu mes règles ces deux derniers mois.

Il aurait dû le remarquer, car c'était la seule chose qui les empêchait d'avoir des relations amoureuses. Maintenant qu'il y pensait, elle avait eu ses règles une seule fois depuis le jour de leur mariage. Mais ils auraient tout le temps d'en parler plus tard. Pour le moment, il avait juste envie de la serrer dans ses bras. Cependant, elle ne lui avait pas encore dit ce qu'elle ressentait.

— Es-tu heureuse, Gillian ?

— C'est ce pourquoi nous avons prié tous les deux, Brice. Fonder une famille. Une vraie famille. J'en ai rêvé autant que toi, tu sais.

Elle effleura ses lèvres avec les siennes.

— Oui, je suis heureuse de porter notre enfant.

Les colliers furent oubliés jusqu'au lendemain, quand il les trouva sur la table et décida de les examiner. En les mettant côte à côte, il vit qu'ils n'étaient pas identiques, mais le reflet l'un de l'autre, comme dans un miroir.

Les jours passèrent. L'énigme de ces colliers l'intriguait de plus en plus. Il remarqua le premier indice quand il vit que la clé au centre des colliers bougeait un peu, comme si elle était fixée par un tenon sur la pièce métallique en forme de cœur. Avec le temps, la rouille les avait bloquées, mais, avec un peu d'huile et beaucoup de patience, il réussit à les séparer des pièces métalliques. Une fois parvenu à ce résultat, il les mit l'une contre l'autre et obtint ainsi une seule clé.

Cependant, il n'avait aucune idée de ce qu'elle pouvait ouvrir. Gillian ne disait rien, se contentant de le regarder faire, pendant qu'il était de plus en plus intrigué par cette clé qui, peut-être, pourrait lui permettre de découvrir le trésor d'Eoforwic.

Puis, un jour, alors qu'il travaillait avec ses hommes à la réfection d'un vieux mur extérieur, des pierres mal scellées se détachèrent, révélant une plaque métallique sur laquelle était gravée une inscription à la mémoire de lady Aeldra. La lourde plaque était fixée à l'intérieur d'une sorte de niche. Haefen lui expliqua qu'Oremund avait été furieux quand il l'avait découverte et, comme il ne pouvait pas la briser, il avait ordonné de la recouvrir, afin que personne ne puisse la voir.

Elle ressemblait à une simple plaque commémorative, en métal plein ; mais, en l'examinant plus attentivement, il découvrit une sorte de dentelure dans un coin. Au premier abord, il crut que la plaque avait été endommagée par les travaux d'Oremund, puis il se dit qu'il pourrait peut-être essayer d'y insérer la clé des colliers.

Une éventualité qui le fit rire en son for intérieur. Ce serait vraiment trop simple ! Aussi bien, d'ailleurs, sa belle-mère avait seulement voulu voir si ses sentiments pour sa fille étaient sincères, et s'il n'avait pas menti quand il avait affirmé que l'or d'Eoforwic lui était totalement indifférent. Une sorte de test, en quelque sorte.

Pendant plusieurs jours, il n'y pensa plus, mais, tout au fond de lui-même, l'énigme continuait à l'intriguer. Après tout, il n'y aurait rien de mal à essayer… Un matin, à l'aube, quand tout le monde dans le château était encore endormi — il préférait être seul, afin de ne pas se couvrir de ridicule, en cas d'échec —, il prit les colliers dans le coffret de Gillian et se rendit sans faire de bruit à la niche dans laquelle la plaque était scellée. Puis il réunit les deux demi-clés et tenta de les introduire dans la dentelure.

La clé s'insérait à la perfection.

En la tournant, il entendit plusieurs déclics, et sentit que la plaque bougeait. Le cœur battant, il la fit basculer sur le côté, révélant un compartiment dans la profondeur du mur. Il contenait un coffre de bois. Il tenta de le soulever, mais le coffre était tellement lourd qu'il parvint à ne le déplacer que d'un pouce ou deux. Il lui fallait de l'aide. Aussi, il referma la plaque et retourna au logis seigneurial, afin d'y attendre Lucais ou Stephen.

A son retour, Gillian était réveillée, mais il ne lui parla pas de sa découverte, car il voulait faire apporter le coffre discrètement dans leur chambre, et lui en faire la surprise. Après tout, il lui appartenait. Quand sa mère avait pris le voile au monastère, elle avait renoncé à tous ses biens terrestres, qui, en conséquence, revenaient de droit à sa fille. Mais, surtout, c'était la preuve que son père avait réellement essayé de pourvoir à son avenir.

Elle avait besoin de savoir qu'elle avait tenu une place unique dans le cœur d'Eoforwic.

Ce soir-là, il monta avec elle dans leur chambre, anxieux de voir sa réaction. Il ouvrit la porte et s'effaça pour la laisser entrer. Au milieu de la pièce, elle s'arrêta net, les yeux fixés sur le coffre.

— Qu'est-ce que c'est ? demanda-t-elle en secouant la tête, comme si elle n'arrivait pas à croire ce qu'elle voyait.

— C'est le trésor de ta mère, répondit-il en souriant.

— Le trésor de ma mère ? Où l'as-tu trouvé ?

Elle fit un pas en avant, souleva le couvercle, prit une poignée de pièces et les examina attentivement.

— De l'or, murmura-t-elle en enfouissant ses doigts dans le coffre. Des centaines, des milliers de pièces d'or ! C'est… C'est…

Elle ne finit pas sa phrase, tétanisée à la vue d'un pareil trésor.

— Je l'ai trouvé derrière la plaque commémorative que ton père avait fait graver pour ta mère. Un endroit auquel ton frère n'a pas pensé, tellement il était évident.

Il vit son visage changer d'expression, au fur et à mesure qu'elle se rendait compte qu'elle n'était pas victime d'une illusion.

— Ton père était un homme prévoyant et soucieux de ton avenir. Il a laissé ce trésor pour ta mère et pour toi. Pour Thaxted.

Il sourit devant sa surprise et son incrédulité. Il avait sans doute eu la même expression, quand il avait ouvert le coffre et découvert les richesses qu'il contenait. Jamais, de toute sa vie, il n'avait vu autant d'or !

— Ta mère m'avait incité à le chercher. Comme elle

a elle-même renoncé aux biens de ce monde, je suppose qu'elle voulait qu'il nous revienne.

— Et je sais que tu en feras bon usage, Brice. J'ai confiance en toi.

Une marque de confiance qui, de nouveau, fit comprendre à Brice que c'était elle, le véritable trésor de Thaxted.

Quant à cet or, même s'il aurait pu s'en passer, il lui permettrait de rebâtir plus rapidement le logis seigneurial. Bientôt, en outre, il aurait une famille, avec, peut-être, des filles qu'il lui faudrait doter…

Oui, il ferait bon usage de cet or.

Ainsi, le dix-neuvième jour de février de l'an de grâce 1068, un fils naquit au logis seigneurial de lord et lady de Thaxted. Son père proclama qu'il deviendrait le plus valeureux chevalier de toute l'Angleterre. Sa mère se contenta de sourire. Elle savait qu'il ne pourrait jamais y avoir de chevalier plus noble ou plus valeureux que celui qu'elle avait épousé.

À découvrir ce mois-ci

6 nouveaux romans dans la collection

Les Historiques

PACTE AVEC UN SÉDUCTEUR
de Mary Brendan - n°552

Londres, Régence. Hélène Kingston ne décolère pas : non seulement son frère refuse de lui rendre l'argent de sa dot – que son extravagante épouse dilapide sans scrupules —, mais il vient également de mettre en vente Westlea House, la demeure familiale dans laquelle elle vit avec sa sœur cadette. D'ailleurs, il a déjà trouvé un acheteur : Jason Hunter, richissime gentleman à la réputation sulfureuse. Acculée, et désespérée à l'idée de se retrouver à la rue, Hélène décide alors de tenter le tout pour le tout : si Jason Hunter est bien le libertin que l'on prétend, elle ne devrait avoir aucun mal à lui faire accepter sa scandaleuse proposition…

SOUS LE SCEAU DE LA PASSION
de Terri Brisbin - n°553

Angleterre, 1067. Héritière du domaine de Thaxted, Gillian a toujours su que son rang lui imposait une union de raison plutôt que d'amour. Pourtant, au lendemain de la défaite des siens contre l'armée normande, elle répugne au sort qui l'attend : car la voilà désormais promise à l'un des barbares, chevalier du nouveau roi... Déterminée à ne pas céder, Gillian prend la fuite au beau milieu de la nuit. Une aventure téméraire mais qui tourne court en pleine forêt, où Gillian est cueillie par une troupe de soldats normands. Coup de théâtre, à leur tête se trouve Brice Fitzwilliam, l'homme auquel Gillian a été donnée…

LA FIANCÉE DES HIGHLANDS

de Margaret Moore - n°554

Ecosse, 1817. Sauvée d'une terrible chute par un séduisant inconnu, Moira est tellement troublée qu'elle le remercie par un baiser brûlant ! Soudain, dans les bras de ce ténébreux, elle se prend à rêver d'une liaison passionnée.... Pourtant, ce n'est vraiment pas le moment de se laisser aller aux folies : ne vient-elle pas de rompre ses fiançailles avec l'insupportable Robert McStuart ? Certes, leur mariage était voué à l'échec, mais est-ce une raison pour ajouter au scandale en flirtant avec un parfait étranger ? Vite, Moira s'éclipse. Mais, quelques jours plus tard, son audace la rattrape : elle découvre que son ange gardien n'est autre que Gordon McHeath, l'avocat que son ex-fiancé a engagé pour la poursuivre en justice...

LA ROSE DE L'OUEST

de Jenna Kernan - n°555

Californie, 1864. Alors qu'elle s'apprête à affronter Tom West après quatorze ans de silence, Sarah s'efforce de contenir les émotions qui menacent de la submerger. Toutes ces années n'ont pas suffi à effacer le souvenir de leur unique nuit d'amour, au lendemain de laquelle Tom l'a abandonnée sans un mot d'explication. Mais pour retrouver son enfant disparu, Sarah se sent tous les courages, même celui de se tourner vers l'homme auquel elle n'a jamais pu pardonner. Car aujourd'hui, elle n'espère plus ni promesses ni tendres paroles de Tom, elle n'attend qu'une seule chose: qu'il retrouve sa fille... Leur fille.

CAPTIVE ET REBELLE

de Ann Lethbridge - n°556

Au large de l'Angleterre, 1814. Face au capitaine qui la retient prisonnière, Alice Fulton s'efforce de tenir tête. Impossible, en effet, de céder à la panique : son jeune frère est avec elle, et elle fera tout pour le protéger du troublant forban et de son équipage. Qu'ils pillent son navire s'ils le veulent ! Elle ne demande que la vie sauve! Hélas, elle comprend vite que le piège dans lequel ils viennent de tomber ne doit rien à la valeur de leur cargaison. Ni d'ailleurs, au hasard. La vérité, c'est que ce capitaine dont elle est désormais la captive voue une haine farouche aux Fulton. Et qu'il n'est pas du tout dans ses intentions d'en relâcher si facilement l'héritière ...

LA MAÎTRESSE DU VIKING
de Julia Byrne - n°557

Angleterre, 904. Enlevée par un Viking lors d'une violente invasion, lady Yvaine ignore si elle doit se plaindre ou se réjouir de son sort. Certes, les Vikings sont les ennemis de son peuple, des barbares dont on lui a toujours dit de se méfier. Pourtant cet homme, au regard brûlant et à la voix sensuelle, semble différent des autres. Après tout, n'a-t-il pas pris sa défense contre son cruel époux qui menaçait de la tuer ?
Aussi Yvaine ne s'inquiète-t-elle pas : si le Viking l'a faite prisonnière, c'est uniquement pour obtenir une rançon. C'est du moins ce qu'elle croit jusqu'à ce qu'elle découvre la vérité : en prenant une vie pour sauver la sienne, le Viking a fait d'elle sa propriété...

LA RANÇON DU DÉSIR
de Merline Lovelace - n°558

Angleterre, 1188. Lady Madeline de Courcey ne peut croire à son malheur : pupille du roi quelques heures plus tôt, voilà qu'elle se retrouve assujettie au comte Ian de Canmore, qui ne fait pas mystère du mépris qu'elle lui inspire. Ian, qui n'hésite pas à l'humilier par ses insinuations, l'accusant à demi-mots de jouer de ses charmes pour servir ses intérêts. Furieuse, et désespérée à l'idée de dépendre de cet être aussi troublant qu'arrogant, Madeline refuse de se soumettre. Si le comte la croit capable de manipuler les hommes, elle compte bien lui prouver qu'il ne fait pas exception à la règle !